U0091294

二嫁的燦爛人生 3 完

風 文創 995

李橙橙 著

目錄

第八十四章

如謝衍之所料，明宣帝厭惡王家，王家想扳倒的人，他偏要保下。

他看了王元平的奏摺，思忖半晌，道：「柳澧父子失蹤，僅憑一個探子，不足以證明柳家父子通敵叛國。派人去尋，找到了後三司會審，證據確鑿再說。」

柳家人聽王元平參柳澧父子，說他們通敵叛國，當誅九族，雙腿打顫，一顆心提到了嗓子眼，額頭盡是汗珠，背脊亦冷汗涔涔，暗道柳家完了。

孰料明宣帝竟不認為柳家有罪，還替柳澧父子開脫。柳家人對明宣帝的大恩大德感激不盡，恨不得立長生牌坊，日日上三炷香。

王元平也不失望，回去後派人去找柳震，活要見人，死要見屍。

翌日，朝堂上又熱鬧起來，只因東北軍群龍無首。

「東北軍少了主將，你們可有合適人選？都說出來，大家商議。俗話說得好，國不可一日無君，士不可一日無將。」

明宣帝的人推選自家心腹，王元平一派也舉薦自己人，兩方僵持不下，吵了起來。

「夠了，這是朝堂，不是菜市場！你看看你們，一個個爭執得面紅耳赤，形容潑婦，丟人現眼！」明宣帝大怒，指著沈父道：「既然他們都不滿意對方提的人選，你來想個辦法，找個人出來，好堵住他們的嘴。」

沈父舉著笏板出列。「微臣遵旨。」

想了半晌道：「不如這樣，就在東北軍裡選出能人強將，一來此人熟悉邊關，知己知彼，方能百戰不殆；二來，可堵住各位大人的口；三來，提拔軍中將士，更能顯示皇恩浩蕩。」

明宣帝點頭稱讚，說這主意不錯，又問沈父。「你可有合適的人選？」

沈父如實回答。「臣在戶部任職，不通行軍打仗之事，還要問兵部同僚才行。」

兵部尚書是王家的人，方才他推薦心腹掌管東北軍，如今這差事又落到他身上，簡直有苦難言。

王家，他得罪不起，明宣帝更是惹不起，苦思半晌，想起一個人來，道：「皇上，前些日子，柳將軍上奏替下屬請封，這人年紀輕輕便斬殺遼軍三名大將，聽聞這次更是砍了耶律初的首級，此舉鼓舞我軍氣勢，震懾遼軍功不可沒，這樣的人應當做東北軍主將。」

明宣帝也想起這麼個人來，點點頭。「是個不錯的苗子，朕記得他叫沈言，剛過弱冠之年，當我軍主將，是否年輕了些？」

「是年輕了些，但當年墨連城將軍年僅十五歲，便單槍匹馬闖入戎狄部落，斬殺戎狄將士無數，取了部落首領的頭顱，讓戎狄部落盡滅。和墨將軍比起來，沈將軍不算年輕了。」

兵部尚書拈著鬍鬚，小心翼翼道，其他官員也跟著附和。

「容朕考慮考慮。朕累了，退朝。」明宣帝說完，拂袖離去。

他還是不放心，怕沈言已歸順王家，東北軍盡歸王家所有。

東北軍絕不能落入王家手中。

明宣帝正在為難之際，齊鴻曦提著食盒進來，見明宣帝眉頭緊鎖，便問明宣帝是不是不開心，可有煩心事？

明宣帝笑而不語，摸齊鴻曦的腦門。「告訴你也無用，你幫不上忙。算了，不說了。」盯著食盒。「你幫朕帶來什麼好吃的？」

齊鴻曦打開食盒，將裡面的飯菜一一端出來，又命劉公公拿碗筷，道：「今兒表嫂高興，做了好多菜，這些都是曦兒特意留給父皇的。」

明宣帝問了原因，齊鴻曦湊到他耳邊，小聲地說：「因為表哥來信，說他立功，要當將軍了。父皇，表哥是不是很厲害？」

明宣帝心下一動，問齊鴻曦。「衍之在哪裡參軍，如今是何職位？」難道冥冥之中，自有天意？

齊鴻曦歪著腦袋想了想。「表哥現在不是將軍，叫，叫昭什麼校尉。還說將軍為他請封了，封為四品官職，叫忠什麼將軍。」

明宣帝又驚又喜。「可是昭武校尉和忠武將軍？」

齊鴻曦猛點頭。「父皇真厲害，什麼都知道，這叫無所知，不能知。」
明宣帝糾正他。「無所不知，無所不能。」
齊鴻曦笑著道：「就是這句話，父皇厲害。」
明宣帝也誇讚齊鴻曦厲害，記得很多東西，末了叮囑他不可把謝衍之當將軍的事說出去，不然有人會搶謝衍之的將軍之位。
齊鴻曦捂著嘴，再三保證不說。
明宣帝不會懷疑齊鴻曦，一來齊鴻曦心智不全，從不撒謊；二來，謝衍之若與沈玉蓉書信往來，算算時日，應該到了，齊鴻曦經常往謝家跑，知道也正常，從未想過齊鴻曦裝傻。
劉公公拿來碗筷，明宣帝和齊鴻曦吃光所有飯菜，再去御花園散步。
明宣帝滿臉堆笑，顯得十分高興，將齊鴻曦送回墨軒殿後，劉公公忍不住問了原因。
明宣帝怕走漏風聲，閉口不談謝衍之的事，直說看見齊鴻曦就高興，回到御書房便擬旨，封沈言為正二品鎮軍大將軍，即刻差人去邊關宣讀。
王元平一直在府中等消息，得知明宣帝已下聖旨，一顆心放回肚子裡。
他修書一封給王石與霍先生，告訴他們沈言被封為鎮軍大將軍，此事是王家人所為，讓沈言記住王家恩情，並命王石留下監視沈言和東北軍。
王石接到消息，要霍先生盡快行動，霍先生反而一點都不急。

「你葫蘆裡賣的是什麼藥？」王石不解。

「著急什麼？聖旨還在路上，主子的信是暗中託人送來的，只要在聖旨到達前找到沈言，並說服他即可。」霍先生自信滿滿。

王石緊緊盯著他。「我等你的好消息。」

「這就對了，你是來監視我的，只需看著我是否有二心，無須操心其他。」霍先生坐下喝茶，漫不經心道，含著笑意的眸光裡盡是諷刺。

王石不答話，坐在他對面，緊緊攥著茶杯，卻無心品茶。

霍先生起身向外走去，走到門口回頭，半開玩笑道：「我與沈言有些交情，接下來的事，你莫要插手，不然耽誤了主子的大事，你我怕是擔待不起。」

聽聞霍先生與沈言有交情，王石才知霍先生的自信來自哪裡，怪不得他會毛遂自薦，來邊關說服沈言。

「一切就拜託先生了。」王石起身拱手。

一品閣的密室內，謝衍之和楊淮坐在霍先生對面，打量著彼此。

楊淮先開口介紹。「這位是霍先生，是我們在王家的幕僚。」

霍先生把玩茶杯，看向謝衍之。「你就是墨家後人？」

他是墨家暗衛，墨家倒後，他想辦法進了王家，當王元平的幕僚，一做便是十來年。

謝衍之點頭。「我娘是墨家二姑娘、謝家長媳，身體裡流著墨家的血。為舅舅正名，是我該做的事，也是我娘今生的夙願。」

霍先生點頭。「說得好，接下來我們下一步的打算，王石此次前來，會留在石門鎮，監視你的一舉一動。」

謝衍之垂眸沈思半晌，緊了緊手中的茶杯，緩緩開口道：「既然他想留下，便永遠留下吧。」眸中盡是殺意。

霍先生驚訝。「你想殺了他？」

謝衍之點頭。「是，我不僅擅長丹青，還會模仿人的字跡。」

「你是想取他而代之？」霍先生和楊淮立刻明白謝衍之的盤算。

「不錯，我有個大膽的計策，你們聽聽。」謝衍之道。

楊淮和霍先生附耳過去，謝衍之小聲說了一遍。

兩人聽了，眸中一亮，這樣一來可以輕鬆達到目的，霍先生也可回去交差。

「如此甚好，按計劃行事。」霍先生起身，從密室另一端走了。

楊淮問謝衍之。「你這樣做是否太危險，若王石未死，你便暴露了。」

謝衍之眸光堅定。「所以王石必須死。」

霍先生在街上轉了一圈，才回一品閣。

回去後，王石問事情如何了，霍先生道：「放心吧，沈言答應了，作為投名狀，三日後他會命人把謝衍之送來，到時候你親自殺了他，我的任務便完成，可以回去，等事成後封侯拜相，一定不會忘了兄弟你的。」說著拍拍王石的肩膀，一副他們關係很好的樣子。

王石推開他的手。「我們的人找了那麼久都沒找到，沈言為何能找到？」這是最值得人懷疑的地方。

霍先生嗤笑一聲。「你還不知太師府的人，出了門便是天高皇帝遠，拿錢吃喝玩樂罷了。再說，咱們的人找謝衍之許久，多少會走漏風聲。沈言說了，在柳澧幫主子尋找謝衍之時，他就注意到了，也幫忙找過，見過謝衍之的畫像。沈言是柳澧的得力幹將，如今柳澧死了，謝衍之落在他手中，有何稀奇？」

王石聽了這話，覺得有道理，又感覺哪裡不對勁。這事情太過巧合，看來柳澧早已找到謝衍之，還秘密關押起來，卻不交給王府處置？

霍先生見他懷疑，道：「你可知謝衍之長得像誰？我有幸見過墨連城的畫像，都說外甥似舅，謝衍之像極墨連城，柳澧曾是墨連城身邊的副將，一時動了惻隱之心，也是有的。」

這便能說通了，王石不再懷疑，又問霍先生交換的地點，說是一間廢棄多年的小院。

這小院的另一端，就是一品閣的密室。

第八十五章

三日後，太陽落山，餘暉灑滿大地，廢棄小院彷彿鍍上一層金光。

王石坐在院中，望著門口，未見人來，對霍先生道：「沈言這是要爽約？」

「你著什麼急呀，這才什麼時辰，五花大綁送個人來，想鬧得給人家都看見？自然是到了晚上，才方便做事。」霍先生老神在在，一點也不急，還從袖籠裡摸出一只巴掌大的茶壺，對著壺嘴慢慢品茶香，很是愉悅，彷彿封侯拜相近在眼前一般。

掌燈時分，人沒來，王石急了，說沈言耍他們。

霍先生依舊不慍不火的樣子。「放心吧，我了解他，他不會不來的。」

王石來回踱步，時不時看向小院門口，又看霍先生。「若不來，老子宰了你。」

他話落，門吱呀一聲開了。

王石和霍先生望去，瞧見三個人進來，最前面的人戴著黑色頭套，看不見容顏，雙手被綁在身後。他後面跟著兩個身材魁梧的漢子，穿東北軍服飾，配著刀劍，應該是沈言的人。

霍先生和王石互視一眼，聽見其中一個漢子開口問道：「請問霍先生可在？」

「在，在，我就是。」霍先生上前幾步，笑著道。

漢子把人推過去。「這是你要的人，將軍命我們送過來，是否要驗一驗？」

霍先生將謝衍之扯到一旁，滿臉堆笑。「不用了，我自然相信你家將軍。」

兩個漢子拱手抱拳離去，王石迫不及待揭開黑色頭套，一張熟悉的面龐映入眼簾。

「沒錯，他是謝衍之，沈言果然沒騙我們。」王氏見狀，又激動、又欣喜，立時抽出腰中的劍。

謝衍之被堵住嘴，不能言語，驚恐地看著王石，向後趔趄幾步，一個不慎，跌倒在地，搖著頭，彷彿在求饒。

王石慢慢逼近謝衍之，冷笑道：「想問什麼，去地府問你爹吧。」

他舉起手中的劍，揮劍時，腰間一痛，冰涼的匕首從後面刺入他的腰部。

與此同時，謝衍之一個起身，掙開手中的繩索，伸手搶過王石的劍，反手劃過去，割破他的喉嚨，鮮血噴湧而出。

王石瞪大雙眼倒地，再無聲息。

謝衍之蹲下，在他身上摸索半晌，掏出一枚印章，對霍先生道：「是這枚印章嗎？」

霍先生看了看，點點頭。「就是這個，我見他用過。」

謝衍之把印章收起來，起身要離開。

霍先生問：「這死人怎麼辦？」總不能留在這裡吧。

「他是王元平的爪牙，殺人如麻，作惡多端，不拖進山裡餵狼，留著過年嗎？」謝衍之出去，囑咐墨三幾句。

墨三正是剛才出現的兩個漢子之一，和另一個大漢進來，拖走王石，準備扔進深山。

霍先生通過密道，回了一品閣，將東西收拾妥當，向楊淮告辭，騎馬回京。

與此同時，宣旨的太監來到邊關，謝衍之如願掌管了東北軍，以墨三為首的墨家鐵騎甘願臣服。

時間轉眼過了八月底，依照往年慣例，在九月初秋獵，明宣帝會帶青年才俊、官眷，去京城北面的浮華山狩獵。

浮華山離京城有兩日路程，一來一回，加上狩獵的日子，大約有十天工夫。

往年沈父官職小，沈玉蓉沒有去過秋獵。今年不同，她嫁給謝衍之，是謝家婦，必須跟著去。

沈玉蓉不擔心秋獵，卻擔心齊鴻旻和王家出黑手。並非害怕，就是覺得麻煩。

果然，午飯後，莊如悔來了，說齊鴻旻已經解了禁足，要在秋獵上對付她。

莊如悔問沈玉蓉可有應對之策，沈玉蓉搖頭。「暫時沒有，兵來將擋，水來土掩。」還能有什麼辦法？

莊如悔坐在棲霞苑的廊簷下，目光望向院中的春蘭。「這蘭花不錯，哪兒來的？我娘也喜歡蘭花，改日分一株出來，我送去給她。」

沈玉蓉答應道：「長公主喜歡，自然雙手奉上。對了，我讓妳去查沈玉蓮，查得如何？」

前些日子進城，她發現沈玉蓮居然進多寶閣買東西。多寶閣有許多稀奇的首飾，要價不菲，若兜裡沒有些銀子，根本不敢進去。

莊如悔猛地想起來，敲敲腦門，笑著道：「我想起來了，妳那姊姊不簡單呀，竟與二皇子的人有來往，不知道想做什麼，反正肯定沒好事。這次秋獵，她也要去，有熱鬧看了。」

沈玉蓉冷哼一聲。「妳想看我的笑話嗎？」

莊如悔訕訕笑了。「我哪敢。放心，無論二皇子要做什麼，定讓他竹籃打水一場空。」

沈玉蓉這才滿意，留莊如悔在謝家莊子住一晚。

莊如悔很滿意，點了幾道菜，讓沈玉蓉去做。

莊如悔剛點完飯菜，齊鴻曦便來了，說齊鴻旻要對沈玉蓉不利，秋獵必不會一帆風順，讓沈玉蓉做好準備。

沈玉蓉問齊鴻曦，是誰告訴他的？

齊鴻曦道：「是五哥。」這話沒錯，但關鍵是齊鴻曜未告知他時，他就已經知曉，還想方設法準備告訴沈玉蓉。

沈玉蓉摸摸齊鴻曦的腦袋，讓他替她向齊鴻曜道謝。

齊鴻曦乖巧點頭應了，瞥見莊如悔也在，便問莊如悔為何來此。

莊如悔挑眉。「想來便來了。怎麼，曦兒想幫你表哥看著你表嫂？」她早看出齊鴻曦的目的了，不讓其他男子接近沈玉蓉，可她是個例外。

齊鴻曦冷哼。「男人沒一個好東西，尤其是鄭勉，竟敢打表姊的主意，豈有此理。」

沈玉蓉笑了。「六禮都走了一半，年底你大表姊便嫁進鄭家，你還在為這事生氣呀？」

齊鴻曦扭過臉，不說話。鄭勉雖不錯，卻配不上謝淺之。

莊如悔指著齊鴻曦道：「這小子就疼大姑娘，這麼多年了，還是如此。當初郭家下聘，他不願意，百般阻撓，還被皇帝舅舅訓斥一頓。如今好了，大姑娘從郭家出來，要進鄭家，鄭勉背後沒靠山，若他對大姑娘不好，就讓大姑娘和離再嫁，或者弄死他，大姑娘成了寡婦再嫁亦可。」

沈玉蓉被她這番言論驚得瞠目結舌，還可以這樣？難道這就是真正的豪門貴族，不把人命當回事？

莊如悔見她愣住，笑著道：「開玩笑了，鄭勉人很好，又保證不納妾、不找通房，婆婆隨和不找碴，比郭家好多了。大姑娘與鄭勉定能白頭偕老，子孫滿堂。」

沈玉蓉聽了，不和她計較，要她繼續派人盯著沈玉蓮，別讓沈玉蓮再鬧出什麼亂子。

翌日，送走莊如悔和齊鴻曦，梅枝現身，冷冷道：「少夫人，我可以幫您殺了沈玉蓮。」算計沈玉蓉的人都該死。

沈玉蓉忙說不用，她與沈玉蓮之間雖有仇，卻是姊妹。她不稀罕沈玉蓮的性命，但沈玉蓮死了，父親會傷心。

為了父親，沈玉蓉可以忍受沈玉蓮，不取她性命，但不代表可以容忍她的一切。若這次沈玉蓮再算計她，就別怪她不客氣。

秋獵的日子很快來臨，謝瀾之和謝清之也跟著來了。出門之前，謝夫人好生交代謝瀾之，照看好沈玉蓉，莫讓沈玉蓉有危險。

沈玉蓉道：「娘，我是大嫂，瀾之還是孩子，要說也是我照顧他，怎能讓他照顧我？」

謝瀾之舉起手中的劍，拍著胸脯保證。「大嫂，我是男子漢，保護女眷是我的責任。」

謝清之也說要保護沈玉蓉，絕不會讓沈玉蓉受欺負。

沈玉蓉覺得好笑，一群毛都沒長齊的小傢伙，竟說要保護她。感動之餘，更是慶幸有沈玉蓮的算計，她才進了謝家。

謝夫人很滿意，叮囑沈玉蓉保重，把三人送到莊子外，看著他們遠行才離去。

許嬤嬤扶著謝夫人，寬慰道：「夫人放心，大少夫人不會有事。真與王家鬥，她也不會吃虧。」

謝夫人道：「可這次不一樣，二皇子和皇后都要去，他們百般算計玉蓉，我怕玉蓉有個閃失，無法向衍兒交代。」

「皇上向著大少夫人，縱然二皇子和王家算計，也討不到好處，夫人且放寬心等著，擔憂無濟於事。」許嬤嬤說著，陪謝夫人回了莊子。

沈玉蓉帶著謝瀾之和謝清之進京，先與齊鴻曦會合，再加入秋獵的隊伍。

明宣帝得知沈玉蓉來了，便問她稻子的事，沈玉蓉如實回答。「都收完了，每畝地產六百多斤，鄭勉已學會種植方法，您讓他帶人去教便是。稻田養魚的方法也成功了，每畝地可收穫四、五百斤魚，送進天下第一樓做成菜餚，肉質鮮美，不比野生的差，頗受客人歡迎。至於果樹，有的結果了，卻因傷了根基，收成不好，還需養養，明年收成會比今年好些。」

收穫那幾日，明宣帝突然病了，病情凶險，沒能親眼目睹收割的景象，很是遺憾。

鄭勉向明宣帝稟報莊子的收成，可明宣帝還覺得像作夢一樣，想聽沈玉蓉親口說。如今聽了，頓覺歡喜非常，連聲誇讚。

沈玉蓉謝恩離開，遇見大理寺卿，是來感謝她的。

一個月前，沈玉蓉幫著大理寺辦了一件陳年舊案，牽扯甚廣，大理寺審理年餘，不見絲毫進展。大理寺卿便想起了沈玉蓉，請她幫忙撬開那些犯人的嘴，才得以破案。

破案後，大理寺卿得了明宣帝嘉獎，往日都是因辦事不力，被明宣帝劈頭蓋臉罵一頓，頭一次被嘉獎，心情焉能不激動，更感激沈玉蓉。

明宣帝誇完他，言明沈玉蓉的審案手段不可外傳。

大理寺卿會意，立刻保證。今日得知沈玉蓉也來秋獵，便上來打聲招呼，以後要多倚仗她了。

沈玉蓉見大理寺卿客氣，道：「大人太客氣，那只是僥倖罷了，跟您沒辦法比。您是斷案神探，我還需向您多多學習。」

大理寺卿見沈玉蓉恭謙有禮，不見絲毫傲氣，又寒暄幾句，便離開了。

沈玉蓉剛要轉身走人，便聽見一個聲音，讓人毛骨悚然，不寒而慄。

「沈姑娘，多日不見，別來無恙呀。」

這聲音不是齊鴻旻又是誰，前幾日才出來，又要作怪？

第八十六章

有明宣帝撐腰，沈玉蓉不怕齊鴻旻，唇角微微上揚，轉身對他行了一禮。「見過二皇子殿下。」

「些許日子不見，沈姑娘與本皇子倒是生疏了。」齊鴻旻來至沈玉蓉跟前，上下打量她，彷彿在衡量一件貨物。

沈玉蓉笑顏以對。「二皇子事忙，身分又貴重，還請您注意些。民婦是謝家婦，請二皇子喚民婦為謝家娘子。」

「謝家娘子？」齊鴻旻嗤笑，搖搖手中的扇子，別有深意地看向她。「謝衍之就是個紈袴，還妄想去軍中謀高官厚祿，也要看看有沒有那個命。」

聽王家的幕僚說，沈言已歸順，準備拿謝衍之的人頭投誠。等謝衍之一死，他的計劃成功，看她還能如何。讓犯人開口的法子、那些奇思妙想的主意，都會盡歸他所用。

沈玉蓉不知齊鴻旻心中所想，見他眼神陰鷙，有些害怕，正準備找藉口離去，便聽見身後傳來齊鴻曦的聲音。

「表嫂？」齊鴻曦瞧見齊鴻旻，怯懦地喊了句。「二皇兄。」

齊鴻曜也過來了，向齊鴻旻行禮，又對沈玉蓉道：「謝家兄弟在找妳，不見妳的蹤影，很是著急，妳過去看看吧。」

沈玉蓉知他們在替她解圍，告辭離開，去隊伍裡找謝瀾之和謝清之。方才他倆被同窗拉走了，如今想來，應該是齊鴻旻的手筆，真是無所不用其極。

這次狩獵，注定不平靜。

另一邊，莊如悔提著鞭子過來，身後跟著戴面具的阿炎。

「妳在找謝家兄弟？」

沈玉蓉環顧周圍，仍不見謝瀾之和謝清之的影子，點點頭。「妳看見他們了？」

莊如悔指前面。「方才他們被幾個世家子弟拉著，往那邊去了。我還瞧見妳那位庶出姊姊呢。」

「她怎麼也來了？」沈玉蓉皺眉，想了想，恍然道：「如今我爹是戶部尚書，正二品的官，身分顯赫，她能來不意外。」至於沈玉芷和沈謙，張氏許是怕他們小，不便讓他們來。

話音剛落，沈玉蓮朝這邊走來。沈玉蓉懶得搭理她，想轉身離去。

沈玉蓮見狀快走幾步，攔住沈玉蓉的去路，柔弱地笑了笑。「妹妹這是做什麼，明明瞧見姊姊，卻不打聲招呼，是姊姊得罪妳了嗎？」

沈玉蓉深深吸口氣，目光冷凝。「妳是好姊姊，哪會得罪我，少算計我一些，便要感恩戴德了。」

「妹妹說的是哪裡話。」沈玉蓮故作委屈。「妳是嫡出，我是庶出，我哪敢算計妳。妹妹若是看不慣我，直說便是，何故說這些傷人的話。」

沈玉蓉撇撇嘴，嗤笑一聲。「妳心裡想什麼，妳我心知肚明，何必裝得跟白蓮花似的。不過，這白蓮花真適合妳，看多了，讓我覺得噁心。所以呢，請妳離我遠一些。」越過沈玉蓮，朝自己的馬車走去。

沈玉蓮站在原地，一臉委屈，想上前追卻又不敢，模樣惹人憐惜，引來幾個貴女上前和她打招呼，問她怎麼了？

「無事。」沈玉蓮搖頭，不願多說。

幾個貴女不由浮想聯翩，說沈玉蓉欺負沈玉蓮，還說沈玉蓉目中無人。

這時，齊鴻曦突然出現在沈玉蓮身後，猛地推她一下，口中罵道：「妳這個賤女人，敢罵我表嫂，去死吧！」

這一幕被齊鴻旻看到了，上前訓斥齊鴻曦一頓。齊鴻曦冷哼一聲跑了，找明宣帝告狀。

齊鴻旻突然出現，嚇退了幾位貴女，等人走遠，齊鴻旻看向沈玉蓮，別有深意道：「記住我的吩咐，不可節外生枝，更不可招惹她，本皇子對她志在必得。」說完轉身離開。

沈玉蓮低頭應是，目送齊鴻旻走遠，又看向沈玉蓉消失的地方，露出嫉妒的目光。

沈玉蓉，妳怎能如此好命？我算計妳入謝家，結果謝家人待妳與我不同，五皇子依然對妳另眼相看，二皇子也對妳上心，妳到底有何本事？

她不能讓沈玉蓉入二皇子府，齊鴻旻是將來的皇帝，若沈玉蓉進去，日後便是嬪妃，即便地位低，也不是她惹得起的。

這一世，她要將沈玉蓉踩在腳下，就像地上的泥，永世不得翻身。

去浮華山的路上，其他貴女與沈玉蓉不熟，雖同乘一車，卻不攀談。齊鴻曦和莊如悔偶爾過來看看，關心幾句。

這一路太過平順，倒像風雨來臨前的寧靜。

兩日後到了浮華山，浮華山有別院，皇家每年都在這裡狩獵。先皇奢華無度，早早建了行宮別苑，北苑行宮是其中一處，坐落在浮華山山下，占地近千畝。

明宣帝帶著嬪妃住靜怡園，皇家貴胄住暢春園，沈玉蓉等官眷們住清逸園，大臣們住善樂園，園子與園子之間有段路，可見北苑行宮有多大。

到了北苑行宮，明宣帝讓大家先歇息一日，明日開始狩獵。

沈玉蓉對此不感興趣，她來只為湊數，順便看看齊鴻旻和王家玩什麼把戲。

謝瀾之和謝清之騎射一般，從未得過頭籌。

次日清晨，明宣帝宣佈了狩獵的規則及獎賞。獵得最多的人，可得一把藩國進貢的匕首，上面鑲嵌著寶石。

莊如悔對匕首很感興趣，問沈玉蓉。「妳喜歡那匕首嗎？我幫妳贏回來如何？」

沈玉蓉眉眼彎彎。「妳若送，我便收。白送的東西，不要白不要。」

這幾個月，沈玉蓉跟著梅枝學了騎射，加上她在地府學的功夫，對付一般高手不是問題，不過為了防著齊鴻旻和沈玉蓮，平時並不敢展露。

狩獵開始，眾人各自散開，朝林中行去。有的結伴而行，有的單獨行動，莊如悔、謝瀾之、謝清之和齊鴻曦怕沈玉蓉出事，都跟在她身邊。

沈玉蓉笑了。「你們不用全跟著我，我又不是泥塑的。」

「那些人虎視眈眈，就妳心大，滿不在乎。」莊如悔搭箭拉弓，朝不遠處射去，射中一隻兔子的後腿。

謝瀾之和謝清之不甘示弱，環視周圍尋找獵物，見遠處有隻野雞，也拉滿弓射出去，可惜準頭不夠，野雞撲著翅膀飛走了。

謝清之失望，噘著嘴。「還以為你多厲害，不過如此。要是大哥在這裡，定能射中。」

「可惜大哥不在。」謝瀾之衝他一笑。

謝清之到底是小孩子心性，扮個鬼臉，騎馬走遠了。他騎的是小馬駒，沈玉蓉怕他摔著，催著謝瀾之去看看。

這時，一個小太監跑過來，對齊鴻曦道：「六皇子殿下，皇上怕您有閃失，正找您呢，請隨奴才去吧。」

齊鴻曦猶豫一下，不放心沈玉蓉。

沈玉蓉道：「去吧，我沒事，我不往深山走，別人有心算計也無用。」

莊如悔說她會保護沈玉蓉，齊鴻曦又囑咐莊如悔兩句，這才跟著小太監離開。

莊如悔想贏得匕首，吩咐阿炎狩獵，她要守著沈玉蓉。阿炎得了吩咐，調轉馬頭而去。

不久後，出現一個黑衣人，朝沈玉蓉射了一冷箭，轉身就逃。莊如悔揮鞭去追他，林中頓時只剩下沈玉蓉了。

沈玉蓉覺得不對勁，才一會兒工夫，她身邊的人走得一個不剩，也太巧合了些，難道是王家設的調虎離山之計？

正當她準備離開時，沈玉蓮來了，見沈玉蓉獨自騎在馬上，展顏一笑。「妹妹，妳我都是閨閣女子，不善騎射，下來走走吧，我有重要的事情要告訴妳。」

沈玉蓉才不信她會這麼好心，坐在馬上一動不動，靜靜地看著她，看她想玩什麼把戲。

沈玉蓮又道：「難道妳不想知道謝衍之的消息？」

沈玉蓉更沒興趣聽，她與謝衍之有書信往來，自然知道他的事，還用得著沈玉蓮說。

「據我所知，王家人一直在追殺謝衍之，妳猜猜他這會兒如何了？」沈玉蓮站在原地，唇角上揚，看好戲似的盯著沈玉蓉。

沈玉蓉下馬，撫摸馬兒的鬃毛。「我與他有書信往返，他如何，我最清楚。」

沈玉蓮移步到沈玉蓉跟前，發出銀鈴般的笑聲，似在嘲笑。「他快死了，妳知道嗎？」

「危言聳聽。」沈玉蓉嗤之以鼻。

沈玉蓮見她不信，又道：「妳不好奇，我姨娘為何突然轉性，我們為何依附繼母？繼母明明很喜歡妳，為何突然冷淡，為何讓妳嫁進謝家？我又為何知道謝衍之快死了？」話落，笑得更得意了。

「妳願意說？」沈玉蓉想過，柳姨娘母女或許和她一般，得了某種機緣，能預知未來，但沒想到沈玉蓮會大剌剌說出來。

「妳跟我來，我告訴妳。」沈玉蓮轉身離開。

方才沈玉蓮說謝衍之會死，是真的嗎？沈玉蓉懷著忐忑不安的心跟上去。

兩人一前一後走向浮華山深處，這裡有座湖，秋風蕭瑟，地上滿是枯枝殘葉，踩在上面發出沙沙的聲音。

九月的清早有些冷，湖邊秋風吹來，沈玉蓉緊了緊身上的紫色披風，盯著背對她的沈玉蓮，直接開口問：「說吧，妳為什麼知道謝衍之會死？」

沈玉蓮轉身，定定地看沈玉蓉。「謝家待妳與我不同。」

沈玉蓉詫異。「這話何意？」她是謝家兒媳，謝家人自是喜歡她，再說真心換真心，她待謝家人真心，謝家自然以真心相待。

「不明白嗎？」沈玉蓮緩緩靠近沈玉蓉。「那我告訴妳，我作了個夢，一個很奇怪的夢，我嫁進了謝家，與妳的遭遇頗為相似。嫁進去當晚，謝衍之跑了，第二日嫁妝被搶，謝家人對我冷嘲熱諷……」

見沈玉蓉驚得目瞪口呆，沈玉蓮伸手將她推向湖中。

說時遲，那時快，沈玉蓉一個側身，伸手扯下沈玉蓮的披風，同時抬腳踹過去，撲通一聲，沈玉蓮順勢掉進湖裡。

沈玉蓉已猜到沈玉蓮此行的目的，來不及多想，解下自己的披風扔進湖中，披上沈玉蓮的披風，飛快離開。

沈玉蓮不會泅水，落水後又驚又懼，撲騰著喊救命，越掙扎越往下沈。就在她以為要死的時候，聽到一陣腳步聲，步履匆忙，還有人喊著。「快來人，有人落水了！」

來的是齊鴻旻一行人，他帶著兩個侍衛尾隨沈玉蓉，怕沈玉蓉發現端倪，藏在不遠處。他聽見動靜，才帶人趕來，心中狂喜，靠近湖邊環顧四周，見白色身影遠去，猜測沈玉蓮得手了。

今兒沈玉蓮穿的是白色披風，又見紫色披風浮在水面上，他不再猶豫，縱身一跳，朝湖中的身影游去。

第八十七章

沈玉蓉穿著白色披風，加快腳下步伐，越想越心驚。

這些都是齊鴻旻和沈玉蓮的陰謀。沈玉蓮引她來這裡，推她落水，齊鴻旻帶人來救，無論過程如何，她的名譽將不復存在。若齊鴻旻再出言誣陷，沈家和謝家定會聲名掃地。

這一招可真陰損，幸虧她機靈，看出沈玉蓮不懷好意，反把沈玉蓮推下去。

沈玉蓮與齊鴻旻有來往，齊鴻旻若想繼續用沈玉蓮，也得考慮她的名聲。

沈玉蓉跑了一刻鐘，突然聽見有人喊救命，聲音若有似無，唬得她背脊冷汗涔涔，立刻停下來，不敢再挪動一步。

她屏住呼吸聽了一會兒，真是有人喊救命，這聲音還有些熟悉，循聲找過去，竟發現一個陷阱，聲音是從陷阱裡傳來的。

沈玉蓉不確定地喊了一聲。「是誰？」

齊鴻曜躺在陷阱中，聽見有人說話，繼續喊：「有人在嗎？快救我上去！」

沈玉蓉這才聽出是齊鴻曜，忙來至陷阱邊，往下看去，莫名鬆了口氣。「怎麼是你？嚇我一跳。」

這陷阱有兩人多深，地下有些碎石。她以為是齊鴻旻的另一個把戲，看來是她想多了，應該是獵人布下的陷阱，讓齊鴻曜這個倒楣鬼遇上了。

齊鴻曜甚是狼狽，見是沈玉蓉，整理一下儀容，訕訕笑了兩聲。「原來是大少夫人，煩請妳去找人，救我上來。」

沈玉蓉環顧四周，見周圍有一條粗壯的藤蔓，對齊鴻曜道：「我扔一根藤蔓下去，你能拉著藤蔓上來嗎？」

齊鴻曦搖頭。「扭了腳，上不去，妳還是找人來救我吧。」

話落，一陣野獸奔跑的聲響傳來。

沈玉蓉道：「來不及了，有野豬。」說完，抽出腰間軟劍，朝野豬的眼睛刺去。這野豬看起來有四百多斤，牙齒又尖又亮，很是嚇人，跑過來時，周圍的地都在顫動。

因為這次離開的時日太長，沈玉蓉怕謝夫人幾個女眷出事，便讓梅枝留在謝家。如果知道會遇到野豬，說什麼也要把梅枝帶來。

齊鴻曜也感覺到了，在陷阱裡喊：「別逞強，快上樹。豬不會爬樹，咱們等人來救。」

沈玉蓉不理會，軟劍刺中野豬的眼睛，頓時鮮血噴濺，野豬發出聲嘶力竭的嘶吼聲，不管不顧朝沈玉蓉撞過來。

沈玉蓉退後幾步，看準牠的另一隻眼，再次提劍刺過去。可野豬似乎發狂了，沈玉蓉並未得手，還被野豬撞了一下，踉蹌退後幾步，跌坐在地，發出一聲悶哼。

齊鴻曜擔心沈玉蓉，再次勸她躲起來，等人來救。

沈玉蓉站起身，用手指擦擦嘴，盯著橫衝直撞的野豬，方才不小心咬破了嘴，疼死她了。若不是顧忌齊鴻曜，她怎麼會受傷，這傢伙就是霉神附體，掉進陷阱還能遇見野豬。

難道……這一切都不是巧合？這定是沈玉蓮和齊鴻旻的算計！

沈玉蓮想接近齊鴻曜，始終不得其法，便想美人救英雄。齊鴻旻將計就計，表面上為了幫助沈玉蓮，其實想要齊鴻曜的命，順帶將沈玉蓮滅口，一石二鳥。

沈玉蓉想的沒錯，這一切都是齊鴻旻和王家的陰謀，除掉齊鴻曜，就少一個對手，殺沈玉蓮則是為了滅口。

可惜，他們千算萬算，沒算到落水的是沈玉蓮，齊鴻曜遇到的是沈玉蓉。

電光石火間，野豬又衝過來，沈玉蓉扭頭瞧見一棵兩人環抱粗的大樹，轉身朝大樹跑。野豬被沈玉蓉刺瞎了眼，本就疼痛難忍，怒火中燒，見沈玉蓉逃跑，更是暴跳如雷，對著她吼了一聲，揚起四個蹄子追上去。

沈玉蓉背對大樹，舉起劍，等野豬靠近時，踩著樹幹往上走幾步，側身跳下。

野豬來不及停住腳，直接撞到樹上。

沈玉蓉乘機補上一劍，四百多斤的大傢伙砰的倒地，再也不動了。

沈玉蓉狼狽地坐下，喘著粗氣，低頭看看自己身上，滿身是血，想起齊鴻曜還在陷阱中，便走過去。

「你還好吧？」

齊鴻曜抬頭望著沈玉蓉，見她臉上血跡斑斑，忍不住問：「妳受傷了？」

沈玉蓉搖頭。「是野豬的血。此地不宜久留，血腥味會引來其他野獸。你等一下，我想到辦法救你了。」說完轉身離開。

齊鴻曜大喊：「妳回來！妳想到什麼辦法了，難道要下來揹我上去？」

沈玉蓉沒回答，砍了兩株藤蔓纏在大樹上，又砍了十幾根木棒和荒草，撕破披風，綁成一架簡易的梯子，扔到陷阱中，順著梯子下去。

齊鴻曜見她下來，又驚又喜。「真是聰慧，連這辦法都被妳想出來。」

「別貧嘴。」沈玉蓉檢查齊鴻曦的傷勢，見他只是扭傷了腳，並無大礙，這才放心。「走吧。」

齊鴻曜望望上方，又看看梯子，抬了抬受傷的腿。「我上不去呀。」其實他抓住梯子就能上去，只是想看看沈玉蓉要怎麼辦。

沈玉蓉蹲下，回頭道：「上來，我揹你。」語氣自然而然，毫不做作，沒有一絲身為女子的扭捏。

齊鴻曜耳根微紅，猶豫片刻。「這不好吧。」

「都什麼時候了，你還說這些，是禮節重要，還是命重要？你再不上來，怕要引來一群野豬或野狼，到時候就算上去，也是生死不知。」沈玉蓉看著齊鴻曜，催促他快些。

齊鴻曜單腿跳向前，趴在沈玉蓉背上，伸手摟住她的脖子，臉直接紅到耳根，一顆心好似要跳出來，說話結結巴巴。

「妳小心些，辛苦了。」

沈玉蓉毫不在意，要齊鴻曜摟緊她，順著梯子往上爬。幸虧這幾個月有鍛鍊身體，力氣大了不少，不然真揹不動他。

「你吃了什麼，怎麼這麼重？」沈玉蓉一步一步往上爬，感覺像揹了一座山，壓得她喘不過氣。

「就……就隨便吃吃。」齊鴻曜實在不知如何回答，見沈玉蓉臉上有汗珠滑落，忍不住用袖子幫她擦拭。

沈玉蓉費了九牛二虎之力，才把齊鴻曜揹出去，正要喘口氣，頓覺不對勁，抬頭便見一頭熊站在不遠處，定定地望著他們。

這黑熊站起來有一人多高，看著比方才的野豬還難對付。

「你這是什麼神仙運氣，若說沒人想要你的命，我真不信。」沈玉蓉轉頭瞪著齊鴻曜。

齊鴻曜苦笑。「抱歉，連累妳了。」話落，抬起左臂，右手輕拍兩下，三支短箭嗖的一下飛射出去，直接插入黑熊的咽喉，黑熊應聲倒地。

這一招讓沈玉蓉瞠目結舌，盯著齊鴻曜的左臂。「什麼東西這麼厲害？」

「小型弓弩，我外祖父給的，可以保命，沒想到今日用上了。」齊鴻曜將手臂搭在沈玉蓉肩膀上。「快走吧，這裡太危險。」

回去後，他得好好查查是誰動的手。其實不用查也知，除了王家和齊鴻旻，他想不出其他人來。

沈玉蓉扶著齊鴻曜回行宮，路上遇見莊如悔和謝瀾之兄弟。

他們找沈玉蓉許久，都不見蹤跡，猜測沈玉蓉出事了，莊如悔打算回行宮向明宣帝要幾個侍衛去救人。到了行宮才知，齊鴻旻已經回來，正被明宣帝訓斥呢。

莊如悔見狀，猜想齊鴻旻應該動了手，但沒得逞，還被明宣帝發現，遂喚出齊鴻曦，問了事情經過。

原來齊鴻旻將沈玉蓮救上岸後，周遭圍攏不少人，其中有與王皇后不合的嬪妃，便將這事告訴明宣帝。

別人或許不知齊鴻旻的打算，明宣帝卻一清二楚，立刻命人去查，不久便有人來回話，稟報事情經過。

明宣帝得知真相，又氣又怒，著人喚來齊鴻旻，當著眾嬪妃的面訓斥，一點情面未留。

齊鴻旻剛被訓斥，莊如悔又來說沈玉蓉不見了，明宣帝更加認定這事是齊鴻旻和王家做的，命人去找沈玉蓉。

齊鴻曦和莊如悔也跟著，過了許久才找到沈玉蓉和齊鴻曜。

莊如悔見沈玉蓉渾身是血，立刻上前查看她有無受傷。

沈玉蓉搖頭。「我無礙，是五皇子殿下。他扭了腳，行動不便，我只能攙著他回來。」

齊鴻曦走到沈玉蓉身邊，伸手去扶齊鴻曜，又問沈玉蓉到底發生何事？

沈玉蓉說了經過，莊如悔跟在他們身後，冷笑道：「那些人真是好算計，可惜。」

幸虧沈玉蓉機靈，將那白蓮花推下水，才沒讓齊鴻旻得逞，不然後果不堪設想。

沈玉蓉回了行宮，要水洗漱一番，換身衣裙，怕齊鴻旻又起壞心思，便稱自己病了。

明宣帝派李院正來瞧沈玉蓉，李院正給她把脈，開些安神的藥，回去稟報，說沈玉蓉驚嚇過度，又著涼了，這才病倒。

明宣帝想像著沈玉蓉慘白的臉，對齊鴻旻又多了幾分怒氣，決定罰他回京後禁足半年，手裡差事分給齊鴻曜。還連帶恨上王皇后，打算回宮後罰她抄佛經百遍，禁足三個月，替她兒子贖罪。

接著，他再派人賞賜沈玉蓉不少東西，一來壓驚，二來感謝她對齊鴻曜的救命之恩，並囑咐她專心養病，不用加入秋獵了。

明宣帝賞賜後，齊鴻曜的母妃德妃也派人來探望沈玉蓉，同樣賞賜不少好東西。

德妃對沈玉蓉是真心感激，要不是沈玉蓉，齊鴻曜興許就沒命了。

原先她對沈玉蓉有幾分偏見，如今已消除得所剩無幾，甚至對齊鴻曜道：「還是你的眼光好，這姑娘有勇有謀，不過已經嫁人，倒是可惜了。」

齊鴻曜揉著腳，不出聲。

德妃見他不說話，直直看著他。「你要記住，這個世界對女子多有束縛，男子尋花問柳三妻四妾，頂多被人說是風流，女子則不同。你若真心為她好，來往便要有分寸。你可明白我的意思？」

齊鴻曜的手僵了下，嗓音沙啞道：「母妃放心，我知曉。」絕不會讓她受半分委屈，更不允許有人對她說三道四。

德妃滿意地點頭。「這才是我的好兒子，知分寸、識大體。我不求你爭奪那位置，自古高處不勝寒，只希望你活得舒心。」停頓一下，又說：「你不爭不搶，別人未必會這樣想。母妃派人查了，這次有老二那邊的人，也有老四的，他們想要你的命。母妃真為你擔憂。」

她話中有話，齊鴻曜明白。「父皇正值壯年，咱們莫要有不該有的心思。」

但是，坐上那個位置，是否能得到他想要的？

若可以，他想一試。

第八十八章

秋獵並未因某個人、某些事收場，依然繼續著。

這次秋獵中，莊如悔得了第一，順利拿到匕首，直接送給沈玉蓉，還道：「若是二皇子再欺負妳，就用這個刺他。」

沈玉蓉把玩著匕首，笑了。「放心吧，若有下次，我可真不客氣了。」做了一個刺出去的動作。

狩獵結束，眾人回京。沈家人早知沈玉蓉被算計的事，沈玉蓉還未進城，沈父、沈謙和沈誠便在城門口等著。見沈玉蓉安好無恙，他們才稍稍安心，拉著沈玉蓉追問事情經過。

沈父得知沈玉蓮攪和進去，氣得大罵幾聲孽女，說回去後定要懲罰她。

沈謙抱住沈玉蓉，後怕連連，跟著罵沈玉蓮不厚道，胳膊肘往外拐。

沈誠站在一旁看著，說張氏也很擔憂沈玉蓉。

沈父不放心沈玉蓉回謝家，想帶她回去。沈玉蓉安慰他幾句，謝瀾之和謝清之見狀，對沈玉蓉道：「嫂子且隨伯父回去，我們和娘說一聲，得知妳安然歸來，娘便不會擔憂。」

沈父聞言，不好再強求沈玉蓉，畢竟女兒已嫁為人婦，見女兒安然無恙，他就放心了。

沈玉蓉到底沒回沈家，跟著謝瀾之和謝清之回謝家，路上還囑咐兄弟倆。「娘身子不好，還是別說我在浮華山遇險了，左右也無事。若是說了，娘親平白擔心。」
謝瀾之想了想，道：「要是娘日後知道，該埋怨咱們了。」
謝清之說：「我聽嫂子的。」
沈玉蓉摸摸他的頭。「咱們清之就是乖。想吃什麼，回去後我做給你吃。」
謝清之很高興，咧嘴笑起來。「都行，只要是嫂子做的，我都喜歡。」有些日子沒吃到她做的飯了，想想都覺得流口水呢。
謝瀾之瞥謝清之一眼，撇撇嘴。「我也聽嫂子的。」母親要是問起，也是以後的事，現在就聽她的。
沈玉蓉點頭，誇讚謝瀾之幾句，又想起了謝衍之。不知他如何了，收到她的信沒有？

馬車出了城，緩緩朝謝家莊子駛去。
回到莊子，三人剛進門便被梅香攔住，梅香見沈玉蓉無事，一把抱住她，淚如雨下。
「少夫人，您可回來了，您把我們嚇死了。」
沈玉蓉推開她，一面幫她擦淚、一面道：「這是怎麼了，我不是好好地回來了嗎？莫要哭了，大家都看著呢，也不怕被人笑話。」
「我們得知您被二皇子算計，都快嚇死了，您還打趣我們。這幾日夫人食不下嚥，人都瘦了一圈。」梅香停止哭泣，紅著眼眶說。

沈玉蓉頓時語塞，還以為能瞞住謝夫人呢，原來他們早就知道了。

幾人來到謝夫人的院子，見謝夫人躺靠在軟榻上，神情擔憂，沈玉蓉頓覺心疼。

「娘，您看看，我們好好地回來了，什麼事也沒有，虛驚一場。」

許嬤嬤扶起謝夫人。「謝天謝地，少夫人沒事。若有個萬一，讓夫人跟我們怎麼活。」

謝夫人一手拉住沈玉蓉、一手撫摸沈玉蓉的臉龐，眸中迸射出光芒，仔細打量她一番。

「回來就好，我真怕……」

沈玉蓉拉著她的手安慰。「娘，我沒事。我這不是好好的，一根頭髮都沒少。」

說到此處，謝夫人的眼眶更紅了，珍珠似的淚珠滾下來。「還說沒事，先遇到野豬，又遇到熊，要不是妳機靈，就被二皇子算計了去，幸好妳沒事。」

她在心裡把沈玉蓮罵了千百遍，什麼狗屁姊姊，算計自家妹妹。還有齊鴻旻和王家，也被謝夫人問候八百遍了。

得知沈玉蓉出事，她便飛鴿傳書給謝衍之，讓他想辦法把沈玉蓉接走。京城是個是非之地，沈玉蓉留在京城，早晚會出事。

沈玉蓉安慰謝夫人一番，見謝夫人心情激動，便道：「娘，您十幾日沒吃到我做的飯，我親自下廚做一桌菜，慶祝我劫後餘生。」

謝夫人捨不得她勞累，說讓下人們去做。

沈玉蓉沒答應，怕在屋裡勾得謝夫人傷心，便說她喜歡做飯，再說也答應謝清之了，不能食言。

謝夫人說不過她，便點頭了。

謝家這邊其樂融融，沈家這邊愁雲慘霧。

沈父回家後，便去了沈玉蓮的院子，質問她為何陷害沈玉蓉。

沈玉蓮百般狡辯，沈父氣得給她一巴掌，問她為何妄想攀高枝，齊鴻旻不是她可以高攀的人。

沈玉蓮不服氣，哭喊著說沈父偏心。

沈父氣得差點吐血，指著沈玉蓮道：「你們說我偏心，可你們知道嗎，你們都是有娘的孩子，但蓉兒和謙兒沒有，為父若不護著他們，誰會護著他們？除此之外，為父從未虧待過你們，還想怎樣？早知妳會替家裡惹禍，當初就不該生下妳。」

沈玉蓮聽沈父的話說得重，捂著臉哭泣，不敢再說話。

她以為，父親喜歡沈玉蓉姊弟，是因為他們是嫡出，身分比她尊貴。孰料竟是因為沒有娘親，這不是另眼相看，是憐憫。

可父親憐憫沈玉蓉姊弟，為何不憐憫她？她娘是姨娘，娘家又不富裕，在家處處低人一等，為何不多疼她們母女一些？父親就是偏心，還說得冠冕堂皇，她一個字都不信。

齊鴻旻說了，他玷污了她的名聲，就會給她交代。幾日後，他納她為妾。

雖不能進五皇子府當皇子妃，當齊鴻旻的寵妾也不錯。齊鴻旻可是未來的皇帝，她就是皇帝的妃子，沈玉蓉一個寡婦，還能在她跟前抬起頭嗎？

若她運氣好，再生個男孩，皇位也不是不能爭。將來當了太后，一人之上，萬人之下，誰還敢小瞧她，連父親和繼母見了她，都要行跪拜之禮，更別提沈玉蓉了。

想到那場景，沈玉蓮內心的激動無以言表。

可惜，現實很殘酷，院外傳來柳姨娘的聲音，哭著讓沈父手下留情，還說沈玉蓮不是故意的，中間定有什麼誤會。

沈父盯著沈玉蓮的雙眸。「妳說說，是不是有誤會？」他願意給沈玉蓮解釋的機會。

「能有什麼誤會，爹爹不是已經認定，這些事都是我做的。二皇子喜歡二妹妹，想讓二妹妹做妾，我便答應幫他，僅此而已。」沈玉蓮譏諷地笑了。

沈父揚手欲打她，沈玉蓮道：「父親，二皇子說了，要納我為妾，若是臉毀了，怕是不好向二皇子交代。」

這是她唯一脫離沈家、脫離張氏的機會，不能錯過，否則誰知以後張氏會把她嫁給誰？

柳姨娘哭著進來，聽見沈玉蓮的話，將她護在身後，戰戰兢兢道：「老爺，蓮兒是我的命根子，您不能打她。自小您疼愛二姑娘，對蓮兒不管不問，她為自己謀算有錯嗎？若您疼她，就該為她著想。蓮兒的名聲已經毀了，若不給二皇子做妾，好人家誰會要她。」

沈父聽了這話，氣得渾身發抖。

張氏上前扶住他，讓他消消氣。她曾經以為夫君疼愛元配的孩子，是因為愛，也瞧不上她繼室的身分，哪知夫君是憐惜沈玉蓉姊弟無親娘疼愛。

沈父怒火未消，拿起桌上的茶壺要砸沈玉蓮。柳姨娘趕緊護著沈玉蓮，沈謙和沈城也拉住沈父，不讓他動手。

沈父深吸一口氣，轉身不看沈玉蓮，努力平復，好半晌才道：「路是妳自己選的，若將來後悔了，莫回家哭泣。我言盡於此，妳好自為之。妳進了二皇子府，就是二皇子的人，與沈家再無關係。」

當晚，一頂小轎停在沈府門前，沈玉蓮上了轎子，含淚離開了沈家。

次日一早，沈父告了病假，帶著張氏去了謝家，向謝夫人賠罪。雖說沈玉蓉是他女兒，可如今已是謝家婦，沈玉蓮傷害沈玉蓉，就是得罪謝家，沈家需給謝家一個交代。

謝夫人自然不讓沈父道歉，好言相勸一番，讓他想開些，兒孫自有兒孫福，他們都老了，管不了許多。

沈父和張氏吃了午飯才回去，沈玉蓉送走他們，剛回到棲霞苑，梅香來報，說莊如悔來了，表情凝重，好似發生了不好的事情。

沈玉蓉疑惑，還能有什麼不好的事？王家的香滿樓已經歇業，難道又有人看上了莊如悔，莊如悔想來謝家避難？

莊如悔見到沈玉蓉，欲言又止，同情地看著她。

沈玉蓉洗好茶具，一面沏茶、一面好笑地瞧著莊如悔。「怎麼了，可是王家又作怪了？王家使壞也不是一次兩次，咱們不怕，兵來將擋，水來土掩，每次咱們都能逢凶化吉，這次也一樣。說說吧，發生了何事？我幫妳出出主意。」

「妳先不要緊張，更不能告訴謝夫人。謝家能擔事兒的人只有妳了，妳若倒下，讓他們怎麼辦？」莊如悔斟酌一下措詞，道：「妳千萬不要著急，我是說……」

她一言未了，就被沈玉蓉打斷。「妳想說什麼便趕緊說，婆婆媽媽的，我更擔心了。」停頓一下，忽然反應過來，看著莊如悔問：「可是謝衍之出事了？」

莊如悔點頭。「今早王家的客卿霍先生回府，去了王元平的書房，與他密談近一個時辰。霍先生離開後，王元平仰天長嘯，隨後去了二皇子府，不知與二皇子說了什麼，連二皇子也歡呼起來，說終於如願以償。

「我派去盯著二皇子府的人隱約聽見妳的名字，回來稟報，我覺得不對勁，讓人去套霍先生的話。起初霍先生不願說，醉酒後說漏了嘴，道謝衍之掉下山崖死了，屍骨無存。」

沈玉蓉聽了，手中的茶杯掉在地上，應聲而碎，不敢置信看著莊如悔。

「不可能，這絕不可能。」那人溫和的聲音在她耳畔響起，絕不可能說沒就沒了，她無法接受。「他不可能死，他說會回來的。」

「我也不信，但霍先生說得有鼻子有眼睛的，容不得我不信。」莊如悔道。

「誰死了？」謝淺之端著盤子從外面進來。

沈玉蓉一時不知該如何回答。

謝衍之死了，謝家人能接受嗎？她都無法接受，何況是謝家人。

第八十九章

謝淺之見她們沒回答，又問了一遍，沈玉蓉和莊如悔還是沈默以對。

「難道是……」謝淺之猜到了，著急地問：「是不是衍之出事了？」說到這裡，心裡又否認了，不會的，謝衍之向來機靈，王家害他多次，都被他躲過，這次一定沒事。

她見沈玉蓉和莊如悔不說話，紅起眼眶，繼續追問道：「玉蓉，妳說實話，是不是衍之出事了？」

沈玉蓉怔怔地看著她，好半晌才吐出一個字。「是。」

謝淺之聽了這話，轉身離去，說要把這事告訴謝夫人。

沈玉蓉忙上前拉住她。「妳不能去，娘身子不好，若知道衍之死了，定會傷心難過。」

她話音未落，抬眸便見謝夫人被許嬤嬤攙扶著，站在不遠處，臉色慘白地看著她們，顯然聽到了方才的話。

沈玉蓉吶吶道：「娘，您怎麼來了？」

謝夫人來到沈玉蓉身旁，未開口，已淚流滿面。「玉蓉，妳告訴我，妳說的都不是真的。衍之無事，他一定沒死。」

沈玉蓉道：「我相信衍之沒死，只是跌落懸崖。我們去找他，一定要把他找回來。」此刻，她也不知該如何安慰謝夫人。

謝夫人聽了這話，眼珠一翻，昏了過去。

因為謝夫人昏倒，棲霞苑頓時亂成一團。

謝淺之命人去找李院正，沈玉蓉力氣大，揹起謝夫人進屋，同時讓許嬤嬤打些水來。

沈玉蓉將謝夫人輕放在軟榻上，掐了掐她的人中。

謝夫人悠悠醒轉，看見沈玉蓉，淚落如雨，扯著她的衣袖，哽咽道：「玉蓉，衍之他沒事，他一定沒事的。」

沈玉蓉也哭了，點頭應著。「是，沒有我的允許，他不准有事。」

謝夫人聽了這話，露出笑容，隨即臉色微變，推開沈玉蓉，朝地上吐了一口血，嚇得沈玉蓉和謝淺之魂不附體，忙問她怎麼了。

許嬤嬤拿出帕子幫謝夫人擦嘴，謝夫人道：「我無事，最近胸口悶，吐出一口血，覺得舒服多了。」她沒說謊，可聽在沈玉蓉和謝淺之耳中，就變成了安慰她們。

這時，謝瀾之帶著弟弟妹妹進來，得知謝夫人昏倒吐血，嚇得紅了眼眶。

沈玉蓉安撫大家一陣，謝沁之和謝敏之找到了主心骨，抱住沈玉蓉哭起來。

「行了，不許哭，咱們都會沒事的。」沈玉蓉聲音肅穆，對謝夫人道：「娘，衍之只是落下山崖，不會有事，我這就去找他，一定把他找回來。」

謝夫人拉住沈玉蓉的手。「妳別去，他已經出事了，妳不能再有事。」

沈玉蓉沈默一陣，道：「娘，讓我去吧。您也知道，京城就是個是非之地，二皇子和王家盯著我，我出了京城，他們便尋不著。」

謝夫人還是不肯。「在京城，我們可以護著妳。一旦離京，我怕二皇子更肆無忌憚。」

「我們喬裝出去，混跡人群中，他上哪裡找我們？娘放心，我讓梅枝跟著我，她的功夫您清楚，定不會出事。」沈玉蓉道。

謝夫人沈默不言，外面實在太危險，沈玉蓉一個閨閣女子，哪裡經歷過這些。

沈玉蓉又勸說謝夫人一陣，謝夫人才答應了，讓沈玉蓉多準備一些東西。

一個時辰後，李院正來了，幫謝夫人把脈，說她憂思過重，鬱結於心，如今將瘀血吐出來，也算因禍得福，日後好生養著，便沒事了。

送走李院正，沈玉蓉對莊如悔道：「明天一早，妳隨我入宮。」

莊如悔問她進城做什麼，沈玉蓉道：「五皇子有把弓弩，小巧精緻，可以戴在胳膊上，若能借來，可以保平安啊。」她是齊鴻曜的救命恩人，借個弓弩應該不成問題。

莊如悔點頭應下。

次日一早，莊如悔帶著沈玉蓉進宮，輕車熟路去了齊鴻曜的錦瀾殿。

沈玉蓉想著，齊鴻曜傷勢未癒，應該在養傷，可小太監告訴沈玉蓉，齊鴻曜不在，說是明宣帝召見，去了御書房。

沈玉蓉只好在錦瀾殿門口等，等了一刻鐘，等來一個小太監。

小太監似認識沈玉蓉，對她道：「少夫人，奴才是德妃娘娘宮裡的，德妃娘娘知您進宮，想見見您，以便答謝您對五皇子殿下的救命之恩。」

沈玉蓉上下打量小太監，見他恭敬有禮，便看向莊如悔。她總覺得德妃來意不善，齊鴻曜怕是沒去御書房，而是德妃娘娘故意讓人這麼說的。

莊如悔掀起眼皮盯著小太監。「德妃娘娘可是大忙人，怎麼有空見少夫人。少夫人還有要事在身，改日再去給德妃娘娘請安。」

小太監笑道：「等會兒五皇子從御書房回來，也要去向德妃娘娘請安，少夫人請吧。」

沈玉蓉猜得不錯，齊鴻曜沒去御書房，而是在錦瀾殿養傷。但德妃早有吩咐，不許齊鴻曜見任何人。

她們剛來，便有人告訴德妃，德妃這才召見沈玉蓉。不為別的，是因齊鴻曜的心思。

齊鴻曜溫和有禮，事事恭順，從未反駁過她，如今為了一個有夫之婦忤逆她，這讓德妃無法容忍。

既然跟齊鴻曜說不通，那就從沈玉蓉身上下手。

沈玉蓉跟著太監，來至德妃的玉溪宮。

莊如悔要跟進去，卻被一旁的侍衛攔住，說德妃只見沈玉蓉一人，旁人不許進。

「本世子是旁人？睜開你的狗眼看看，我是長公主獨子，宜春侯的世子！」莊如悔氣急，狠狠地瞪著侍衛。

侍衛道：「不管是誰，沒有娘娘召見，一律不許進去。」

沈玉蓉拉住莊如悔，讓她在外面等著，她跟著太監進了玉溪宮。德妃不是王太后，就算對她做什麼，也會有所顧忌。而且，她是齊鴻曜的救命恩人，德妃不會為難她。

德妃早已等著了，見沈玉蓉進來，揮退宮女太監，來至她身旁。

「妳救了曜兒，我很感激。」

「娘娘言重了，若是旁人遇見五皇子落難，也會救他，當不得娘娘誇讚。」沈玉蓉屈膝行了一禮，謙遜道：「再說，娘娘已賞賜不少東西，民婦實在不知娘娘召見有何事。」

「沒有別的，早聽說妳的事跡，機智勇敢，是個不可多得的女中豪傑，本宮早想見見妳，卻一直不得閒。今兒聽說妳進宮，本宮也有空，就想見見。」德妃看得出來，沈玉蓉對齊鴻曜無意，若沈玉蓉生出不該有的心思，她絕不會留沈玉蓉。

沈玉蓉忙說不敢當。她看出來了，德妃的目的絕不簡單，卻不知是為何？

「聽聞妳要見五皇子，所為何事？本宮可以幫妳解決。妳是有夫之婦，他是未婚男子，總是見面不合適。」

德妃說完，轉身坐下，端起茶靜靜品著，目光緊盯沈玉蓉。見沈玉蓉神色坦然，不見一絲慌亂，放下了茶杯。

「妳是好孩子，我很欣賞妳，能讓王家和皇后一派連連吃虧，可見是聰明人。本宮喜歡與聰明人說話，方才本宮的意思，妳可明白？」

沈玉蓉跪下，誠懇道：「娘娘的意思，玉蓉明白，可玉蓉這次來是有事相求，請娘娘通融，讓我見五皇子一面。我與五皇子絕無私情，還請娘娘明察。」

「我自然是相信的。說吧，妳有何事，說不定本宮可以幫妳，只要本宮能做到，定不推辭。妳畢竟是曜兒的救命恩人，本宮恩怨分明，定會記得這份恩情。」德妃道。

沈玉蓉說了要借弓弩的事，回京後，定當完璧歸趙。

德妃很大度，她這裡剛好有一把，便讓人取來送給沈玉蓉，也不用還了，最後命人送沈玉蓉出了玉溪宮。

莊如悔見沈玉蓉出來，手裡拿著弓弩，眉梢輕挑。「德妃給的？真夠大方。」

沈玉蓉一面走、一面打量著弓弩。「這是借的，回京後要歸還。」

莊如悔跟在她身後。「德妃有弓弩不稀奇，她大方得很，既然給妳，就不會再要回，妳好生留著就是。」突然想起一事，道：「對了，昨晚妳那庶出姊姊進了二皇子府，妳父親還未告訴妳吧？」

沈玉蓉驚詫。「進二皇子府做妾？」沈玉蓮不是喜歡齊鴻曜嗎，怎會給齊鴻旻做妾？

莊如悔說：「妳父親與妳姊姊恩斷義絕了，就算將來她犯了事，也不會連累沈府，妳倒是可以放心。」

沈玉蓉還真不放心，出了皇宮便去沈府，一來辭行，二來打聽沈玉蓮的事。

沈玉蓉到了沈家，並未見到沈父。

張氏得知沈玉蓉回來，親自迎出，不等她問話，便說了沈玉蓮的事。

沈玉蓉見張氏滿臉憂愁，安慰道：「您不必憂心，一個庶女，還影響不到弟弟妹妹們的婚事。」

「我就怕這些。妳說大姑娘到底怎麼想的，正經嫡妻不做，偏要做妾室，就算是皇子的妾室，那也是妾室，真是像極了她那姨娘，不思進取，整日想作怪。」張氏說著，讓人給沈玉蓉上茶。

沈玉蓉無心品茶，問她。「父親何時回來，我有重要的事情要說，再把謙兒找回來。」離開京城前，還是同沈家人說清楚為好，不然他們會擔憂，她捨不得讓他們操心。

張氏見沈玉蓉神色嚴肅，問沈玉蓉可是發生了大事？

沈玉蓉說要離京一段時日，張氏便知事情嚴重，打發人去請沈父了。

第九十章

直到午飯時，沈父和沈謙仍沒回府，沈玉蓮卻來了。

她衣著華麗，戴了好些簪子和步搖，邁動步子，步搖來回輕晃，在日光下熠熠生輝。

沈玉蓉忍不住翻了個白眼，不就是皇子的小妾，有什麼可得意的，忍不住譏諷道：「大姊姊這一身，果真氣質不凡，真應了那句話，人靠衣裝馬靠鞍。不知道的人，還以為妳是二皇子妃呢，還沒當上皇子妃，就開始擺皇子妃的款了。」

沈玉蓮本想刺激沈玉蓉，沒想會聽到這番話，當即冷下臉。「二妹妹別得意，有件事妳恐怕還不知，妳夫君去了戰場，怕是回不來了，據說跌落懸崖，屍骨都找不到。現在妳是寡婦了，我很想知道，當寡婦是什麼滋味。」

她話音未落，門外傳來沈父的暴喝聲。「孽女，妳胡說什麼?!」

沈父快步來至沈玉蓮身邊，扯著她的胳膊，要把她拖走。「妳與沈家沒有任何關係了，給我滾出去！」

沈玉蓮沒有防備，被沈父甩開，一下子跌坐在地，滿頭珠釵歪歪扭扭，還有兩支落在地上，抬起頭，眸中含淚控訴。

「爹，您就是偏心。我離家一日不習慣，便來看看你們，可您是如何對我的？」

沈父不理會她，命人把她扠出去。

兩個婆子應聲上前，要去抓沈玉蓮，柳姨娘來了，哭著求情，還說沈父偏心。

沈父指著柳姨娘道：「妳若想離開，也給我滾出去，沈家沒有吃裡扒外的人！」

柳姨娘見勸不動沈父，拉著沈玉蓮，跟著出去了。

沈父歉疚地看著沈玉蓉。「她糊塗了，胡言亂語。妳別聽她瞎說，女婿吉人自有天相，定能平安回來。」

沈玉蓉道：「爹，我也得到了消息，說謝衍之跌落懸崖。娘因為這事病倒，弟弟妹妹年紀小，姊姊要嫁人，我想去找他，不管能不能找回來，心裡也沒遺憾了。」

沈父不希望沈玉蓉去，但見沈玉蓉堅定的眼神，否定的話卡在喉嚨裡，怎麼也說不出口，半晌才道：「妳想去就去，自己不後悔就行。」

沈謙上前抱住沈玉蓉，哽咽道：「姊，我不要妳去。妳離開了，什麼時候才能回來？」

沈玉蓉摸摸他的頭。「謙哥兒大了，聽爹爹和夫人的話，好好念書，我會早些回來。」

張氏也叮囑沈玉蓉，在外注意安全，凡事莫出頭，要是忍不了就回來，說著說著，竟紅了眼眶。

自從知道沈父是因為沈玉蓉姊弟沒有親娘，才疼愛他們，張氏便釋然了，對沈玉蓉和沈謙也多了幾分憐惜。

沈玉蓉點頭應下，向沈家人告辭。

沈玉蓉回到謝家莊子，讓梅香收拾行李，越快離開京城越好，免得夜長夢多。

梅香這才知道沈玉蓉要離開，立時紅了眼，抱住沈玉蓉，嚷嚷著不欲她離開。

沈玉蓉推開她，又安慰幾句，梅香這才不阻攔了。

「少夫人，聽說北邊很冷，多帶幾件厚披風跟厚衣服。還有鞋子，您出門尋找姑爺，不知道要走多少路呢。」梅香一面收拾、一面叨念著。

沈玉蓉坐在一旁看她，笑而不答，不到片刻工夫，梅香竟收整出三個大包袱。

「妳家少夫人是去找人，不是遊山玩水，東西帶多了累贅，包幾件衣服就行，最要緊的是多帶些銀子。對了，銀子不方便，妳去城裡換些小張的銀票。」沈玉蓉道。

她話音未落，梅香眼中的淚珠又滾落，撲到沈玉蓉跟前，嚶嚶哭起來，要沈玉蓉帶她去邊關。

沈玉蓉幫她擦眼淚。「行了，莫要哭，再哭就不漂亮了。回頭找不到婆家，嫁不出去，我可不想養妳一輩子。」

她越安慰，梅香哭得越凶了。

梅枝進來，見梅香哭了，道：「沒出息。」

沈玉蓉噗哧笑出聲，梅香怒瞪梅枝。「妳有出息，妳要保護好少夫人，若少夫人有個閃失，拿妳問罪。」

梅枝冷冷哼了一聲。「這是自然，不用妳多說。」

沈玉蓉這邊剛收拾好，齊鴻旻那邊就得了消息，聽聞沈玉蓉要去邊關，還是去找謝衍之，頓時氣不打一處來，砸了一套上好的青瓷茶杯。

「不識好歹的東西，讓她跟著本皇子，吃香的、喝辣的，她偏不要，非要去邊關受罪。她就那麼喜歡那個紈袴？好，好得很呀！」

他停頓一下，吩咐道：「派人去邊關，把那紈袴的屍首帶回來，本皇子要鞭屍！」當著沈玉蓉的面，他要將謝衍之挫骨揚灰。

一個黑衣裝扮的人侍立在一旁，聽見這話，應聲出去。剛走到門口，又聽齊鴻旻說：「去把羅家那個庶子找來，我有事要交代他。」

那人走了，換另一個年輕男子進來，依舊一身黑衣，手中提劍，面容清冷俊逸，長相不輸給謝衍之，正是那日闖進沈玉蓮院中的人。

這人名叫羅俊玉，是羅伯爺家的庶子，通房所生，地位低下，在羅家連狗都不如，被一眾兄弟欺負，後來有幸入了齊鴻旻的眼，從此為齊鴻旻賣命。

齊鴻旻倚重羅俊玉，並非因為看重他，而是羅俊玉聽話，辦事從來不問緣由，每次都能俐落辦好，是一條極好的狗，還是只會咬人不會叫的狗。

羅俊玉進來，恭敬行了一禮，不再多言，等著齊鴻旻吩咐。

齊鴻旻摸著下巴，沈思片刻，來到羅俊玉跟前。

「你去幫本皇子辦件事，這件事說難也難，說簡單也簡單。沈家女要出京找那個紈袴，你喬裝一番，跟在她身邊，想辦法讓她愛上你。等她愛上你，你再把她送到本皇子這裡來，明白嗎？」

羅俊玉微怔，覺察到齊鴻旻的目光，連忙道：「屬下明白，這就去辦。」

「去吧。」齊鴻旻揮揮手讓他離開，勾唇笑了。

沈玉蓉啊沈玉蓉，她絕對想不到，最後她還是會落到他手中。

羅俊玉雖是庶子，卻俊美非凡，一雙好看的桃花眼處處留情，他就不信沈玉蓉不動心。被心愛的男人當成玩物送人，是不是比凌遲還難受？他有些期待那一天了。

羅俊玉回去後，倚在床邊，腦海中都是沈玉蓉的身影。

身為齊鴻旻的狗，他很了解沈玉蓉，比任何人都了解，因為沈玉蓉的一切都是他查出來，向齊鴻旻稟報的。

她開朗樂觀，心善真誠，不畏強權，從不因為那人是奴才、或乞丐就看輕。相反地，若有誰落難，她便會伸出援手幫助。

如果他是陰溝裡見不得光的存在，她便是耀眼的陽光，乾淨純粹，讓人無地自容。

這樣一個人，讓他動了惻隱之心，不想去算計，只想守著她，讓那一絲光明照進心裡。

可是齊鴻旻給的命令，他不得不遵從。讓她愛上自己，可能嗎？別說被愛上，就算與她相處一日，他也願意。

羅俊玉躺在床上輾轉難眠，想著如何接近沈玉蓉。想了許久，終於想到一個主意，腦海中浮現情景，不由笑了，隨後沈沈睡去。

沈玉蓉不知別人正算計她，準備妥當，束起墨髮，換上男裝，扛著包袱騎上馬，告別謝家人，朝京城方向去了。要去山海關，得從京城北門出發，不然就得繞遠路了。

謝家人再不捨，也只能目送沈玉蓉遠去。

梅枝騎馬跟著沈玉蓉。「少夫人，到京城後，咱們先找家藥鋪吧。」她要買些蒙汗藥，以防萬一。

沈玉蓉回頭道：「不用了，該準備的東西都準備好了。」

蒙汗藥、迷藥、巴豆粉，她讓莊如悔準備了不少。當時莊如悔驚得目瞪口呆，問她準備這些做什麼？她很淡然，說自然是防身，不管用不用得上，先帶著準沒錯。

兩人出了城，來至城北三十里處。這裡有座破廟，走了近一個時辰，梅枝見沈玉蓉辛苦，讓她停下來歇會兒。

沈玉蓉實在口渴了，決定喝些水再走。兩人下馬，牽著馬進入破廟。

剛進去，便聽見有人叫囂怒罵。「誰讓你這叫花子占我們的地方，也不打聽打聽這是哪裡，這是我老叫花的地盤，在這裡過夜，得懂規矩。」

沈玉蓉順著聲音望去，見幾個乞丐圍成一圈，拳打腳踢的，像在打人，怕鬧出人命，趕緊大喝。「住手！你們在做什麼？」

幾個乞丐聞聲回頭，見是一位貴公子，忙拱手行禮，解釋道：「這人占了我們地盤，趕也趕不走，我們教訓教訓他。」

沈玉蓉打量這破廟，出聲問：「這破廟是你們家的？看你們的穿著，是乞討的，生活本就不易，何苦為難別人。」從腰間摸出一塊碎銀子，扔給領頭的乞丐。「行走江湖，都不容易，與人方便，自己方便，請你們高抬貴手，饒了他吧。」

幾個乞丐本就是拿錢辦事，不想鬧出人命，得了銀子，笑嘻嘻結伴走了。

沈玉蓉走到那人跟前，蹲下喊了喊：「喂，你還好吧？」

地上的人沒反應，好似昏了過去。

沈玉蓉嘆息一聲，對身後的梅枝道：「來，幫個忙，把人扶進去。」

梅枝遲疑片刻，將沈玉蓉拉到偏僻角落，小聲道：「公子，這人身分不明，且虎口有老繭，一看便知慣用刀劍。咱們趕路要緊，莫要蹚渾水。」她不是怕麻煩，是怕沈玉蓉有危險，總覺得躺在地上的人有些眼熟，好似在哪裡見過。

沈玉蓉不忍心，思忖一會兒，道：「總歸是一條命，還是救下吧。」地府的冤死鬼太多，何必再多一個。

梅枝扶起那人，餵了些水，抬頭見沈玉蓉也要喝，連忙制止。「公子，我去撿柴，把水燒開再喝吧。」

她說著，作勢往外走，想起還有一個人，頓住腳步。這人身分不明，不能單獨將沈玉蓉留下，遂道：「公子，騎馬累，您也出去走走吧。」

沈玉蓉道：「我留下吧，這人昏迷不醒，要是引來野獸，吃了他，咱們不就白忙了。」

梅枝就怕人醒了對沈玉蓉不利，見沈玉蓉不去，也留下，還說沈玉蓉一人留下她不放心。

沈玉蓉道：「我出去拾柴火妳也不放心，我好歹也是練過功夫的，幾個毛賊不在話下，妳去吧，快去快回，路上注意安全。」

梅枝不再猶豫，轉身出去了。

第九十一章

梅枝剛出去，羅俊玉便醒了。他打探到沈玉蓉出城的時辰，喬裝後，在這裡等她，這是去邊關的必經之路。

果然，沈玉蓉來了。他被打，也被她救了。

羅俊玉沒有昏迷，是裝的。他感覺出沈玉蓉身邊的丫鬟有功夫，還不低，不敢貿然醒來。等梅枝出去，才悠悠轉醒。

沈玉蓉見他醒來，很是高興。「你醒了！剛剛你被那些乞丐打昏，現在感覺如何，可有哪裡不舒服？」

羅俊玉搖頭，聽著她說話，身上的傷一點也不疼了，反而有些慶幸。

沈玉蓉又問他叫什麼名字，家住哪裡，為何跑到這破廟裡？

羅俊玉說了，沒有絲毫隱瞞，僅隱去替齊鴻旻賣命的事。遊歷江湖時，因江湖險惡，被人陷害，才淪落到破廟中。

京城裡沒幾個人知道羅俊玉為齊鴻旻賣命，都知他去遊歷了，這樣說也不算欺騙吧？不知為何，面對那真摯的眼神，他不想騙沈玉蓉。

沈玉蓉既同情他，又有些憐惜他。通房生的庶子，被嫡子排斥，在家無法立足，不得已出門闖蕩。可惜江湖險惡，著了別人的道，差點丟了性命。越想越覺得可憐，便從包袱裡拿出一張餅，抹上牛肉醬，遞給羅俊玉。

「餓了吧？吃吃看，我親手做的，味道很好。」

羅俊玉接過，嚐了一口，熟悉的味道暖人心脾。他在謝家盯梢時，也去過謝家的廚房，偷吃過這種牛肉醬，那時不覺慚愧，今日反倒不好意思了。

沈玉蓉見他吃了，問他味道如何？

羅俊玉點頭，說很好吃，是他這輩子吃過最好吃的東西。

沈玉蓉只覺他在外辛苦，食不果腹，也沒多想。

不遠處的牆上，有雙眼緊緊盯著兩人，彷彿能噴出火，又恨又氣。

這人不是別人，正是謝衍之。

他得知齊鴻旻算計沈玉蓉，再也坐不住，安排好一切，便馬不停蹄趕回京城。孰料竟看見這一幕，自己的娘子對著仇人笑靨如花，溫聲細語，如何忍得住？

謝衍之渾身散發著寒意，正要跳出去將羅俊玉殺了，肩膀卻被牛耳按住。「將軍，您要做什麼？」

「我……」謝衍之語塞。

對啊，他要做什麼，告訴牛耳他去捉姦嗎？這話他說不出口。更何況，在他們眼中，他是孤家寡人，父母、妻子、兄弟、姊妹全被人害死了。

可若是不做些什麼，看著沈玉蓉對別的男子笑，他心裡堵得厲害。謝衍之想，他得出去揍羅俊玉一頓，再警告他離沈玉蓉遠些。可這樣一來，他的身分就暴露了。

謝衍之忽然想起了梅枝，眼珠一轉，對牛耳道：「兄弟，你先回去等我，任務的事回頭再說。我看這公子有錢，興許能幫到我們。」

牛耳一聽，來了興致，脫口便問：「這小公子是有錢人？看著的確像，膚色白淨，定是養尊處優慣了的。」

謝衍之嗯了聲，怔怔看著沈玉蓉，目光捨不得移開半分，揮揮手要牛耳離開。

牛耳狐疑地盯著謝衍之。「將軍，莫非你看上那個小白臉了？」

謝衍之想吐血，瞥他一眼。「不是，還不快走。」心裡卻道，這是他娘子，他自然是看上她了，不然怎麼會娶回家啊。

牛耳不信，他從未見謝衍之這樣看著一個人，就像男人看著女人，眼神十分寵溺，再次出聲提醒。

「將軍，別忘了這次的任務，那幫土匪不好糊弄。而且你是男人，怎能看上男人呢？」

謝衍之想把牛耳踹下去，低吼一聲，讓牛耳滾蛋。

破廟裡，沈玉蓉依然在跟羅俊玉說話，謝衍之狠狠瞪羅俊玉一眼，跳下牆離開。

謝衍之找到了梅枝，梅枝見謝衍之還活著，又驚又喜，說要把這件事告訴沈玉蓉。

謝衍之阻止她。「還不能說。廟裡還有一個羅家庶子，他一直替二皇子辦事。」

「那怎麼辦？」梅枝驚訝，沒想到剛出京城，就被齊鴻旻的人盯上了。

謝衍之湊近梅枝，低聲吩咐幾句，讓她離開，再偷偷跟著。

羅俊玉不懷好意，暫時殺不得，卻能甩掉。沈玉蓉這傻丫頭是運氣好，幸虧遇見他，不然定被羅俊玉算計死。羅家這庶子能得齊鴻旻青睞，能力可見一斑。

梅枝回破廟後，架起小鍋燒水，偶爾瞄羅俊玉一眼。她就說這人眼熟，原來跟羅家人有些相似。

沈玉蓉沒發現梅枝的小動作，等水開了，盛起一碗吹涼，先讓羅俊玉喝。

梅枝不阻攔，看著羅俊玉喝下水，唇角微微上揚。

羅俊玉喝了水，對沈玉蓉道謝，也讓沈玉蓉喝水，梅枝便幫沈玉蓉盛了一碗。

沈玉蓉放下碗，咂吧咂吧嘴。「這水怎麼有股奇怪的味道？」她也算是廚子，對味道尤為敏銳，總覺得今日這水與往日不同。

梅枝立刻解釋。「公子，這是河裡的水，與咱們平時喝的不一樣，味道怪異也正常。」

她沒想到沈玉蓉喝得出來，怕露餡，又讓沈玉蓉喝了一碗。「公子，再喝一點，等會兒要趕路，下次喝水不知是什麼時候呢。」

沈玉蓉不疑有他，反正梅枝不會害她，仰起脖子喝了。放下碗，便看見羅俊玉倒向一旁，昏迷前，還不忘出聲提醒沈玉蓉。

「這水裡有毒。」

梅枝聽了，連忙搖頭。「公子，水沒事，是他重傷未癒，這才昏過去。」

沈玉蓉不傻，轉頭想質問梅枝，還來不及說話，就翻了個白眼，向後倒去。昏過去前，她在心裡大罵謝衍之，給她找了個什麼人，居然對她下藥。

經過這段時日的相處，沈玉蓉明白，梅枝不會傷害她，可梅枝到底要做什麼？

梅枝扶住沈玉蓉，推了推她。「公子，您醒醒，咱們該上路了。」見沈玉蓉沒醒，對著外面喊了一聲。「大少爺，事成了。」

謝衍之早看見了，跳下牆頭走進來，彎腰打橫抱起沈玉蓉，吩咐梅枝。「少夫人這裡有我，妳回去吧。我不想讓人知道我還活著，妳應該知道如何做。」

梅枝點頭應下，看向地上的羅俊玉。「那他怎麼辦？」

謝衍之瞥羅俊玉一眼，冷哼道：「扔在這裡，是生是死，全看他自己的造化。」話落，抱著沈玉蓉離開。

一日後，沈玉蓉緩緩睜開眼，忽然想起梅枝下毒的事，猛地坐起身，整了下衣服，衣服沒有凌亂，環顧周圍，見四下無人，是個陌生的環境。

她試著喊梅枝，可無人回應她。

這到底是什麼地方，梅香為何對她下藥？沈玉蓉不解，想問個明白，下床朝門口走去。

她拉開門，瞧見一名俊逸的男子，俊美倒是俊美，卻陌生得很。

「妳醒了？吃點東西吧。」謝衍之端著飯菜進屋。

沈玉蓉沒見過刮去鬍子的謝衍之，只覺得聲音很熟悉，警覺地問：「我的丫鬟呢？」

「梅枝回家了。」謝衍之放下飯菜，找張椅子坐了。「快坐下吃飯。」把筷子遞給她。

沈玉蓉一愣，坐到謝衍之對面，緊緊盯著他，試探地問：「謝衍之？」這雙清亮眼眸十分熟悉，應該是他沒錯。

謝衍之冷哼。「謝謝娘子還記得我。」推了推面前的飯菜，示意沈玉蓉吃。

昏迷一天一夜，沈玉蓉的肚子也餓了，接過筷子吃起來，一面吃、一面問謝衍之。「他們都說你跌落懸崖，屍骨無存，你不是好好的嗎？」混蛋，沒死不跟家裡說一聲，害得她晚上睡不著覺。

「怎麼，我死了，妳想改嫁給那羅家庶子？」謝衍之語氣中帶著酸味。

沈玉蓉被這話酸得不行，更覺莫名其妙，放下碗筷，冷聲問：「謝衍之，你是什麼意思？說話別陰陽怪氣的，說人話。」

謝衍之指著門外。「妳可知昨天救的男人是誰？那是羅俊玉，是二皇子的人，助紂為虐壞事做盡，妳居然還對著他笑。」後面一句才是關鍵，她對別的男人笑。

沈玉蓉聽出來，知某人吃醋了，也不頂嘴，放下碗捂著臉，趴在桌上嚶嚶啜泣。

「我怎知他是二皇子的人，我以為他快死了，不能見死不救，否則良心難安。我出來是為了誰，得知你跌落懸崖，連個全屍都沒有，娘都吐血了，我也徹夜難眠，這才出來找你。你瞧見別人騙我，不說幫我，還凶我。我的命怎麼這麼苦啊，嫁了這麼個人。」

謝衍之知道沈玉蓉牙尖嘴利，能把王元平氣昏，定不會輕易認錯，跟他頂嘴，準備好好說兩句，讓她長長記性，別什麼人都信，出門在外，凡事留個心眼，孰料她竟被他弄哭了。

謝衍之慌了，勸沈玉蓉別哭，都是他的錯，又做出一堆保證，最後又問：「妳出來當真是為了我？」

沈玉蓉停止抽泣，仰起頭，眼裡哪有一滴淚花，看著謝衍之笑了笑。「為了狗，狗也得信。」一端起碗繼續吃飯，她實在餓了，沒力氣跟謝衍之吵。

謝衍之頓時語塞，他這是被罵成狗了？臉色變了變，想起沈玉蓉是出來找他的，滿腔怒火轉為欣喜。

「我錯了，妳別生氣。」

沈玉蓉一面吃、一面道：「既然知道錯了，就該接受懲罰。」

「妳說吧，怎麼罰我都可以。」謝衍之道。

「真的嗎，不反悔？」沈玉蓉唇角上揚，顯得非常高興，眼珠子轉了轉。

謝衍之說：「大丈夫一言既出，駟馬難追，絕不反悔。」

「那好，你叫兩聲給我聽聽，我想聽狗叫。」沈玉蓉掀起眼皮，直勾勾看著他，忍住笑意道。

謝衍之頓時無語，一個大男人裝狗叫，怕是不妥吧？見沈玉蓉盯著他，又想，反正這裡沒外人，叫兩聲無所謂，還能哄自家娘子開心。

正當他糾結時，牛耳的聲音在外面響起。「將軍，你在嗎？」一面喊、一面敲門。

沈玉蓉停下筷子問是誰，謝衍之道：「一個下屬兼兄弟，有過命交情，為人不錯。」

「哦。」沈玉蓉繼續吃飯。「暫時放過你，但是要記帳。」

謝衍之會意，嗯了聲，起身去幫牛耳開門。

第九十二章

謝衍之開了門，不過沒讓牛耳進來，堵在門口問有何事？

牛耳好奇房裡的沈玉蓉，伸長脖子往裡面瞧，十分好奇。

謝衍之把手搭在牛耳頭上，使勁推他出去，表情不豫。「看什麼呢，趕緊出去。」

牛耳的眼睛還是往房內瞟，目光直勾勾的。「我就是想看看那小白臉有何魅力，你看她的眼神都變了。青牛寨那大當家的女兒對你投懷送……」

一言未了，謝衍之立時堵住他的嘴，後怕似的往後看了看，見沈玉蓉依然在吃飯，好像沒聽見這話，小聲道：「你瞎說什麼呢，我和牛小蝶清清白白，什麼都沒有。」

牛耳扯開謝衍之。「知道。難怪你對牛小蝶不上心，原來喜歡這種小白臉。這小白臉比女人還好看，確實有本錢。」

謝衍之怕他說出不該說的，無奈道：「那是我娘子，什麼小白臉？你會不會說人話。」

牛耳呆愣在原地，瞠目結舌，好半晌才反應過來。「將軍，你娘子不是被人害死了嗎，怎麼又活過來了，不會是鬼吧?!」

「你才是鬼，你全家都是鬼！要你說人話，你說的是人話嗎？」謝衍之氣得推開牛耳，回屋關上房門。

他轉身，猛地見沈玉蓉站在身後，嚇了一跳。「妳走路怎麼沒個聲響？」
「牛小蝶是誰，怎麼投懷送抱了？你不是從軍去了，怎麼和山寨、土匪、大當家扯上關係？還有，什麼叫我死了？我死了，能好好地站在你跟前？」沈玉蓉雙手環胸，審視著謝衍之，若是不給她一個滿意答覆，這事沒完。
謝衍之尷尬地笑了笑。「娘子，都是誤會，此事說來話長。」
「那就長話短說。」沈玉蓉坐下，等著謝衍之慢慢講。
謝衍之站在原地，一言不發，忽然轉身開門。
撲通！牛耳壯碩的身子跌進屋內，沒等他開口，頭頂傳來謝衍之陰惻惻的聲音。「不說人話，還學會聽牆腳了？」
牛耳飛快站起，學著謝衍之的語氣道：「誤會，都是誤會。」
謝衍之氣急，朝他屁股上踢了一腳，叫他出去。
等牛耳走了，謝衍之關上門，坐到沈玉蓉對面。
「娘子，我絕對沒看別的女子，請妳相信我。」
「別一口一個娘子，今兒你要是不說清楚，叫娘都沒用。」沈玉蓉面無表情。
她話落，門外傳來噗哧聲。
「牛耳！」謝衍之暴喝，起身朝門口走去，氣急嚷著。「我非把你這隻牛耳朵剁碎了下酒！」還敢繼續聽牆腳。

這次牛耳機靈，早貓著腰、憋著笑，跑下樓去了。

謝衍之開門，確定真的沒人了，才重新關上門，坐到沈玉蓉對面，說了最近發生的事。

「既然你當上東北軍的掌舵人，為何又跑去當土匪？」沈玉蓉想了想，忽然道：「我知道了，你是去埋伏的。」

謝衍之靠到沈玉蓉身邊，自然而然摟住她的肩膀。

沈玉蓉瞪他一眼，推開他的手。「老實說話，別動手動腳的。」

謝衍之滿不在乎，依然嬉皮笑臉。「二皇子覬覦皇位，想收攏東北軍，柳澧和王家徹底決裂，也是因為這事，我得了便宜。後來我向二皇子建議，東北軍不能動，可以養私兵，這裡有不少亂匪，收歸己用，將來也是一個助力。」

謝衍之說了許多，也餓了，桌上是沈玉蓉沒吃完的飯菜，他端起來就吃，看著沈玉蓉，唇角微揚，心情暢快。

沈玉蓉見他用她的碗筷，本想提醒，見他不嫌棄，便沒出聲阻止。「所以，你就混進山寨了，還認識那個叫牛小蝶的，她對你一見鍾情，想投懷送抱來著？」

謝衍之聽見這話，差點噎住，嚥下飯菜，喝了口茶順氣，無奈地解釋。「我沒有，我對妳的心天地可鑑，絕不會做背叛妳的事。」

「所以你現在還清白？」沈玉蓉上下掃他幾眼，漫不經心地問，心裡卻無比歡快。留得清白在就好，不然滅了他。

謝衍之扒下一口飯菜。「當然。為了保住我的清白，夜裡都不敢脫衣服睡覺。」

「你這次來京城做什麼？」沈玉蓉又問。

謝衍之抬頭，靜靜看著她。「自然是為了妳。二皇子那狗東西敢覬覦妳，我饒不了他。」

沈玉蓉噗哧笑出聲。「難道你要殺去二皇子府，將他砍了？」

謝衍之道：「以卵擊石，那是莽夫所為。我要用這裡徹底打敗他，讓他無翻身之地。」指了指腦子，想起沈玉蓉送給他的兵法書，誇讚道：「多虧了妳的書，讓我學到很多。」

「能學到東西是你的本事，跟我沒關係。」沈玉蓉轉身不看他。

這時，門外傳來牛耳的聲音。「將軍，方才我看見牛小蝶了，你要不要躲一躲？」

牛小蝶特地來找謝衍之，也看到了牛耳，見牛耳轉身離開，便知謝衍之在這裡，闖進酒樓，問出謝衍之住在哪間房。

謝衍之聽見這話，立刻想躲，見沈玉蓉穩如泰山坐著，尷尬地笑了笑。「我不想見她，就想躲。不過妳來了，我就不用躲了。妳是我娘子，她見妳貌美如花，定羞愧得離開。」

沈玉蓉依然不動，謝衍之實在怕見牛小蝶，躲到沈玉蓉身後，推推她。「妳出去，將她打發走。這女人很纏人，若是被她纏上，我一時半刻不能脫身。」

沈玉蓉不去，謝衍之無奈，只得拉著沈玉蓉下樓，打算借道後院，從後門溜走。

孰料，兩人剛出後門，鋒利的劍刺過來，攔住謝衍之和沈玉蓉的去路。

牛小蝶看著沈玉蓉，瞧見她耳朵上有耳洞，當即發現她是女子，立刻劍指沈玉蓉。「說，妳和謝言是什麼關係？」

這次謝衍之混進山寨，為免被人識破，化名為謝言。他把沈玉蓉拉到身後，怒視牛小蝶。「夠了，這不是青牛寨，任妳撒野。」

牛小蝶見謝衍之護著沈玉蓉，又見沈玉蓉比她好看，頓時紅了眼，手中的劍指向謝衍之。「好啊，你居然護著她，覺得她比我好看。今兒我就劃花她的臉，看她怎麼勾引你！」

謝衍之半分不讓。「想傷她，先過我這一關。」上前一步，劍尖指著自己脖頸。

牛小蝶氣急，拿著劍轉身走人，撂下一句話。「看你回去如何對我爹交代。」

等她走了，沈玉蓉問謝衍之。「你是不是還有其他差事？」

謝衍之一笑。「就是弄些糧食回去。牛大當家想試試我的實力，我已經想好辦法了。」

沈玉蓉聽了，她身上有一萬多兩銀票，全掏出來給謝衍之。

謝衍之不要，他不能花女人的錢。他已經想好了，找楊淮幫忙，反正債多了不愁。

沈玉蓉道：「等你有錢了再還給我，這算是借給你的。」

謝衍之推辭不過，道：「咱們還是趕緊回青牛寨，誰知牛小蝶那瘋婆子會胡言亂語什麼。」說著便回屋收拾東西。

沈玉蓉跟在他身後。「我也要跟你回去嗎？」青牛寨是土匪窩，她不想去，但又不能回京城，一時間不知該去哪裡。

謝衍之回頭看她。「這是自然，妳是我妻子，不跟著我，能去哪兒？」當然不能回京城，齊鴻旻那混蛋還在算計她呢。等著吧，總有一天他會跟齊鴻旻算帳。

沈玉蓉一聽樂了，當即點頭。兩人收拾好東西，謝衍之便帶著沈玉蓉出去，又買了些乾糧及用物。

京城二皇子府，齊鴻旻得知沈玉蓉失蹤，大罵羅俊玉辦事不力，還下了死令，如果羅俊玉無法把差事辦好，就永遠不要回來了。

另一邊，沈玉蓉和謝衍之怕牛小蝶胡說，急著趕路，沒幾日便到了牛脊山。

青牛寨位在牛脊山中，牛是當地大姓。一路上，謝衍之告訴沈玉蓉他混進青牛寨的經過，還說了應對之道。

他想動附近的山匪，四個山寨中，就青牛寨最大，大小山匪共四千多人，便從青牛寨下手。想來想去，打算使出美男計，利用牛小蝶。

牛大當家是牛小蝶的爹，是個莽夫，曾是獵戶，因為荒年暴亂，聚眾搶劫，五年來壯大成如今的青牛寨，打家劫舍，燒殺擄掠，壞事沒少做。

牛小蝶在她爹的耳濡目染下，成了一個女土匪，好男色，去石門鎮看見買字畫的「謝言」，驚為天人，當即打聽到他的住處，將人擄上山去，還逼迫他成為她的夫婿。

謝衍之滅他們，心裡一點愧疚也沒有。

為了完成大計，謝衍之利用三寸不爛之舌和牛小蝶的看重，成了青牛寨的軍師。為考驗謝衍之的本事，牛大當家派他下山，半月為期，若能弄到一萬斤糧食，便能真正成為青牛寨的一員，無人再敢小覷他。

一萬斤糧食對謝衍之來說很簡單，但他接到京城來信，說齊鴻旻欲染指沈玉蓉，讓謝衍之想辦法把沈玉蓉接走，留在京城太危險。

於是，謝衍之應下牛大當家的要求，拿著通行令下山。牛小蝶怕謝衍之跑了，一路跟隨，撞見沈玉蓉和謝衍之在一起，一氣之下跑回青牛寨，說了謝衍之的罪行。

牛大當家不是很喜歡謝衍之，空有一肚子墨水，卻連提刀都不會，這樣的人只適合當軍師，做不了大當家，不能把女兒許配給這樣的人。聽聞謝衍之帶女人回來，他很好奇，讀書人向來自命不凡，不知是什麼樣的女人能入軍師的眼。

謝衍之帶著沈玉蓉進了青牛寨，許多人爭著向謝衍之打招呼，一是謝衍之好說話，二是謝衍之長得好，比女人還好看，瞧著養眼，比五大三粗的漢子強多了。

沈玉蓉瞥謝衍之一眼。「沒想到你還挺受歡迎。」

「誰讓我長得好看呢。」謝衍之自戀道。

兩人來至青牛寨，寨裡的人在山上生活五年，收拾得有模有樣，該有的屋舍一樣不缺，都是木頭建造，看著有些簡陋。議事廳中間放了張長桌，能坐十幾人。

謝衍之進去時，牛大當家已經等候一會兒了。牛小蝶站在他身後，看見謝衍之帶著沈玉蓉進來，狠狠瞪沈玉蓉一下，冷哼一聲，扭頭不看謝衍之。

沈玉蓉平靜無波，靜靜跟在謝衍之身後，好似進了自家後院，站定後掃視四周，頗為嫌棄，見前方有張椅子，拿出帕子擦了擦，見帕子髒了，直接扔掉，眉心緊皺。

「謝衍之，這是什麼破地方？你不是告訴我，你是軍師嗎，不待在軍營，帶我來這裡做什麼？」

不等謝衍之開口，牛大當家說話了。「小姑娘倒是鎮定，妳可知這是什麼地方？這是青牛寨，是土匪窩，害怕嗎？」

沈玉蓉嗤笑一聲。「為何要害怕，我進宮不只一次兩次，還怕你這小小的土匪窩？」突然反應過來，側臉看著謝衍之，怒火中燒。「姓謝的，你敢騙我？」

謝衍之忙賠笑臉，把沈玉蓉按在椅子上。沈玉蓉不坐，掙扎著要起來。

謝衍之一面按著她、一面懇求道：「我錯了，妳原諒我這一回。大當家還在呢，替我留些面子，我求妳了行嗎？」

沈玉蓉還是不依，謝衍之只得先告退，將沈玉蓉送回自己的住處。

第九十三章

安撫好沈玉蓉，謝衍之回議事廳，向牛大當家賠罪。「大當家，真是對不住。」

「她到底是誰，你又是誰？」牛大當家盯著謝衍之，厲聲問道。那女子進宮不只一次，不是皇親國戚，就是高門貴女，而且這兩個人還相識？

謝衍之語塞，欲言又止地看著牛大當家。

牛小蝶抽出劍，架在他脖子上。「不許說謊，否則要了你的命！」

謝衍之佯裝害怕，伸手推了推劍，心一橫道：「其實我就是個書生，只不過……」

牛大當家追問道：「只不過什麼？」

「既然你們都想知道，我也不瞞了。我得罪了王家，想必你們也知道，王家有王元平、王太后，還有王皇后跟二皇子，京城是待不下去，便連夜收拾包袱跑了。」謝衍之說完，看看牛大當家，又瞧瞧牛小蝶，一副死豬不怕開水燙的模樣。

牛小蝶喜歡謝衍之，知他不是臥底，遂問：「你和方才那女人是什麼關係？」

「我……我是她的姘頭。」謝衍之猶豫半晌，支支吾吾開口。

牛家父女不敢置信，異口同聲道：「姘頭？這怎麼可能！」

既然說開了，謝衍之不再扭捏，坦然道：「對呀，我一文弱書生，沒有功夫，字畫也不值錢，想在京城立足談何容易，所以另闢蹊徑，想著攀上一棵大樹，以後好升官發財。」

牛小蝶自動腦補。「你也是因此得罪了王家？」

謝衍之點頭，繼續胡謅。「是啊，王家女人好色，看上了我，但有人比我厲害，成了王家女的入幕之賓。」

「方才那女人是王家女？」牛大當家問。他希望她是王家人，若能攀上王元平，說不定能弄個官當當，比在山裡當山大王強。都說三年清知府，十萬雪花銀，他似乎看到數不盡的金銀珠寶向他招手了。

當了五年土匪，牛大當家手底下養著一幫吃白飯的人，這年頭，土匪到處都是，打劫也不好幹，說不定哪日就被官府剿滅。哪有當官好，人人懼怕，想做什麼就做什麼，大把銀子流進家裡，有人送錢送美女，可比當土匪強多了。

謝衍之看出牛大當家眼中的貪婪，大方承認。「不是，不過她爹是戶部尚書，官居二品，本人是武安侯世子的妻子，可惜武安侯世子命短，為了謀前程，死在外面。她想起我，聽說我在石門鎮，便出門來尋，我也想潛入京城找她，我倆不期而遇，真是太巧了。」

聽聞沈玉蓉的父親是戶部尚書，牛大當家也動了心思。「官居二品，是個大官了。」

謝衍之垂眸，遮掩眸中的算計，勾唇笑了，湊到牛大當家耳旁嘀咕幾句。

牛大當家一喜。「當真？」

「當然是真的，您借給我一萬個膽子，我也不敢欺騙大當家啊。」謝衍之嬉皮笑臉道：

「您想想，得到那些珠寶，您就有本錢招兵買馬，占山為王。王侯將相，寧有種乎，等大當家大事成了，封我一個王爺當當，我對大當家感激不盡。」

謝衍之畫出一張大餅，頓時把牛大當家迷住了。自古也有草根當皇帝的，牛大當家也想占山為王，美女環繞身旁，金山銀山享用不盡，要什麼有什麼，呼風喚雨，何等恣意，想想都覺心潮澎湃，仰頭哈哈大笑兩聲，拍著謝衍之的肩膀。

「好，大事成了，封你個王爺當當。」

謝衍之恭敬道謝，又問：「那一萬斤糧食的事？」

牛小蝶看不慣謝衍之忽悠自家老爹，也看不慣沈玉蓉，道：「高門貴婦替你撐腰，你還差這點糧食？」

「她出來得匆忙，沒帶多少銀子，幾百兩還能拿得出來。可大當家，您想啊，有了這棵搖錢樹，咱們還差銀子嗎，早晚的事。」謝衍之道。

於是，牛大當家免了謝衍之那一萬斤糧食，讓他回去好好陪著沈玉蓉，想辦法從她身上弄些銀兩，他要招兵買馬。

謝衍之不敢說太多，顯得急功近利，告退出去，回屋陪沈玉蓉。

牛小蝶見謝衍之走了，看都不看她一眼，氣得跺腳。「爹，您為什麼要留下那女人，您不知道我喜歡謝言嗎？」

「一個靠女人吃軟飯的小白臉，能有啥出息？小蝶，妳聽爹的，跟爹好好幹，若有機會，便推翻朝廷，自己當皇帝。」牛大當家越想越覺得謝衍之不可靠，男人靠女人，就是吃軟飯，一個吃軟飯的男人有什麼用？遂指派一個人去監視謝衍之。

牛小蝶不解。「爹，您不信任他？」

「這小子油嘴滑舌，難以讓人相信。咱們是做大事的人，還是謹慎些好。等爹爹大事成了，妳就是公主，想要什麼樣的男人沒有。」牛大當家安慰道，牛小蝶這才作罷。

謝衍之回房，剛打開門，一只茶壺便飛出來，緊接著是沈玉蓉的怒斥聲。

「好啊，姓謝的，你還敢回來！你說當軍師、當謀士，就是來土匪窩當？你向我保證過什麼？土匪軍師，你是在侮辱我嗎？」

她話落，又傳來砸東西的聲音，緊接著是謝衍之的賠笑聲。沈玉蓉好似不滿意，哐噹哐噹，又砸了一些東西。

「妳都來這裡了，也出不去，就好好跟著我過日子，說不定將來能當個王妃呢。」謝衍之信誓旦旦道。

沈玉蓉不信，又罵又吼。「當王妃？怎麼，你們想造反，你知道齊國有多少大軍嗎，光東北軍就有十多萬，武器精良，不缺軍餉。你們有什麼？要人沒人，要錢沒錢，更沒有好武器，還敢造反，我看你們是嫌命長，沒出這寨子，就會被人滅了。」

謝衍之道：「我們沒錢，但妳爹是二品大官，不可能沒錢。再來，妳夫家是謝家，謝夫人可是墨家嫡女，如今墨家只剩她，妳是她最器重的兒媳，那些財產還不都是妳的。這天下誰不知墨家經營數代，富可敵國。」

沈玉蓉聽聞這話，更是生氣，罵聲更高。「混帳東西，你居然妄想我夫家的東西，門都沒有！」

「如今妳是我的人了，妳的東西就是我的東西，還分什麼妳我。我好了，妳才能好。放心吧，我不會虧待妳。」

謝衍之一面說、一面趴在門上聽外面的動靜，聽見腳步聲漸遠，才對沈玉蓉使個眼色。

沈玉蓉長長舒口氣，找了把能坐的椅子坐下，問謝衍之。「你這主意行得通嗎？」

「一定行。那父女倆貪婪，又沒見過濤天的富貴，迷了眼也正常，妳等著瞧吧。我本想先滅掉青牛寨，再收了其他小寨子。如今看來，用不著我出手，這頭老牛便能幫我。」

謝衍之走過來，坐到沈玉蓉身旁，見地上一片狼藉，蹲下默默收拾。「下手時輕一點，東西壞了，咱們用什麼？」

沈玉蓉踢了踢地上的茶壺碎片。「行了，不就摔你幾個粗瓷茶杯。說正經事，你想借力使力？」

「娘子聰明，一點就通。這多省事啊，這些土匪沒幹過幾件人事，欺軟怕硬，只會欺壓百姓，滅了就滅了。」謝衍之掀起眼皮看沈玉蓉，嬉皮笑臉道：「莫非妳想留下，當我的壓寨夫人？」

沈玉蓉踢他一腳。「壓你個頭。」

她話音未落，傳來敲門聲，是牛耳。

謝衍之起身開門，房內凌亂不堪，不方便讓牛耳進來，站在門口問：「何事？」

牛耳一眼瞧見屋內的情況，還看見沈玉蓉坐在椅子上，一副貴太太的模樣，想起外頭的傳言，氣不打一處來。

「你真吃軟飯了？」

沈玉蓉噗哧一聲笑了，走上前，瞥謝衍之一眼，問牛耳。「這話從何說起？」

牛耳道：「外面都在傳，我兄弟是小白臉，專門吃軟飯。」

沈玉蓉挑眉，不用想也知是牛小蝶的主意，將謝衍之吃軟飯的事傳出去，讓謝衍之難看，男人好面子，回去還不得收拾她，真是幼稚。

謝衍之尷尬地笑了笑，對牛耳道：「瞎說，我是什麼人，你還不清楚，我怎麼會吃軟飯？我與娘子還有些話要說，你先迴避，回頭我再去找你解釋。」

牛耳粗枝大葉，謝衍之怕他說漏嘴，沒把計劃告訴他，牛耳這才誤會了。

「真沒吃軟飯？」牛耳不信。他知沈玉蓉嫌貧愛富，將軍是獵戶時，她不願意跟著，想著改嫁，知道將軍成了大將軍，又找過來。這樣的女子真不能要，除了一張臉能看，其他一無是處。

謝衍之說真沒有，又說了些好話，才把牛耳勸走。

等人走了，沈玉蓉盯著謝衍之。「我怎麼覺得牛耳看我的眼神不對，帶著鄙夷與嫌棄？」

雖然牛耳掩飾得很好，仍時不時流露出來，一路上若無必要，絕不跟她說話。原以為他是男子，懂得避嫌，如今看來不是，他是看不起她。不知哪裡得罪了他，改日得好好問問。

謝衍之為自己捏一把冷汗，急忙解釋。「妳看錯了，牛耳只是拙於言辭，沒有惡意。」早知沈玉蓉會來邊關，當初就不說她嫌貧愛富那些話，牛耳定是記在心裡，替他鳴不平呢。

解釋就是掩飾，沈玉蓉點點頭。「如此最好。」指了指房間。「你收拾吧，我對這裡不熟悉，出去轉轉。我回來前要收拾好，若收拾不好，我就回京城，你自己看著辦。」不等謝衍之回答，逕自越過他，舉步走了。

謝衍之覺得大事不妙，對沈玉蓉喊道：「妳不熟悉這裡的環境，我帶妳去。」她定是不相信他的話，找牛耳對質去了，這可如何是好？

好兄弟，你要懂得夫妻之道，別給我惹麻煩啊……

第九十四章

謝衍之想得不錯，沈玉蓉是去找牛耳了。

牛耳沒走遠，沈玉蓉快步追上，喊了一聲。「牛兄弟。」

牛耳回頭，見是沈玉蓉喊他，冷冷開口。「何事？」

「我是不是得罪牛兄弟了，讓牛兄弟看不慣我？」沈玉蓉背著手，依然笑咪咪的，看起來和藹可親。

牛耳不吃她這套，冷著臉。「妳想做什麼？」

「你緊張什麼，我還能吃了你不成？」沈玉蓉走近兩步，停頓一下又問：「你好似看我不順眼，一路上對我眼睛不是眼睛，鼻子不是鼻子的，我是不是哪兒得罪你了？」

牛耳搖頭，心想她還算有自知之明，知道他看她不順眼，那就對他兄弟好一些，別想著攀高枝。

沈玉蓉不信。「我要聽實話，若是不說實話，回去我就收拾你那好兄弟。你猜，他會不會找你麻煩？」

牛耳猶豫半晌，不情不願地開口。「這可是妳要聽的，跟我沒關係。我兄弟問起來，也別說是我說的。」

沈玉蓉點頭。「保證不說。」謝衍之那廝聰明著呢，早就猜出來了。

「我兄弟說，妳愛慕虛榮，嫌貧愛富，不想跟他過，他才出來混，想混出個人樣讓妳瞧瞧。」牛耳發現沈玉蓉表情不悅，聲音越來越小，心想是不是惹禍了，這話不應該說吧？

他這樣想，也這樣問了，沈玉蓉笑了笑，沒吱聲，轉身走了。

牛耳覺得情況不對，跟在沈玉蓉身後。

沈玉蓉回頭瞧見牛耳，也沒阻止。她要修理謝衍之，需要一個看門的，正好。

謝衍之依然在屋內收拾東西，一面整理、一面抱怨。「早知道是我收拾，剛才就應該攔著娘子，這亂七八糟的，我要收拾到什麼時候？」

話落，沈玉蓉推門進來，嚇了謝衍之一跳，轉身見是沈玉蓉，繼續低頭收拾。

「這麼快就回來，是不是迷路了？等會兒我帶妳去轉轉吧。」

沈玉蓉關上門，來到謝衍之身邊，緊緊盯著他，一言不發。

謝衍之頓覺不妙，後退幾步，拿著一把破爛的椅子擋在身前，唯恐沈玉蓉吃了他似的。

「怎麼了，誰欺負妳了？告訴我，我替妳收拾他。」牛耳這個大嘴巴，定沒說好話。

門外，牛耳把耳朵貼在門上，凝神仔細聽著，沒聽見沈玉蓉開口，咧嘴笑了。這女人就是看著厲害，卻是一紙老虎。

他想到這兒，屋內忽然傳來沈玉蓉的聲音，還伴隨謝衍之的求饒聲。

「你走後，我賺錢養家，有壞人欺負我們，是我鼓起勇氣和那些人鬥智鬥勇，把他們趕走，你還在外面編派我，說我愛慕虛榮，嫌貧愛富。姓謝的，老娘要跟你和離！」兩人一個追、一個跑，求饒聲和埋怨聲夾雜在一起。

牛耳掏了掏耳朵，有些不敢置信，這情況和他兄弟說的不一樣啊！

謝衍之聽見沈玉蓉喊他姓謝的，便知她在演戲，眼珠一轉，朝門口跑去。

他打開門，牛耳來不及躲，被撞倒在地，一骨碌爬起來，對謝衍之大喊：「兄弟，你別跑，說清楚，事情怎麼跟你說的不一樣！」

沈玉蓉追出來，要謝衍之別跑，越過牛耳去追謝衍之了。

謝衍之來不及解釋，頭也不回地對牛耳說：「回頭再跟你解釋。」

牛耳望著遠去的兩人，喃喃自語。「別再胡說了吧。」他已經不相信謝衍之了。

沈玉蓉追著謝衍之，謝衍之如喪家之犬，被站在不遠處的牛大當家和牛小蝶看見。

「看見了嗎，這樣的男人，除了一張臉能看，還會什麼？就是個吃軟飯的孬種。」牛大當家看不上謝衍之這樣的人。

牛小蝶不以為然。「我就喜歡他那張臉，整個寨子裡，還有誰比他好看？」反正她就看上了，沒看膩之前，不會換人。

牛大當家再次搖頭。「不行，我不答應。」

牛小蝶不言不語，定定望著謝衍之。誰也不能阻止她得到他，就算不能得到他的心，得到他的人，與他春風一度也是好的。

另一邊，沈玉蓉追著謝衍之跑了一刻鐘，又累又渴，停下來喊：「你要是再跑，我就回京城。」

謝衍之也停下來，見沈玉蓉滿臉怒容，乖乖回來賠笑。「我錯了，妳怎麼罰我都行。」

牛耳追上，正好聽見這句話，捂臉扭頭，想死的心都有了。戰場上英明神武的將軍，怎麼到了媳婦面前，就硬不起來？

「我餓了。」沈玉蓉說完，轉身回去。意思很明顯，讓謝衍之準備飯菜，送進她屋裡。

謝衍之很知趣，說馬上送去。

等沈玉蓉走了，牛耳來到謝衍之身邊，小聲嘀咕。「兄弟，以前你說的話都是假的？」

「什麼真的假的？」謝衍之不明白，狐疑地看著牛耳。

「弟妹看不上你，要跟你和離？」牛耳提醒他。

「那些都是誤會，回頭我再向你解釋。」謝衍之朝廚房走去。

牛耳跟在他身後。「兄弟，你怎麼一句實話都沒有啊？」突然想到一個可能，又問：「你是不是看不上人家，就說人家看不上你？你可不能跟那些風流的公子哥兒學，否則我會看不起你。」

方才他都聽見了，沈玉蓉操持家務，照顧一家老小，還和別人鬥智鬥勇，保護兄弟的家人，相當了不起。

進了廚房，謝衍之問廚娘有什麼吃的，但因為過了吃飯的時辰，什麼都沒有，遂要了麵、菜、肉，準備幫沈玉蓉做碗麵。

他聽見牛耳的話，不在意道：「我以前的娘子死了，這是我的姘頭，不喊娘子不行。你也看見了，她真會打人，要是哪日不開心，把我打死了，大概墳頭上都沒人哭我。」

牛耳無語，靠在門框上看著謝衍之。「到底哪句是實話，我越來越迷糊了。」

謝衍之笑了。「以後再解釋。」

牛耳看著謝衍之熟練的做飯動作，道：「我再也不信你的話了。兄弟，我也餓了，也做一碗給我吧。」

「想得美，想吃自己做。在這世上，只有我娘子能吃到我做的飯。」謝衍之切了幾片牛肉，放進盤子裡。

兩刻鐘後，一大碗牛肉麵做好了，謝衍之笑嘻嘻地端去給沈玉蓉。

「娘子，這是我親手做的，嚐嚐好不好吃？」

沈玉蓉拿起筷子，聞了聞香味，誇讚道：「還行。」挑起來吃了一口，笑得眉眼彎彎。

「沒想到你還有這樣的手藝。」

謝衍之很高興，坐到沈玉蓉對面，瞧著她吃飯的樣子。「快吃，涼了就不好吃了。」

話落，門外傳來牛小蝶的聲音，說她餓了，要謝衍之幫她做一碗牛肉麵。

謝衍之直接拒絕。「想吃叫別人替妳做，我這輩子只做飯給我娘子吃。」又對沈玉蓉道：「娘子快吃，若吃不完，就留給我。追了妳這麼久，我也餓了。」

沈玉蓉本就不餓，只是演戲，聽見這話，把碗推給謝衍之。「吃吧，本姑娘賞你了。」

牛小蝶聽見這話，更是生氣，想推門跟沈玉蓉理論，被牛耳拉住了。「大小姐，您還是莫要進去，這是謝兄弟的房裡事。廚房還有麵，您要是餓了，可以讓廚娘做。」

「哼，你們等著。」牛小蝶跺了跺腳，轉身走了。

沈玉蓉聽見牛小蝶走了，對謝衍之道：「她走了，接下來咱們該怎麼做？」

謝衍之神秘一笑。「我都佈置好了，只要耐心等待便可。」

七日後，牛大當家帶了一隊人，要去滅了最小的山窪寨，以便擴充自己的實力。

謝衍之是新來的，沒資格參與，不過他武功高，在廳外偷聽到他們的計劃。

他不僅向山窪寨通風報信，還把這消息傳給附近的兩座寨子。一個是吉雲寨，另一個是山崗寨，實力相當，比青牛寨小些，且極為友好。

牛大當家第一次行動，不敢拿這兩座寨子試水，柿子挑軟的捏，所以選最小的山窪寨。

山窪寨有一千多人，為了以防萬一，牛大當家帶上一千五百人，都是青牛寨的主力，滅一座小小的山窪寨綽綽有餘了。

孰料，到了山窪寨，他們竟中了埋伏，一千五百人險些全軍覆沒。

牛大當家在心腹的保護下，好不容易逃回青牛寨，等來的不是援手，而是漫天火光，遍地屍首，死的大部分是青牛寨的人。

牛大當家差點昏過去，怒吼道：「這到底怎麼回事?!」

這時，有人跑到牛大當家跟前，撲通一聲跪在地上，痛哭出聲。「大當家，咱們山寨被吉雲寨和山崗寨偷襲，剩下的弟兄死的死、逃的逃，寨子裡沒剩幾個人了。」

牛大當家想起了謝衍之，抓住那人的衣領問：「軍師呢，軍師去哪裡了？」

他總覺得這事和謝衍之有關係，不然怎會如此巧，謝衍之來青牛寨不久，青牛寨就被偷襲了，難道謝衍之是吉雲寨和山崗寨派來的奸細？這樣就說得通了，這是兩座寨子密謀已久的計劃，為的就是滅掉青牛寨。

牛大當家大吼一聲。「姓謝的雜碎，我饒不了你！」隨後又問牛小蝶在哪裡，他讓牛小蝶和四當家看守寨子，寨子被攻破，那牛小蝶呢？那是他唯一的女兒，萬不能出事。

那人回答不知道，牛大當家命人快找，還要找出謝衍之，將他碎屍萬段。

第九十五章

「牛大當家找我嗎？我在這裡恭候多時了，你可讓我好等啊。」

謝衍之從火光中走來，幾步來到牛大當家跟前，笑咪咪地看著他。

牛大當家驚訝，指著謝衍之問：「你到底是誰，是不是吉雲寨和山崗寨派來的？」

謝衍之輕笑出聲。「這個問題問得好，身為青牛寨的大當家，您總算沒蠢到家。」

「你果然是吉雲寨和山崗寨派來的奸細，我早該想到的。」牛大當家譏諷地笑笑。「吉雲寨和山崗寨在我的寨子裡安插了奸細，你說動我帶人剿滅山窪寨，再趁我們兵力空虛時，剿滅我們，好一個調虎離山之計。」

謝衍之鼓掌叫好。「不愧是牛大當家，當真是智慧無雙。」

「少說這些屁話，既然是你害了我的兄弟，就納命來！」牛大當家抽出手裡的刀，朝謝衍之奔去。一個書生也敢在他跟前叫囂，今日就讓謝衍之知道惹怒他的下場。

謝衍之早有準備，等牛大當家過來，抬起腳，一腳將人踹飛，運用輕功來至牛大當家跟前，抽出腰間的軟劍指著他。

「你輸了。」

「你到底是什麼人？」牛大當家不信謝衍之會甘居人下。

謝衍之沒回答，抬手了結掉牛大當家，同時命人解決其他人。

他準備離開，牛耳氣喘吁吁地跑來，口內喊著。「將軍，不好了，少夫人不見了！」

謝衍之又驚又怒。「怎麼會不見，我不是要你帶她離開嗎？你給我說清楚！」

牛大當家帶人進攻山寨，謝衍之怕寨裡的人懷疑，不敢讓人帶沈玉蓉離開，直到有人攻山，才命牛耳趁亂帶她下山，山下有人接應。

牛耳說：「我帶著少夫人離開，路上遇見一隊人，便躲起來，後來聞到一股怪味，我昏了過去，醒來少夫人就不見了。將軍，你懲罰我吧，是我沒有辦好您交代的事。」

「回頭再找你算帳。」謝衍之心急如焚，卻不得不讓自己冷靜，想想哪裡出了差錯，猛地又問：「牛小蝶呢，有誰看見牛小蝶了？」

青牛寨裡，牛小蝶最看沈玉蓉不順眼，定是她劫走了沈玉蓉，想用沈玉蓉威脅他。

謝衍之吩咐牛耳，立刻帶人去找牛小蝶，萬不可傷了沈玉蓉。

牛耳領命，謝衍之萬分著急，等不下去，也帶一隊人去尋，同時在心中祈禱，讓各路神仙保佑沈玉蓉無事。

不遠處的山坳中，沈玉蓉被反綁雙手，頭髮凌亂，由牛小蝶押著走。

牛小蝶的目的不言而喻，應該是想利用她威脅謝衍之。

牛小蝶嫌棄沈玉蓉走得慢，推她一下。「走快點，等會兒見了妳那個姘頭，讓他放了我爹，不然我就殺了妳。」

沈玉蓉一個踉蹌，差點摔倒，穩住腳步，回頭看牛小蝶。「妳都說他是我的姘頭了，一夜夫妻百夜恩，大難臨頭各自飛，夫妻且如此，何況是姘頭。他那種吃軟飯的小白臉，才不會管我的死活呢。」

牛小蝶冷然道：「少廢話。說吧，妳和姓謝的到底是什麼關係，他又是什麼人？」

看見吉雲寨和山崗寨的人攻入寨子，牛小蝶就知寨子裡有奸細，不用想也知道，肯定是謝衍之搞的鬼。

為了威脅謝衍之，她早就盯著沈玉蓉了，不管是為了報復謝衍之，還是女人的嫉妒心作祟，她都知道這個女人對謝衍之很重要，只要抓住沈玉蓉，就等於抓住謝衍之的軟肋，到時候一切都好談。

沈玉蓉聽了這話，道：「妳不是早就知道了嗎？」

「別把我當成傻子，你們之前說的，我一個字都不信。青牛寨出事，是你們做的，難不成你們是朝廷的人？」

沈玉蓉以為牛小蝶眼裡只有男人，沒想到還挺聰明，當即否認。「都說了，我是高門貴女，是因為喜歡那小白臉，才會出來的。他告訴我他是軍師，誰知竟然是土匪窩裡的軍師，我也是受害的人。妳若想知道他是做什麼的，直接問他，別跟我過不去。」

「我當然會問他，不僅要問，還會當著他的面把妳殺了，讓他痛苦一輩子。」牛小蝶憤恨道：「是他害我沒了家，這仇不報，我就不姓牛。」

「誰管妳姓牛還是姓馬，妳找他報仇，別綁著我，很難受。咱們打個商量，妳能不能放開我？妳是土匪的女兒，有一身功夫，我就是個閨閣小姐，什麼都不會，也跑不了。妳行行好，替我鬆綁吧。」沈玉蓉道。她相信，以她的功夫，能解決眼前的牛小蝶。

沈玉蓉不知，不遠處，有個人正跟著她們呢。這人黑衣打扮，手裡拿著長劍，在沈玉蓉說話時，已悄然靠近牛小蝶。

這人不是別人，正是從京城來的羅俊玉，得了齊鴻旻的命令，一定要尋到沈玉蓉。他來邊關數日，沒找到沈玉蓉，卻被羅家嫡子的人發現。為了除掉他，羅家那邊沒少費力氣，派數名高手圍攻他。

羅俊玉不敵，中毒受傷逃跑，竟跑進了牛脊山，好巧不巧遇見沈玉蓉，真是應了那句話：踏破鐵鞋無覓處，得來全不費工夫。

沈玉蓉還在勸說牛小蝶，讓牛小蝶替她鬆綁。

牛小蝶覺得沈玉蓉聒噪，轉身盯著她，拔劍威脅。「閉嘴，再說話，現在就殺了妳。」

羅俊玉乘機移到牛小蝶身後，緩緩靠近。

這一幕正好被沈玉蓉瞧見，當即閉嘴，暗道糟糕，這傢伙怎麼找來了？真是沒出狼窩又入虎口，只能往後退。

她退了兩步，被牛小蝶發現，立刻怒斥道：「趕緊走，別磨蹭，不然我真不客氣了。先劃了妳的臉，再分屍，看謝軍師還喜不喜歡妳。」
她話落，羅俊玉舉劍刺向牛小蝶心臟處。
牛小蝶並非自小習武，卻也日日鍛鍊，身手了得，發現不對，連忙側身，雖未躲過羅俊玉的劍，也避開了要害，沒被刺中心臟，倒在地上口吐鮮血，回頭看向羅俊玉。
「你是誰？」難道是來救沈玉蓉的，看來她今日凶多吉少。
羅俊玉中毒又受傷，逃亡三日，體力已經耗得差不多，方才又給牛小蝶一劍，還能站著，已是毅力超群。
沈玉蓉看出羅俊玉有傷，唯恐牛小蝶反應過來，跑過去，背對著他。「快幫我解開。」
羅俊玉一劍劈開繩子，沈玉蓉活動一下手腕，搶過羅俊玉的劍，轉身緩緩朝牛小蝶走去。
「方才妳想劃花我的臉？」
牛小蝶躺在地上，往後挪動幾下，艱難道：「妳別過來，若傷了我，我爹饒不了妳。」
「妳爹都是泥菩薩了，還能管得了妳？」沈玉蓉不是真要殺牛小蝶，只想嚇唬嚇唬她。
誰叫牛小蝶嘴賤，方才說要劃花她的臉，不知道女人的臉最值錢嗎？
牛小蝶嚷著，讓沈玉蓉別過去，沈玉蓉偏要逗逗她，但沒等沈玉蓉靠近，牛小蝶袖中飛出一支箭，直射沈玉蓉的胸口。
羅俊玉見狀，拚盡最後一絲力氣，從背後拉住沈玉蓉，轉了個圈，用整個身子護住她，冰冷箭頭沒入他的肩部。

沈玉蓉猛然推開羅俊玉，見他嘴角流出黑血，急道：「不好，箭上有毒。」

羅俊玉搖頭。他本來就中毒了，現在眼皮沈得很，卻不敢睡。他怕自己睡去後，再無人保護沈玉蓉。

牛小蝶乘機逃脫，沈玉蓉來不及管她，要看羅俊玉的傷勢。羅俊玉不許，說不礙事。

「什麼不礙事，你中毒了。」沈玉蓉不想欠他人情，他的傷需要及時醫治。

羅俊玉坐下，靠在樹上，就是不讓沈玉蓉看，說男女授受不親。

沈玉蓉無語，從裙上撕下一塊布，要幫羅俊玉包紮。

羅俊玉拗不過，只能任由她為所欲為，臉上一片冰冷，心裡卻暖暖的。從來沒有人關心過他，這種感覺很好，能讓人上癮。

「你都這樣了，為什麼還要救我，真是多此一舉。你這哪是救我，是替我找麻煩。」沈玉蓉一面幫他包紮傷口、一面叨念。

羅俊玉不回答，奄奄一息道：「妳為何不回去?別人都說謝衍之死了，妳為何不信？」

「你才死了，你全家都死了。誰死了，他也不會死。」沈玉蓉怒極，起身踹羅俊玉一腳，見他倒地，想起他是傷者，彎腰扶起他。「不會說話就閉嘴，沒人把你當啞巴。」

謝衍之找過來時，正好瞧見沈玉蓉扶起羅俊玉，當即厲聲喝道：「你們在做什麼?!」彷彿丈夫捉住紅杏出牆的妻子。

沈玉蓉聽見謝衍之的聲音，面上一喜，回頭笑道：「你快過來。」

羅俊玉也聽到了謝衍之的聲音，驚懼地側過臉，不敢置信。「你居然沒死？」

謝衍之怎麼沒死，還和沈玉蓉走到一起？看樣子，兩人相處不只一日兩日，難道謝衍之墜落懸崖後，被土匪救了，不然怎會出現在牛脊山？

謝衍之三步併兩步來到沈玉蓉跟前，雙手摟著她的肩膀打量，見她無事，將她摟入懷中。「幸好妳沒事。若妳出事，我該怎麼辦？」

沈玉蓉推開謝衍之，指著羅俊玉道：「我沒事，可他有事。牛小蝶劫持我，想用我威脅你，是他救了我。牛小蝶很卑鄙，用毒箭射我，也是他幫我擋了一箭。」

謝衍之想想都覺得後怕，冷眼看著羅俊玉。「別有用心。」話題一轉，又道：「你命大，那樣都沒死。」

他知齊鴻旻沒死心，又派羅俊玉來邊關，遂把羅俊玉的消息透露給羅家。羅家果然沒讓他失望，如瘋狗般，咬住羅俊玉不鬆口。但沒想到羅俊玉如此命大，遇到連番追殺都沒死。

「先不管這些，人是因為我受傷，我們不能見死不救。」沈玉蓉道。

謝衍之不忍訓斥沈玉蓉，彎腰抱起她，吩咐墨三。「把人帶回去，找個大夫瞧瞧。」

墨三領命，朝羅俊玉走去。

羅俊玉聽到這話，徹底昏了過去。

第九十六章

沈玉蓉怕眾人笑話，要謝衍之把她放下來。

謝衍之冷著臉，不言不語，更不放人，目不斜視地走著，彷彿沒聽見她的話。

沈玉蓉感覺不對勁，抬眼看謝衍之，試探地問：「怎麼了？」抬手摸摸他的下巴。「我被牛小蝶劫持，差點毀容，還在鬼門關前走了一遭，我都沒生氣，你為何生氣？」

過了半晌，謝衍之才道：「妳為什麼要救姓羅的？」

沈玉蓉噗哧一聲笑了。「你吃醋了？」

謝衍之沈默，算是默認沈玉蓉的話。

沈玉蓉解釋。「不是我想救他。他畢竟是因我而受傷，我若見死不救，良心難安。」

「這樣一來，我的身分會暴露，我之前所做的一切都白費了。」謝衍之道。

沈玉蓉這才想起，羅俊玉是齊鴻旻的人，歉疚道：「我錯了，我該跟你商量一下的。」

想了想，道：「要不，把他殺了？」雖然心有不忍，可誰讓這麻煩是齊鴻旻的人。

「妳捨得？」謝衍之瞥著沈玉蓉。

沈玉蓉摟住謝衍之的脖子，在他臉上親了一口。「除了捨不得你，這天下誰不能捨？」

一句話把謝衍之哄開心了，咧嘴問她。「我和妳爹、妳弟比，在妳心中誰的位置高？」

沈玉蓉掙扎著要下來。「這沒辦法比。」

璀璨的笑容僵在臉上，謝衍之放下她，冷聲問：「為何不能？難道我在妳心裡，一點位置也沒有？」

沈玉蓉伸出手。「我爹、我弟弟、我丈夫，就像我的手指一樣，傷了哪根都疼。」停頓一下，瞟向謝衍之。「都說十根手指有長有短，可在我心裡，你們一樣重要，不然我為何冒著生命危險來邊關，這是為了誰？」

謝衍之聽了這話，心裡舒坦多了，再次彎腰抱起她。「我就知道，娘子是愛我的。」

沈玉蓉笑出聲。「那你還吃醋，還是不相干的人的醋，莫名其妙。」

「我哪裡吃醋了。」謝衍之否認。

「渾身散發著酸味，難道是我聞錯？」沈玉蓉聞了聞，揮揮手。「還是有一股酸味。」

謝衍之氣得笑出來。「我那是在乎妳。」

沈玉蓉抬手摟住他的脖子。「我也只在乎你。」

謝衍之停下腳步，低頭吻住那誘人的紅唇。

沈玉蓉抬起頭，剛想回應，便聽不遠處傳來噗的一聲，嚇得她將頭埋進謝衍之懷中。

隨後一陣雞飛狗跳。「是誰放屁！」這聲音有些熟悉，好像是牛耳。

「不是老子，老子沒吃飽，正餓著，怎麼會放屁？」這聲音沈玉蓉沒聽過，陌生得很。

謝衍之側臉看去，樹後幾個人相互推搡著，正是墨三、孫贊、林贇、牛耳和瘦猴。

他們見謝衍之看過來，紛紛自證清白。「我們什麼也沒看見。」顯然此地無銀三百兩。

謝衍之更不信，吼道：「每日多訓練一個時辰，練不完不許吃飯。」抱著沈玉蓉走了。

等謝衍之離開，林贇幾人問牛耳。「牛大哥，怎麼回事，將軍這是有新歡了？」

牛耳摸摸腦門。「什麼新歡啊，應該是舊愛。一會兒娘子，一會兒姘頭，我也不知道到底是怎麼回事，反正一早就認識，兩人以前就有姦情。」

林贇一臉興奮。「你快說，我們也聽聽。」

瘦猴扯住他。「得了吧，沒看見將軍生氣了，回頭再加一個時辰，我們肯定受不了。」

墨三沈默不語，望著謝衍之遠去的方向。「都別瞎想了，那應該是將軍夫人。」

處理完幾座山寨的事，謝衍之帶著沈玉蓉回軍營。

沈玉蓉是男裝打扮，除了牛耳幾人，其他人均不知謝衍之的娘子來了。

謝衍之和沈玉蓉同吃同住，又形影不離，親密無間，難免傳出些不好聽的話，說謝衍之不愛女郎愛男風，有龍陽之好。

林贇等人聽了這話，一笑置之。孫贇總覺得沈玉蓉面熟，好似在哪裡見過，想了幾日，終於有了印象，興奮地對林贇等人道：「我想起來了，我見過少夫人，還吃過她做的飯。」

牛耳見他似犯了病，皺眉道：「你想起什麼了？」

「將軍的心上人啊，我終於知道她是誰了！」孫贇興匆匆。「我在京城時見過。」

眾人讓他別廢話，有話趕緊說，他們都等急了。

孫贊道：「她是天下第一樓的東家。」說到此處，他也覺奇怪，既如此，沈玉蓉為何要紅杏出牆，難道是被將軍的魅力打動？也不是不可能。

孫贊至今未發現謝衍之的身分，孫家是文官，謝家是武將，兩人不是同個圈子裡的人。加上他勤奮好學，一心讀書，從沒正眼看過謝衍之。最重要的是，謝衍之與之前判若兩人，卸去偽裝後，氣質卓然，用兵如神，就算眼熟，孫贊也不會將他與那紈袴聯想在一起。

「天下第一樓？做什麼的，有多厲害？」幾人未去過京城，自然沒聽過天下第一樓。

孫贊說了天下第一樓的事，沈玉蓉是高官貴女，嫁給武安侯世子，十分得明宣帝看重。

瘦猴喜歡吃，咂吧著嘴，口水直流，摸著下巴道：「皇上都說好吃，那一定好吃，咱們什麼時候也嚐嚐少夫人做的飯菜？」

牛耳撇嘴。「別想了，在山寨時都是將軍下廚，我都沒見少夫人下過廚，人家可是千金小姐，十指不沾陽春水，哪會做菜？反正我不信。」

眾人驚呼，好似發現了了不得的事。「原來在家是將軍做飯啊。」男人伺候女人，可真沒出息，但他們真看不出來將軍會伺候少夫人。

瘦猴想的和他們完全不同，想起好吃的、好喝的，控制不住。「許久沒吃牛肉醬跟辣椒醬了，不行不行，我得攢攢錢去一品閣買。再配上幾個大餅，晚上值夜拿出來咬上一口，那滋味，回味無窮。」

這時，謝衍之走過來，一身盔甲，手持長槍，見幾人聊得高興，過來湊熱鬧。

林賛比謝衍之大一歲，至今沒有妻子，見謝衍之有沈玉蓉陪伴，心裡早癢癢了，靠近他，小聲問：「將軍，您追妻有絕招嗎，教我兩招？」

孫贊和墨三也跟著起鬨，問謝衍之如何把人追到手的，讓人捨棄京城的繁華，到邊關跟著謝衍之吃苦受累。

謝衍之瞥眾人一眼，唇角上揚，顯得十分得意。「能有什麼絕招？因為我長得好啊。」

瘦猴不想媳婦，只想吃的。「將軍，聽聞少夫人手藝絕倫，幾時能嚐到她的手藝。」

謝衍之白他一眼。「想得美。你想吃，我帶你們去一品閣，讓你們吃個夠。」

只要有吃的，瘦猴就滿意，立刻道謝。

牛耳撓撓頭。「您的俸祿夠嗎？您自己都吃軟飯，再捎帶上我們，萬一被少夫人嫌棄，不要您，跟人跑了怎麼辦？營帳裡還躺著一個小白臉呢，這人對少夫人虎視眈眈。」

「你可以去試試，看看能不能撐死你。」謝衍之依舊笑咪咪，掃視眾人，那樣子好似在說，誰要敢質疑他，他一定撐死那人。

眾人不敢回嘴，裝傻的裝傻，藉口離開的藉口離開，瞬間只剩下牛耳。

牛耳忽然想起一事，憨憨開口。「將軍，帶回來的那人醒了，少夫人已經去瞧，您不過去看看嗎？我看那人長得比你好，別把少夫人迷住了。」

「胡說，少夫人是那種膚淺的人嗎，那種小白臉能迷住她？簡直笑話。」謝衍之說著，轉身走了，腳步飛快，不知道的還以為他娘子被人拐走了。

牛耳疑惑，又撓撓頭。「不是不緊張嗎，走這麼快做什麼？」

羅俊玉被帶回來後，一直昏迷，被安排在軍醫的營帳裡，方便照顧。

沈玉蓉每天都會關心幾句，今日羅俊玉醒了，軍醫便來請沈玉蓉，說羅俊玉要見她。

沈玉蓉想跟謝衍之一起來，恰好謝衍之不在，就獨自跟著軍醫過去，順便讓人去請謝衍之，看看如何處理羅俊玉。絕不能讓他再回到齊鴻旻身邊，否則一切都白費了。

她想好了，若是不行，乾脆囚禁羅俊玉，等齊鴻旻倒了，再放出來。

當然，這只是沈玉蓉的想法。依照謝衍之的性子，直接殺了，一了百了。

沈玉蓉來至軍醫的軍帳，掀開簾子進去，正巧見羅俊玉看向她，展顏一笑。「你醒了，感覺如何？」她依舊一身男裝，動作毫不做作，比男兒還瀟灑脫些。

沈玉蓉坐到離羅俊玉不遠處，沒給他開口的機會，繼續道：「你在救我之前，就中毒了。雖然你救了我，可是我不需要你救，你明白我的意思嗎？」

羅俊玉回答得很直接。「不明白。我只知道，當時情況危急，是我救了妳，我是妳的救命恩人。」

「如今我又救了你，我也是你的救命恩人，咱們扯平。這話暫且不提，先說說你算計我的事吧，你不否認吧？」沈玉蓉雙臂環胸，譏諷看著羅俊玉。

羅俊玉點頭。「是，我奉了二皇子的命，有目的地接近妳，可我從來沒害過妳。」

「不見得吧。如今你落在我手上，想死想活，給個痛快話。」沈玉蓉道。

羅俊玉看得出來，沈玉蓉眼中沒有殺意，她不會殺他，頂多威脅一下。

沈玉蓉見他笑了，道：「怎麼，你不信？我可不是什麼好人，你應該知道我的丫鬟是如何死的吧，被我毒啞扔進井裡，當夜就去見閻王了。」

羅俊玉笑。「她不是死在妳手上，是死在妳姊姊手中。」

沈玉蓉唇角微微上揚，緊緊盯著羅俊玉。「你果然查過我。」語氣十分篤定。

羅俊玉這才知道自己上當了，沈玉蓉又問他，想死還是想要自由？當然，還可以有第三條路可選。

羅俊玉問第三條路是什麼，沈玉蓉道：「生不如死地活著。」

「我選自由。」羅俊玉道：「我該怎麼做？」

「離開二皇子，替我賣命，三年後便可徹底自由。」沈玉蓉自信滿滿。她相信，三年他們能扳倒齊鴻旻，她與羅俊玉沒有利益衝突，自然不需要束縛他。

羅俊玉不敢置信地看著沈玉蓉。「妳敢用我？我可是二皇子的人。」

「只要不背叛我，我便敢用。」沈玉蓉道：「你為我辦事，需要發誓，以你最重要的人起誓，若違背誓言，你最在乎的人將墮入十八層地獄，永世不得超生。」這誓言夠狠毒了。

沈玉蓉微微揚起下巴，冷然道：「怎麼樣，你敢答應嗎？」

羅俊玉但笑不語，一個誓言就想綁住他，該說她天真，還是說她善良？

他為齊鴻旻賣命，不過是看在昔日齊鴻旻幫他說話的分上。這些年，他也清楚齊鴻旻的為人，從沒把他當人看，只能想著，有朝一日齊鴻旻登上皇位，他便能把那些人踩在腳下。

如今他看清楚了，明宣帝不會讓齊鴻旻繼位，東北軍被謝衍之掌控，齊鴻旻想要那個位置，簡直難如登天，不如與沈玉蓉合作。若謝衍之有從龍之功，他也可以分一杯羹吧。

羅俊玉答應。「三年為限，時間到了，妳放我自由，可是真的？」

沈玉蓉笑著點頭。「自然是真的。」

「好，我答應妳便是。」羅俊玉道：「我以我親生母親發誓，若這三年內背叛沈玉蓉，就讓我母親墮入十八層地獄，永世不得超生。」

沈玉蓉樂了，起身道：「好了，以後你就是我的人了。」

她話落，門外傳來謝衍之的聲音。「他是妳的人，我是誰的人？」不等沈玉蓉開口解釋，便冷聲吩咐。「來人，把裡面的人扔進山中餵狼。」掀開簾子瞪著羅俊玉，若目光能殺人，羅俊玉已經死了千百回，隨即帶著怒氣離去。

羅俊玉見沈玉蓉急著去追，便知她是真在乎謝衍之，眸光暗淡幾分。

像他這種陰溝裡見不得光的存在，哪裡配得到她的注意和關心，能留在她身邊，已是奢望了。

第九十七章

沈玉蓉見謝衍之氣得轉身就走，連忙追出去，孰料掀開簾子就不見人了。

沈玉蓉找了一圈，不見謝衍之，拉住士兵問可見到將軍了，那人指了指遠處的山，這才知謝衍之往北去了。

北面有座山，謝衍之帶她去過一次，謝衍之應該是去了那裡。

果然，沈玉蓉在石潭邊找到謝衍之，見他不回頭，也不搭理她，便扯扯他的衣袖。

「你又生氣了，又吃醋了？你是個男人，能不能有男人的胸襟，不要像個女人似的。」

話音未落，謝衍之轉身抱住她，吻了上去，良久後，摩挲她的紅唇。

「妳告訴我，我是誰的人？」

「我的人啊。」沈玉蓉不假思索地回答。

「那個姓羅的是誰的人？」謝衍之指著軍營的方向。

「也是我的人。為我效命，不是我的人，是誰的人？」沈玉蓉眨巴著眼睛解釋道。

「他為妳效命，何意？」謝衍之有些搞不清狀況了，忽然反應過來。「妳說服他了？」

羅俊玉看似放蕩不羈，實則心機深沈，對齊鴻旻也是有所圖，怎麼肯為沈玉蓉所用，不會是有什麼陰謀吧？

「他同意了，也發了誓，為我效命三年，三年後放他自由。三年工夫，扳倒王家和二皇子，應該夠了吧？」沈玉蓉捧著謝衍之的臉。「我辛辛苦苦都是為了誰，某人還吃醋，對我亂發脾氣，話也不說清楚就跑出來，害我追得老遠，累死了。」伸伸腿表示很累。

謝衍之也捧著沈玉蓉的臉，在她額上落下一吻。「謝謝妳，娘子。」

沈玉蓉佯裝生氣。「你不生氣了，我的氣還沒消呢。」

「為夫任妳懲罰？」謝衍之笑著，彎腰打橫抱起沈玉蓉。「妳累了，我抱妳回去。」

沈玉蓉掙扎著要下來。「我現在穿男裝，被人瞧見，又該議論你了。」

「誰愛議論，誰議論去，他們那是吃不到葡萄說葡萄酸。」謝衍之低頭看著懷中的佳人，一臉嬌羞，杏眼含情脈脈，眸光一轉，使了個壞，差點把沈玉蓉摔下去。

沈玉蓉不由摟緊謝衍之的脖子，驚呼出聲。「你小心一點。」抬眸見謝衍之笑了，才知他是故意的，氣道：「你是故意的。」掙扎著要下來打人。

「娘子饒命，小的再也不敢了。」謝衍之拱手作揖，捏著嗓子，笑得開懷，將沈玉蓉摟入懷中。「我餓了，想吃娘子做的牛肉麵。」

沈玉蓉抬眸笑看他。「也不是不行，你得答應我一個條件。」

謝衍之問她有何要求，沈玉蓉便說不想住在軍營裡，不方便，尤其是洗漱，萬一突然有人闖進來就尷尬了。

若是幾日，沈玉蓉就忍了。可她想長久住下去，若是沒有居所，確實不妥。

謝衍之也想到了這情況，牽起沈玉蓉的手。「我早想好了，軍營離城裡遠，我也不打算住城裡的將軍府，就在軍營附近建一座宅子，方便妳進出如何？」

沈玉蓉摟住謝衍之，誇讚一番，兩人肩並肩回了軍營。

沈玉蓉去火房幫謝衍之煮麵。謝衍之被牛耳、孫贊、林贇、瘦猴和墨三攔住，問他如何馴服少夫人的？

謝衍之微微揚起下巴，得意道：「還用馴服，我一句話，她便不敢吱聲了。知道這叫什麼嗎，這就叫男人的威嚴。」

聽了這話，幾人眼睛亮了，紛紛誇讚謝衍之厲害。

牛耳與沈玉蓉相處過，見識謝衍之被追得滿院跑的情景，連男人的尊嚴都沒有，哪來的威嚴？他看不慣謝衍之吹牛，忍不住提醒他。「將軍，我覺得話不能說太滿，你忘記少夫人追著你打的樣子了？」

孫贊聽了這話，眉梢上揚，摟住牛耳的肩膀，問他怎麼回事？

謝衍之不讓牛耳說，牛耳卻不給謝衍之留面子，直接說了青牛寨的事。

「那是作戲，知道什麼是作戲嗎？不是真的。方才我一頓訓斥，乖巧得跟小羔羊似的，讓她給老子做碗麵，二話不說，立刻去了。」謝衍之得意洋洋道。

牛耳滿腹疑惑，難道當時真的是作戲？

林贇幾人全信了謝衍之的話，要是將軍沒有威嚴，讓夫人做飯，夫人會去？在青牛寨時，定是作戲。

謝衍之見眾人信了，正在得意。恰好沈玉蓉端著麵進來，香氣飄散，隔老遠就聞到了。尤其是瘦猴，他鼻子靈，順著麵香就想過去。

謝衍之拉住他的衣領。「你做什麼？想吃，讓自己娘子做去。」話落，顛顛地跑過去，接過托盤，滿臉堆笑。「娘子辛苦了。」

火房離得遠，沈玉蓉也累了，道了句不累，將托盤遞給謝衍之，跟著他進了營帳。

墨三盯著主將的營帳，看了又看，嘆口氣。「威嚴？尊嚴能保住就不錯了。」

牛耳聽見，咧嘴笑了。「瞧見了嗎，將軍這輩子是栽在少夫人身上了。少夫人讓他往東，他絕不敢往西。」

瘦猴接話道：「要是我有個會做飯的娘子，還做得這麼香，尊嚴不要也值。」娘的，實在太香，他都流口水了。幸虧他意志堅強，把口水嚥進肚子裡，不然就丟人了。

其餘沒媳婦的人不言不語，好似默認了瘦猴的話。

謝衍之答應替沈玉蓉蓋一座院子，沒幾天就蓋起來。

房子建在軍營南邊，離山不遠，前面還有一條小溪，流水潺潺，清澈見底，能把溪水引進家中，方便用水。

這地方是沈玉蓉選的，她一眼就看中了，次日進城買地，辦好紅契。

謝衍之不願委屈沈玉蓉，帶人建了二進小院跟炕，又上山砍了不少柴火。

房子建好，他就讓人燒炕，這樣房子乾得快，下雪前能住進去。

等沈玉蓉換回女裝，大小將領才知謝衍之是正常男人，喜歡的是女人，還是貌美如花的女人。

日夜燒了十幾天，房子乾得差不多，沈玉蓉買了丫鬟杏花和劉婆子，接著去鎮上買了家什、被褥、鍋碗瓢盆，還買了肉菜跟米麵，零零碎碎的，用馬車裝了好幾趟，最後還是謝衍之幫忙拖回來的。

擇期不如撞日，當晚沈玉蓉便帶人住進了新家。

次日，她做了兩桌菜，請幫忙建房子的兄弟好好吃一頓，也算慶祝他們喬遷。

墨三、林贇、孫贊、牛耳和瘦猴等人吃了沈玉蓉做的飯菜，才算徹底服氣。

這手藝絕對比一品閣的廚子好，怪不得將軍連男人的骨氣都不要，在少夫人跟前就是硬不起來。

要是他們能找到這樣的娘子，也情願一輩子硬不起來啊。

送走墨三跟林贇等人，謝衍之跟著進廚房，想幫沈玉蓉收拾東西。

孰料，兩人被劉婆子和杏花趕出來，說是廚房有她們呢，哪能讓少夫人和將軍幫忙。

沈玉蓉無奈，和謝衍之去新房。新房是她親自佈置的，雖不如棲霞苑精緻，但該有的都有。被褥剛曬過，帶有一股陽光的味道，好聞極了。

謝衍之跟在沈玉蓉身後，定定地望著沈玉蓉，顯得有些不自在，躊躇半晌才道：「今晚，我留下來，這是咱們的新家。」

成親數月，他們還未圓房呢，謝衍之一直惦記這件事。

軍營裡不方便，他也不想委屈沈玉蓉，是以每晚摟著她睡，都是忍著。如今有了新家，他想圓房了。

留下來？沈玉蓉懵了，這是要圓房？

相處多日，她自然知道謝衍之的隱忍。她是謝衍之的妻子，不打算改嫁，也不會和離，自然要與謝衍之和和美美過日子，生兒育女，看著兒女們長大成人，這些她都幻想過。

如今謝衍之提出來，沈玉蓉不會拒絕，點頭答應。

謝衍之見沈玉蓉答應了，樂得嘴都咧到耳根，一把抱起她，轉了個圈，歡呼道：「娘子真好。」

接下來的事自然而然，水到渠成。燭光搖曳，滿室溫情，時不時傳來女人的呻吟和男人的喘息，直至半夜方歇。

劉婆子是過來人，聽見聲音笑了，催著杏花去休息。

她燒了半鍋水，等聽見謝衍之的聲音，才出聲問：「將軍，您可是要水？老婆子幫您燒好了，藥也準備好，等會兒您幫少夫人抹上，明早就好。」

她是個孤老婆子，丈夫跟兒女都死了，村裡人都說她命硬，把她趕出來。她沒辦法養活自己，就把自己賣了，多年來流落不少地方，卻沒一個人像沈玉蓉一樣，把她當人看。

所以，她真心疼愛沈玉蓉，把她當成自己的晚輩，早看出沈玉蓉還是姑娘，覺得她不知事，便悄悄準備了這些。

饒是謝衍之臉皮厚，聽見這話也紅了臉，道了謝，去廚房提水。

屋內的沈玉蓉也聽見這些話，羞得把自己埋入錦被中。

謝衍之提了水，幫沈玉蓉擦身子，抹了藥，一時沒忍住，又要了一回。

次日，沈玉蓉起晚了，睜開眼，發現謝衍之不在房裡，摸了摸旁邊的被子，沒了餘溫，想必走了許久。

沈玉蓉起床穿好衣服，打開門，見地上積了厚厚的雪，空中的雪花打著卷，落在地上。

「竟然下雪了？」

杏花端著水盆進來，準備伺候沈玉蓉洗漱。「是啊，不知什麼時候下的，起來院子裡便是厚厚一層，現在還下著呢。將軍走時吩咐了，等他回來再掃雪，不讓少夫人做呢。」

沈玉蓉洗臉淨手，杏花幫她梳了朝雲近香髻，攢上兩支珠釵、一支步搖。

沈玉蓉照照銅鏡，將一支珠釵換成謝衍之送的玉簪，等他看見，心裡一定歡喜。

不到一炷香工夫，謝衍之回來了，身上帶著雪花，打起簾子進屋，一股熱氣迎面撲來，抬眼見沈玉蓉坐在炕桌旁寫東西，湊近了問：「寫什麼，這麼專注？」抬眼見沈玉蓉頭上戴著他送的簪子，臉上的笑容又綻放了幾分。

沈玉蓉道：「算帳呢，算算我還有多少銀子。昨兒聽瘦猴說，軍需未到，我身上有些銀子，先買些厚衣發給將士們。現在下雪了，等化雪時更冷。」

謝衍之坐過去，扣住她的腰身。「娶到這麼個賢妻，是我幾輩子修來的福氣？」

沈玉蓉推開他的手。「別鬧，我還沒算完呢！」

「敢問夫人，您有多少家底？」謝衍之笑著看帳目。

「十幾萬兩。」沈玉蓉一手撥弄著算盤、一手抓著謝衍之不老實的手。「別鬧。」

「妳喜歡男孩，還是女孩？」謝衍之的手撫摸著沈玉蓉的肚子。

這裡，有他的孩子了吧？

第九十八章

沈玉蓉的心思都在銀子上，沒想其他的，猛地聽見這話，有些奇怪，想想覺得不對，轉頭望著謝衍之。

「你問這個做什麼，難道你在外面有了私生子？」聲音拔高不少，還帶著幾分嚴肅。

謝衍之笑了，捧著她的臉親了一口。「妳想到哪兒去了？經過昨晚，妳說咱們會不會有孩子呢？要是有孩子，妳喜歡男孩，還是女孩？該替孩子取什麼名字？」

沈玉蓉鬆了口氣，想著謝衍之的話。「不會這麼巧吧？」她記得，京城許多女人成婚幾個月都沒孩子，還有幾年沒有的，謝衍之哪有這麼厲害，一晚就讓她懷上。

沒影的事，她不願費腦子想，於是岔開話頭。「軍需的事，你想到解決辦法了？」

謝衍之挑眉，盯著沈玉蓉的肚子。「應該快了。」明宣帝不給，有人給。遲早的事，他不急。

「你倒有自信，遞上去的摺子批了？」沈玉蓉問。

「這倒沒有，不是還有二皇子嗎？」謝衍之笑起來。

沈玉蓉張嘴，還想追問，謝衍之欺身上前，把她摟入懷中，往炕上倒去。

「別管這些有的沒的，車到山前必有路。咱們先要孩子，成婚半年多，娘也等急了。」

沈玉蓉使勁推開他，推不動，嗔道：「你吃了什麼，力氣這麼大？」

「力氣大了，才能讓妳開心。」謝衍之摟著沈玉蓉，扯她的衣裙，覺得繁瑣，讓她穿少一些。

想起昨夜的瘋狂，沈玉蓉頓覺渾身痠疼，朝裡滾了滾。「現在是白日。」

「白日才好。」能看得更清楚。謝衍之又將人撈進懷中，灼熱的唇直接堵住沈玉蓉，讓她說不出話來。

沈玉蓉半推半就，與謝衍之成了好事。

外面的杏花聽見屋內動靜，羞得臉頰脹紅，轉身跑開了。

十月的京城也漸漸冷了，謝衍之早遞上索要軍需的摺子，卻被明宣帝按下來。

他自是不急，可有人比他更急，就是齊鴻旻一派的人。

齊鴻旻自以為將東北軍控制在手中，如今東北軍第一次索要軍需，若辦不到，不僅會讓人看清底細，還令人失望，覺得跟著他沒前途，遲早生變。

可明宣帝卻說，邊關無戰事，國庫吃緊，讓東北軍再等等，這分明是拖延之詞。

齊鴻旻沒辦法，只能自掏腰包。二皇子府沒錢，但王家有錢，王元平雖沒了太師的官職，在家榮養，可手下門生眾多，自然有辦法湊銀子。

於是，齊鴻旻派人去了王府，請王元平過來一趟。

王元平也知齊鴻旻因何煩惱，收拾一番，先與霍先生見面談完，隨後坐著轎子，來了二皇子府。

齊鴻旻見到王元平，開口道：「北邊上摺子要軍需，父皇卻不給，找的理由冠冕堂皇，分明是不想拿出來。舅舅以為如何？」

王元平坐定，端起茶抿了幾口，放下茶盞。「不急。」

「都半個月了，一點動靜也沒有，還不急？若北邊問起來，該如何回覆？舅舅莫要忘了，沈將軍剛拿下四座山寨，正是需要糧草和軍需的時候，若是不給，顯得咱們沒有誠意。」齊鴻旻不開口要錢，想由王元平主動給。

可王元平是老狐狸，明白齊鴻旻的意圖，就是不給。來之前，他見過霍先生，霍先生說沈言收服土匪太快了些，恐怕有詐，軍需且再等等。如今他們與明宣帝比耐心，沒有耐心，便是輸了。

東北軍的軍需不是小數目，加上糧草，少說也要幾十萬兩銀子。王元平失了太師一職，權力小了，賺錢的機會也少了，對錢財比以往看重。

經過這幾次挫折，他更為謹慎。沈言不可全信，還需去邊關走一遭，若真如沈言所說，軍需便如數給；若不然，沈言此人不可用。

王元平說了自己的看法，齊鴻旻思忖半晌，道：「派人去查查，但是讓誰去呢？」

「孫家那個孩子，還有你府裡的羅家庶子，不是都在邊關嗎？讓他們打聽一下，等事情有了結果，再做打算。」王元平嘆息一聲，想起一事，對齊鴻旻道：「太后待在千佛寺，有些想念你。如果有空，便去看看她吧。」說完離去。

他未告訴齊鴻旻，他在邊關還有一步暗棋，便是王石，當初留下來監督沈言，如今可以用一用了。

齊鴻旻盯著王元平的背影，陷入沈思，皇祖母為何要見他？

翌日早朝後，齊鴻旻去了御書房，說王太后孤身待在千佛寺，有些想他，讓他去探望。明宣帝問道：「你的意思呢，想去還是不想去？」

「全憑父皇做主。」齊鴻旻低頭，不敢看明宣帝。

半晌後，明宣帝批完奏摺，起身來至齊鴻旻身旁。「想去就去吧，順便帶上你母后，她也想見你皇祖母了。」

齊鴻旻聽了這話，滿臉欣喜，道謝告退。

等齊鴻旻走了，明宣帝問劉公公。「你說，他們要去見太后，想做什麼？」

劉公公垂手侍立，恭敬道：「奴才不知。」

明宣帝氣得笑出來，指著劉公公道：「你這老東西，就算知道也不會說。算了，朕不為難你。他們啊，就是盼著朕死呢，等朕死了，王家繼續坐大。呵呵呵，朕的生母、朕的妻子、朕的嫡子，都盼著朕死呢，還不如一個外人。算了，不說了，徒增煩惱。」

劉公公聽了，背後的衣服被冷汗浸透，低頭恭敬道：「謝皇上體諒。」

明宣帝想起齊鴻曦，問道：「曦兒呢，最近也不給朕送吃的，又跑到什麼地方去了？」

劉公公回答。「最近六皇子可乖了，整日待在墨軒殿，還學了一篇文章呢。」

「哦，這倒是新奇。他沒去謝家莊子？他不去，朕也吃不到謝家少夫人做的飯菜了。」

明宣帝抬步往外走。「去墨軒殿，看看曦兒在忙些什麼。」

結果，明宣帝到了墨軒殿，太監跟宮女告訴明宣帝，齊鴻曦出去了，聽說是去謝家。

明宣帝樂了，對劉公公道：「我就說他性子跳脫，在宮裡憋不住，這不就出宮了。」轉身回了御書房。

齊鴻曦剛到謝家莊子，便下起了雪。

謝夫人發現下雪了，出來看看，正好瞧見齊鴻曦，拉著人進屋，撣撣他身上的雪，關切道：「你怎麼來了？還下著雪呢。今兒別走了，路上滑，不好走。」

「我想姨母了，就過來瞧瞧。今兒不走了，晚上跟表哥睡。」齊鴻曦任由謝夫人拉著，還問沈玉蓉有無來信。

謝夫人搖頭。「不曾來信。這孩子的心也野，出了家門不知回來，連個信也沒有。」

那日梅枝回來，說看見了謝衍之。得知謝衍之無事，她便放心了。

「表嫂會沒事的，她和表哥在一起。」齊鴻曦道。

謝夫人問他如何知道，齊鴻曦便說從明宣帝那裡聽來的。

謝夫人又問他還知道什麼，齊鴻曦搖頭。「其他的不知，咱們等著就是。表嫂會寫信回來，若沒有寫，便是不方便。」

謝夫人聽完，倒杯茶，讓齊鴻曦暖暖身子，還說他長大了，懂事了。

不僅謝家人擔憂沈玉蓉，沈父和沈謙也擔憂她，想知她在外面如何，找到謝衍之沒有？找到與否，都該寫封信回家，如今音信全無，讓人擔憂。

這一個多月，沈玉蓮上門兩次，都是來打聽沈玉蓉近況的，被張氏趕了出去。

沈玉蓮成了齊鴻旻的小妾，還算得寵，幫柳姨娘買了一座小院子，把人接走了。

張氏倒是高興，巴不得柳姨娘死在外面，永遠不回來呢。見沈父擔憂沈玉蓉，建議他去謝家一趟，問問情況，好讓自己放心。

沈父想了想，覺得有理，便帶著沈謙去了謝家莊子。剛出城，就遇見齊鴻曜。

齊鴻曜敬重沈父，點頭打招呼。

沈父忙上前向齊鴻曜行禮，還問齊鴻曜要去哪兒？

「去謝家莊子。六弟在那裡，父皇不放心，讓我過去看看。」齊鴻曜笑得溫和，一點也看不出方才與德妃爭吵過。

他出來，並不是因為擔憂齊鴻曦，而是與德妃起了爭執，原因正是沈玉蓉。

齊鴻曜得知，沈玉蓉離開京城前去錦瀾殿找過他，卻被德妃的人攔住了。

他想也沒想，跑到玉溪宮質問德妃，德妃對齊鴻曜很失望。

「就因為一個女人，不顧禮儀來質問你母妃？你真是太讓我失望了。」

齊鴻曜面無表情，問沈玉蓉找他何事，德妃可曾為難沈玉蓉？

德妃更失望了，指著門口，要齊鴻曜滾出去。

齊鴻曜得不到想要的答案，回了錦瀾殿，大醉一場，睡下後作了一場夢。

夢中，沈玉蓉和謝衍之在一起，恩愛非常，生兒育女。他除了心痛，更多的是不甘心。後來，不知發生何事，他回到未遇見沈玉蓉時，總覺得這是上天對他的恩賜，便設計沈玉蓮嫁給謝衍之，又設計沈玉蓉救了他，為答謝她的救命之恩，他娶了她當側妃。等沈玉蓉生下兒子，又幫她請封正妃。

他們很幸福，直到白髮蒼蒼，依然相互愛著對方，至死不渝。

醒來後，他依然在冰冷的錦瀾殿裡，沒有沈玉蓉，沒有他們的兒子，沒有幸福。

他想見沈玉蓉，迫切地想見到她，想問問夢中的一切是不是真的。

他出了皇宮，直奔城門，出城便遇見沈家父子，既然都要去謝家莊子，便同路而行。

德妃得知消息，氣得摔碎一套茶盞，命人將齊鴻曜找回來。

侍衛不敢耽擱，立刻領命出發。

第九十九章

齊鴻曜和沈家父子到了謝家，謝夫人讓謝瀾之好生招待。

沈父問了沈玉蓉和謝衍之的境況，謝瀾之神情悲痛，說是不知，沒有任何消息從邊關傳來。有了消息，就會通知沈家父子。

齊鴻曜見沈父擔憂，便說沈玉蓉和謝衍之無事，他今日來，也是想與謝家人說一聲的。

他還想問問謝衍之去了哪裡，他想去找沈玉蓉。但找到以後呢，告知她夢中的一切，說他們是夫妻，相互愛著對方嗎？

齊鴻曜不確定了，總之先找到沈玉蓉再說。有了夢中的記憶，他不希望沈玉蓉與別人恩愛，否則他會發瘋。

齊鴻曦聽見齊鴻曜說謝衍之還活著，心中驚疑，佯裝驚喜地問：「五哥，你是如何得知表哥還活著的，消息可靠嗎？」

齊鴻曜說不出原因，便道：「我夢見他了。吉人自有天相，會沒事的。」

齊鴻曦才不信，反覆問了多次，確認齊鴻曜不知內情才放心。趁別人不注意時，他仔細打量齊鴻曜，總覺得齊鴻曜變了，但哪裡變了，卻說不上來。

謝夫人留他們在謝家吃飯，飯後德妃派的人就來了，非要齊鴻曜回去。齊鴻曜以看顧齊鴻曦為由，沒有離開，侍衛便自己回去覆命。

德妃聽了侍衛稟報，無可奈何，只得派人去御書房，請明宣帝來玉溪宮。

後宮不得干政，明宣帝聽見德妃請他，問發生了何事，奴才說是與齊鴻曜有關。

到了玉溪宮，德妃欲言又止，最後還是開了口，讓明宣帝替齊鴻曜指婚。

明宣帝驚訝。「妳不是說要給老五選個合心意的嗎，怎麼又變卦了？」

德妃冷笑。「合心意的，這輩子怕是選不出來，他看上了有夫之婦。」還是明宣帝百般維護的人，她動不了，只能另謀他法。

她想讓齊鴻曜盡快成婚，婚後有了孩子，也許對沈玉蓉的感情就淡了。

明宣帝想了想，試探地問：「他看上了誰？」

德妃瞬間落淚。「妾身想讓兒子早日成家，生個孫子抱抱。您看二皇子他們，都成家有孩子了，只有老五，也不著急。我不圖他將來多有本事，富足一生便夠了。」話裡話外的意思是，她和齊鴻曜不妄想皇位，只要保命，富裕度日足矣。

明宣帝沈思片刻。「妳可有合適的人選？」

德妃搖頭。「還沒有。給他的畫像，他一張都不看。我這做母妃的心裡著急，要不皇上幫妾身想想法子？」

明宣帝真沒好辦法，勸慰德妃幾句，說齊鴻曜還小，大些開竅便明白了，藉口奏摺未批完，擺擺手，起身走了。

德妃更惱怒，沈玉蓉動不得，兒子打不得，連丈夫都指望不上。想了想，派人去靖南侯府，請母親來商議一番。

與此同時，齊鴻曜不知德妃的打算，坐在馬車上出了沈家，陷入沈思，想著如何離開京城，去邊關找沈玉蓉。

齊鴻曦見狀，問齊鴻曜在想什麼？齊鴻曜搖頭，只當齊鴻曦沒開竅。

山海關。沈玉蓉穿著大氅站在廊簷下，望著漫天飛舞的雪花，沒想到又下雪了。這麼大的雪，沒有停下來的意思，邊關的將士們要吃苦了。

杏花見沈玉蓉站了一會兒，怕她冷，勸她回屋暖和暖和。

沈玉蓉道：「我不冷。妳要是冷了，就進屋待著。」

杏花搓了搓手。「奴婢也不冷。少夫人可是在等將軍？」

「沒有。」沈玉蓉望著天空，她沒有在等謝衍之。

一早，謝衍之便去了軍營，說糧草剩不多了，打算找楊淮借，此刻怕是去了一品閣。

臨走前，謝衍之叮囑沈玉蓉，天氣冷，不要出去，在屋裡等他回來。

一品閣裡，楊淮聽見謝衍之要借糧，當即不樂意了。

「上次借的糧食還沒還，這次又要借，你當我是開糧庫的？沒門！」

「我幫你找到證據，如今你就翻臉不認人了。我是那種欠債不還的人嗎？這不是軍餉沒來，到了就還給你，何必這麼小器。」謝衍之坐到楊淮對面，幫自己倒了杯茶。

楊淮還是不答應。「你家娘子也是有錢人，天下第一樓的生意好得不得了，為何不找她借糧食？」

「遠水解不了近渴，我這不是著急嗎！」謝衍之呷了口茶，又倒了一杯遞給楊淮。「就當我欠你的，幫個忙。我實在沒想到二皇子會如此謹慎，我都歸順他了，他竟沒完全信我。你要是不借給我糧食，將士們要餓肚子了，你也是上過戰場的人，於心何忍？這兩場雪下來，遼軍那邊糧草不豐，定會來犯，到時後果不堪設想。」說著又給楊淮捶背，極盡討好。

可楊淮不吃謝衍之這套，送他一個白眼，冷哼道：「要糧食，也不是沒有。」

「開條件吧！」謝衍之一聽可以談，立刻坐到楊淮對面，做出洗耳恭聽的樣子。

「天下第一樓的生意很好，打垮了香滿樓，我這一品閣也遙不可及。」楊淮看向謝衍之，挑眉道：「明白了吧？」

謝衍之搖頭。「我明白什麼，直接說出你的目的，別拐彎抹角，太深奧聽不懂。」這是要和他家娘子合作做生意，也不是不可以。

楊淮咳嗽一聲，掩飾自己的尷尬，道出目的。他想要沈玉蓉手裡的食譜，還得是天下第一樓沒有的，要一百道。

謝衍之聽後，起身走了，話也不說一句。

楊淮見他走了，有些摸不準他的心意，上前幾步把人拉住。「答不答應，你倒是給句話，直接走人算怎麼回事？」

謝衍之回頭看他。「我做不了主，找個能做主的人來。我現在可以告訴你，白要不可能，拿錢買也不一定有。」

「你不要糧食了？」楊淮威脅。

謝衍之面無表情地推開他。「勒緊褲腰帶，還能撐一段時日。」

楊淮竟無話反駁，最後憋出一句話。「你小子行。」

那就熬，看誰熬得過誰。

謝衍之出了一品閣回家，說了楊淮的要求。

沈玉蓉倒杯茶給謝衍之，讓他暖暖身子。「我當是什麼事，原來是這個。你告訴他，我允了。」不就是一百道菜，她見過的食譜多了，隨便寫寫就夠了。

謝衍之見沈玉蓉想也沒想就答應，感動地抱起她。「我怎會如此好命，娶了一位賢慧的妻子。放心吧，我會幫妳賣個好價錢，不能讓我娘子吃虧。」

他話落，想起了莊如悔，沈玉蓉賣食譜，不用知會莊如悔一聲嗎？

沈玉蓉道：「不用，天下第一樓做的菜和一品閣做的菜不同，所以不影響。」許久不見莊如悔，還怪想她的，不知她還聽不聽《紅樓夢》，沒有新章節，著急了吧？

自從沈玉蓉走後，莊如悔也忙起來了，沒工夫去茶樓聽說書，一顆心都撲在阿炎身上。阿炎自小跟著莊如悔，雖是侍衛，卻不是長公主府的家奴，是長公主從外面領回來的，當少爺養著，算是半個主子。除了莊如悔一家，其他人都高看阿炎三分。

阿炎來公主府時，已經六、七歲了，早已記事，知長公主是他的救命恩人，便一心一意照顧莊如悔。那時候，莊如悔才出生沒多久。

從小到大，阿炎很少求莊如悔，這次他求了，求莊如悔救他叔父一家。

莊如悔沒多想就答應了，想著沈玉蓉在邊關，讓她過去看看。阿炎頭一次求她，於情於理都該幫忙。

不過，她得問問前因後果，就去長公主跟前問了阿炎家的事。

長公主聽說阿炎找莊如悔幫忙，氣得摔了一套茶杯，罵道：「真是個白眼狼，養了多年也養不熟。」

這一幕令莊如悔瞠目結舌。在她的記憶裡，母親很少發脾氣，尤其是在父親跟前。

莊遲見長公主生氣，拍著她的背，幫她順氣。「過去多少年的事了，跟孩子置什麼氣？舒太傅和舒大爺都死了，妳心裡的怨氣也該消了。妳生氣，我跟著擔憂，何必呢。」

長公主深呼吸一口氣，忍著怒氣，對莊如悔道：「這件事妳別管，我自有打算。」

莊如悔喜歡阿炎多年，這是阿炎第一次求她，不可能不管，便問長公主到底怎麼回事。

長公主不願提起，莊遲不想讓女兒傷心，說了阿炎家的事。

阿炎本是舒家嫡長孫，叫舒燕青，小名阿炎，祖父是舒太傅。舒太傅曾是先太子的老師，尊崇一時，舒家長子更是太子伴讀，當年舒家風光無兩。

先太子死後，舒家倒了，貪污受賄，以權謀私，被判充軍。

臨走前，舒太傅求到長公主跟前，此去山海關凶多吉少，希望長公主看在孩子母親的分上，救長孫一命。

長公主與阿炎生母是手帕交，舒大夫人是名動京城的才女，可惜紅顏薄命，難產而亡。為了安撫已逝之人，長公主將阿炎領回公主府。阿炎懂事，不願當少爺，就當了莊如悔的侍衛，誓死效忠莊如悔。

長公主見他執拗，便沒攔著，隨他去了。

莊如悔聽了這話，心裡唏噓，問莊遲。「舒家祖父是舅舅的老師，阿炎的父親是舅舅的伴讀，按理說，他們家是舅舅的人，娘親為何不保下他們？」

長公主聽了這話，冷笑道：「我沒趕盡殺絕，舒家就該感激我的大恩大德了。」

門外閃過一個身影，正好聽見這句話，立即轉身離開。

這人不是別人，正是來尋莊如悔的阿炎。他攥緊拳頭，壓住內心的衝動，憤然離去。

等他離開，管家來稟，說看見了阿炎，不知為何沒有進來。

莊如悔和莊遲對視一眼，瞧見彼此眸中的深意。

阿炎聽到他們說的話了，只是不知聽到了多少。

莊遲怕出事，讓莊如悔去追阿炎。

莊如悔追出府，尋了半天不見阿炎的身影，又回府派人出去找，定要把人找出來。

長公主恨舒家，見阿炎任性，讓莊如悔別找了，死在外面最好，眼不見心不煩，跟他那無情的爹一樣，沒心沒肺，當初就不應該救他。他爹死在邊關，他也跟著下去，還能孝順爹娘，省得在這裡氣人。

莊如悔知長公主的脾氣，倒了杯茶遞過去，讓她消消氣。「阿炎怎麼說也是咱們的人，若出了事，別人還以為咱們連自己人都護不住，顏面何存。」

莊遲幫長公主捏肩，也勸慰著。「都是老一輩的事，別和孩子置氣。氣著自己，我該心疼了。」

莊如悔見不得爹娘恩愛，扶額告退。「你們慢慢聊，我出去走走。」最好能把阿炎找回來，解釋清楚，不然該出事了。

第一百章

莊如悔的人尋了一天，仍沒找到阿炎。

阿炎像是從人間蒸發，尋不到蹤跡。莊如悔知他心裡有疙瘩，腦子走進了死胡同，一時半會兒出不來，定躲在哪個角落裡暗自傷神。

為今之計，只能等他想通回來了。她會好好跟他解釋，當年並非長公主害了舒家。

阿炎躲在屋頂，瞧見莊如悔的人找他了，卻不敢見莊如悔，不知該如何面對。

夜幕降臨，他更覺孤寂，想起白日長公主說的話，又想起多年前祖父說的話。舒家今日的結局是咎由自取，怨不得別人，都是他父親鬼迷心竅，信了王家的鬼話，害了太子，也害了舒家。

此事與王家有關，王元平或許知道線索。

想到這裡，阿炎起身，運用輕功，朝王家的方向飛去。

王元平賦閒在家，無所事事，平日就在書房看書，打發時間。

阿炎悄然潛入時，王元平手裡拿著一本書，正專注地看著，突然感到脖頸處一涼，又聽身後傳來森然的聲音。

「想要命就別出聲，問你什麼就答什麼。」

自王石去邊關後，王元平身邊的暗衛就換了，功夫不如王石高，是以阿炎進來，完全沒人發現。

王元平見他不想要自己的命，就放了心。「俠士請問，老夫定會如實告知。」

「你還記得舒家嗎，舒太傅和舒家長子是如何死的？」阿炎不想浪費工夫，直接問出想知道的。

阿炎的身分在京城不是秘密，王元平老奸巨猾，很快便猜測到了，眸中閃過一絲算計，抬手推開脖頸上的冷劍。

「怎麼不記得？我與舒家大爺關係密切，曾約定扳倒太子，許舒家高位，可惜呀……」

「可惜什麼？」阿炎再次出劍，直指王元平的咽喉。

王元平淡然一笑。「可惜舒家倒了，長公主不容人，他和你祖父死在發配的路上，也算英年早逝，怎不令人唏噓。」

阿炎不信，道王元平胡說。長公主和莊遲不是那樣的人，否則為何要救他，還將他撫養成人。

王元平知阿炎不信，便拿出與舒大爺來往的書信，信上說，舒大爺幫助王家扳倒太子，王家許他高位。

阿炎還是不信，說王元平挑撥是非，定是王家陷害舒家，害舒家滿門發配。

王元平痛心疾首。「王家與舒家是同盟，我怎會害舒家？若事情敗露，我也怕舒家反咬我一口，忘恩負義之事，王家斷然不會做。這都是長公主做的，前太子是她嫡親哥哥，他們關係親厚，誰害了太子，長公主豈會放過？」

阿炎想想覺得也對，一時分不清誰是誰非，悵然離去。

王元平望著阿炎離去的背影，勾唇笑了。「長公主，妳別怪老夫，是妳不仁在前。」

舒大爺會幫王家，是因為他握有舒大爺殺妻的證據。都說舒大夫人是難產而死，殊不知是舒大爺動了手腳，只為給表妹騰位置。

可惜那對苦命鴛鴦，算計半生，到頭來終究是一場空。

阿炎離開王府，在空曠漆黑的路上遊蕩，忽然覺得很冷。偌大京城，竟無他容身之所。他能去哪兒，回長公主府嗎？那是仇人的家，不是他的。

他想來想去，最後回了舒家。

曾經溫馨奢華的家，早已物是人非，院落空曠無人，枯木橫生，寒鴉飛過，寂靜的夜裡，叫聲迴盪在院落，令人害怕。

阿炎來至前院，門框在風中搖晃，窗櫺發出吱呀聲響，顯得破舊不堪。

有誰能想到，這裡曾是舒太傅的書房，屋內典籍無數，不乏孤本拓本，多少才子想進來，只為一觀。

阿炎推門進去，屋內雜亂不堪，殘卷破紙落了一地，瓷器碎片到處都是，因年代久遠，落了一層厚厚的灰，分不清花紋顏色。

他曾經在這裡讀書，受祖父悉心教導。午夜夢迴時，那溫潤的嗓音還會在耳畔響起，但那個愛他疼他、德高望重的慈祥老人，早已不在人世。

阿炎痛苦低喃。「祖父，我該怎麼做？您為何把我託付給害了您的仇人？孫兒還能為您報仇嗎？」

他找了一處角落，靠牆席地而坐，閉目冥想。

然而，沒人會給他答案。

黎明到來，驅散無盡的黑暗。

阿炎離開舒府，找了間酒館，要兩罈酒，從早喝到晚，直到被莊如悔的人找到。那時他已醉得不省人事，喊都喊不醒。

莊如悔見阿炎回來，懸著的心落到實處，看人服侍阿炎睡下才離開。

阿炎這一睡，直接睡到次日夜裡，是被餓醒的。他醒來後，打量周圍，發現身在長公主府，眉心擰緊，抬手揉了揉，掙扎著起來，卻不小心滾下床，發出不小的聲音。

在外面伺候的人聽見了，推門進來，把阿炎扶上床。「阿炎公子醒了，世子都來了三回呢。見你睡著，吩咐我們好生伺候，就離開了。」

阿炎指著桌上的水壺，想要喝水，伺候的人倒了一杯水遞給他。

阿炎喝過水，又問什麼時辰了？

那人回答，已經二更天了，他可真能睡。

阿炎點頭，要了洗澡水，洗漱一番，去莊如悔的院子。

這兩日，莊如悔心情不好，天天在院子裡練鞭子。晚上累了，泡個花瓣澡，美美睡一覺，一早就去看阿炎醒了沒有。

今晚她洗澡時，興許太累，竟在浴桶裡打起了盹。

平日莊如悔洗澡，不允許任何人進來。今日她洗得久，丫鬟怕水涼，便跟莊如悔說，再去廚房要些熱水。

莊如悔快睡著了，沒聽見丫鬟說什麼，只嗯了一聲。

丫鬟以為莊如悔答應了，便去了。

這時，阿炎來找莊如悔，見門口沒人守著，敲了敲門，屋裡沒有人應。

阿炎喚了幾聲世子，也無人答應，推門進去，見莊如悔在屏風後沐浴，鬼使神差朝屏風走去。

他越過屏風，映入眼簾的是一張嬌豔的臉，眉眼如畫，紅唇不點而朱，肌膚如玉。再往下看，傲人的雙峰似乎不是男子該有的。

阿炎驚得捂住嘴，連忙轉過身，小聲嘀咕。「非禮勿視，我什麼都沒看見。」

他嘴上這樣說，可腦海中都是莊如悔迷人的臉，誘人的嫩白身子，感覺鼻子裡冒出熱氣，還摻雜著血腥味，抬手摸了摸，居然流鼻血了。

阿炎逃也似的離開，他從未想過，自小看到大的人，竟是女嬌娥。那張雌雄莫辨的臉，騙了他十幾年，不知該說她演技好，還是說他蠢得要命。

哐噹一聲，莊如悔猛然驚醒，厲聲道：「誰?!」扯過浴桶邊的衣裙裹上身，動作瀟灑自如，一氣呵成，踮起腳尖飛身出去。

門外傳來丫鬟的驚呼。「阿炎公子，你的鼻子怎麼流血了？」

莊如悔反應過來，怒喊一聲。「阿炎，你給我進來！」

沒逃出院子的阿炎，立刻停下腳步，卻沒有轉身回去，結結巴巴道：「世、世子，阿炎忽然想起一事，先去辦了。」就想開溜。

莊如悔喊住他，赤著腳走出來，抬手揮退院中的丫鬟婆子，站在廊簷下望著阿炎。

「阿炎不善說謊，每每說謊，總是結巴。」

阿炎轉身走到莊如悔跟前，目光閃躲，不敢看莊如悔。「世子有何吩咐？」垂眸見莊如悔粉嫩的腳趾如瑩白玉石，煞是好看。

不等莊如悔說話，他進屋取了一雙鞋子，出來蹲下幫莊如悔穿上，又暗笑自己傻。以前總覺得莊如悔的腳小好看，竟從未懷疑過她的身分，怪不得她不娶妻。

莊如悔踢掉鞋子。「你看見了，對嗎？」抬手捏住阿炎的下巴。「秘密不能被人知道，如今被你知道了，你說我該怎麼辦？」拇指摩挲著阿炎的紅唇，慢慢靠近，帶著芬芳的氣息噴到阿炎臉上。

阿炎覺得自己的心都要跳出來了，他見過莊如悔霸道的、不講理的、對父母耍賴撒嬌的樣子，唯獨沒見過這樣的莊如悔，就像月光下勾人的妖精。

「世子要阿炎如何，阿炎便如何。」阿炎喘著粗氣，雙眸直直盯著莊如悔，嗓音沙啞。就算要他的命，他也給，絕不反悔。

「這可是你說的。」莊如悔彎腰勾住阿炎的腰帶，拉著他進屋，反鎖了門。

阿炎呼吸急促，停下腳步。「世子？」她到底想做什麼？

莊如悔回眸一笑，傾國傾城的容顏帶了幾分魅惑。「怎麼，後悔了？你若應了我，我明日就寫信給蓉蓉，讓她照顧你的親人，你可要想好了。」

她妄想他多年了，今日終於如願。既然此生不打算娶親，就讓她放縱一回吧，或許能有個一男半女，也算對得起父母了。

第一百零一章

翌日，莊如悔再次睜開眼，阿炎已經不在了。

她穿好衣服下床，環視屋內，不見阿炎，卻在桌上看見一張字條，是阿炎的字跡。

他告訴莊如悔，他要去邊關一趟，求證一些事。若得到證實，他便不再回來，讓莊如悔莫要想他。

莊如悔將字條揉搓成團，憤恨地扔在地上，不解恨，又踩了幾腳。

「好啊，吃乾抹淨就下床跑了。阿炎，你厲害。」

她打開門喚人，問下人可見到阿炎了，侯府的人都說沒瞧見。

這時，長公主和莊遲來了，揮手讓僕人們下去，進了莊如悔的房間。

莊如悔好似有所感，笑著替長公主捶背。「娘，您怎麼來了？」

「聽聞阿炎在妳院子裡留宿了？」長公主開門見山。

莊遲對莊如悔使眼色，讓她不要說出來。可莊如悔有自己的主意，根本不聽莊遲的，直接承認。

「你們在一起了？」長公主忍著怒氣。

莊如悔點頭，不等長公主發火，又道：「娘，您別生氣，先聽我說。阿炎算是你們看著長大的，性情人品如何，你們都了解。再說，我喜歡他，這輩子又不打算嫁人，不如就要個孩子，獨自將孩子撫養成人，咱們侯府也算有個繼承人不是？」

長公主和莊遲聽見這話，面露悔意。尤其是莊遲，當年他被封為宜春侯，與長公主多年未有子嗣，父親和繼母就想讓他們過繼二弟的孩子。

莊家二爺是繼母的種，脾性和繼母一樣，莊遲怎麼會答應，幸好那時長公主懷孕了，數月後誕下一女，便是莊如悔。

太醫說，長公主的身子本就不好生育，這次生孩子傷了根本，再要孩子恐怕是不能了。於是，莊遲就說長公主誕下一子，把莊如悔當成男孩養。

後悔嗎？面對莊如悔時，他有悔。但面對長公主時，又覺得一切都值得。

就算謊言被戳破又如何，女兒可以招贅；就算侯府被皇上奪爵，他也不會讓侯府落到莊家手中。

長公主知道莊遲的心思，不忍責備他，又心疼女兒，心情矛盾極了，只好隨了莊如悔。就算莊如悔闖出天大的禍事，也有她和夫君解決。

莊如悔見長公主神情緩和，挽著她的胳膊撒嬌。「我就知道娘親和爹爹最好了。」

送走長公主和莊遲後，莊如悔洗漱一番，吃完早飯，提著鞭子出門。她要把阿炎捉回來，不辭而別，想得美。

可莊如悔追了幾十里，不見阿炎的影子，想了想他能去的地方，回侯府收拾行李，踏上了北上的路。

長公主和莊遲知道時，已經是傍晚時分了。

莊如悔怕長公主和莊遲不答應，便輕裝簡行，連個侍衛都沒帶，只帶了小包袱和足夠的銀票走了。

「混帳，長大了翅膀硬了，不帶一個隨從，竟敢獨自出遠門。」長公主氣得來回踱步，見莊遲老神在在地品茶，更是氣不打一處來。「你倒是想想辦法，咱們阿悔離家出走了。」

「走就走吧，吃虧上當就知道回來了。」莊遲不是不擔憂，他早知女兒會離開，提前做了安排，派人暗中跟著，只要沒有生命威脅，任由莊如悔折騰。

長公主覺得不對勁，問莊遲是不是另有打算，得知他做了安排，也就放心了。

山海關。沈玉蓉連夜寫了十道食譜，讓人送去給楊淮。

楊淮得了食譜，信守承諾，送了一萬石糧食給謝衍之。

謝衍之見楊淮送來糧草，知是沈玉蓉幫了他，準備回家感謝沈玉蓉。

他還沒走出營帳，孫贊來了，拿出一封信遞給他。「王家又來打探您的消息，我該怎麼回覆？」

謝衍之接過信，看了看，沈思片刻道：「如實回吧。就算咱們收編了土匪，但缺糧草和軍需，再不補上，東北軍要撐不下去了。」王家一向喜歡施恩，定不會放過這樣的機會。

孫贊應聲出去，謝衍之拿出王石的印章，也寫了一封信給王元平，言明東北軍的情況，還道滅了附近的山寨，收編土匪。

他寫完，讓人隔幾日送去王家，出了軍營，直接回家。

出來開門的是劉婆子，見謝衍之回來，說家裡來人了，是一位很俊朗的年輕公子，不是找謝衍之，是來找少夫人的。

謝衍之心下一沈，猜到是誰。除了羅俊玉那廝，沒有別人了。

他快步走進屋，正巧聽見羅俊玉的聲音。「我們該怎麼辦？」

謝衍之聽到這話，火氣上竄，直到頭頂，三步併兩步進屋，扯著羅俊玉的衣領，把人扔出去。

「誰和你是我們。你是你，她是我娘子，我倆才是我們。」

羅俊玉被扔得趔趄幾步，站穩後，雙臂環胸，勾唇輕笑。「我是她的人，自然是我們。你若聽不慣，可以不聽。」

事情發生得太突然，沈玉蓉想攔著，還沒來得及動手，謝衍之已經將人拉出門外，只能跟著出來，站在謝衍之身旁，安撫這個醋罈子。

「你消消氣，京城那邊來信了，打探咱們的消息呢，我們自然要商量對策。」

謝衍之本就在氣頭上，聽見沈玉蓉為羅俊玉辯解，惱怒地盯著她。「妳是妳，他是他，咱們倆才是我們。」

沈玉蓉扶額，對羅俊玉擺擺手，示意他先離開。謝衍之的醋勁發作了，他待在這裡，只會適得其反。

羅俊玉站著沒動，眸光閃了下。「為什麼要我離開？」

沈玉蓉想開口，被謝衍之搶了先。

「就憑這是我家，她是我娘子。」謝衍之伸手攬住沈玉蓉的腰肢，下巴微微上揚，彰顯自己的霸權。

沈玉蓉不敢刺激謝衍之，尷尬笑著，讓羅俊玉離開，回頭再來。

「不准來了。」謝衍之道。

沈玉蓉推開謝衍之。「你還上臉了。」她都是為了誰呀，如果不是因為他，她才不理會羅俊玉呢。

沈玉蓉的聲音突然拔高，羅俊玉更不想走了，想看謝衍之的笑話。

果然，謝衍之只是冷哼抗議，不言不語瞪著羅俊玉。

羅俊玉嗤笑，譏諷道：「喲，咱們威武的大將軍居然怕媳婦。」站著說話不腰疼，看笑話不嫌事大。

「閉嘴！」沈玉蓉喝斥道：「你回去吧，沒事別來這邊，或者直接找他商量也行。」這個他是誰，不言而喻。

謝衍之得意，羅俊玉冷臉道：「憑什麼？我是妳的人，不是他的。」

「給我當奴才，我還看不上呢。」謝衍之眉眼彎彎，心情很好。

沈玉蓉無法，只能讓羅俊玉進屋，三人商量事情該怎麼辦。

可謝衍之攔在門口，不讓人進去。羅俊玉也不離開，說今兒辦不成事，就不走了。

沈玉蓉扶額，覺得今天遇見兩個驢脾氣的人，怎麼都說不通。

剛下了一場雪，冷得讓人發抖，她實在受不了了，回屋找了大氅披上，搬把椅子來。

「咱們就在這裡說吧，省得有人說我紅杏出牆，不守婦道。」

謝衍之捨不得她受凍，彎腰抱起她，回頭看羅俊玉。「滾進來。」

羅俊玉笑了，跟著進去，找椅子坐下，比自己家還隨意。

謝衍之放下沈玉蓉，瞥羅俊玉一眼，越看越覺得他不順眼，長得一張欠揍的臉。

羅俊玉冷然一笑。「我知你看我不順眼，我也看不上你。」

沈玉蓉立刻打斷他。「別吵了。京城來信，怎麼回覆？」

謝衍之想也沒想，道：「自然是半真半假。剿滅土匪，又把人收編了，東北軍缺軍需和糧草，讓京城那邊想辦法。」

「還以為你有什麼好辦法。」羅俊玉起身走了。

第一百零二章

謝衍之見羅俊玉出去，過去關門，把沈玉蓉抱上床，正想溫存片刻，外面便傳來瘦猴和墨三的聲音。

他們進山打獵，打到一頭野豬，就抬回來了。

羅俊玉本想離開，見有肉吃，也不走了，要留下來吃肉。

劉婆子和杏花聽見動靜，立時迎出來，忙進廚房燒水。

屋內，謝衍之暗罵幾聲，壓著沈玉蓉不起來，還捂住她的耳朵。

「別鬧了，等會兒人家該笑話你了。」沈玉蓉推開謝衍之，下了床。

謝衍之滾到一邊，枕著胳膊看沈玉蓉整理衣裙。「誰敢笑話我？對了，妳出去後，把姓羅的趕走，看見他我就牙疼。」

沈玉蓉掀開簾子出去，回頭說了一句。「那你就疼吧。」

謝衍之連忙起身跟出去。「我不疼了。」

沈玉蓉走進廚房，不理謝衍之。瞎吃飛醋，不理他就老實了。

羅俊玉見狀，朝謝衍之微微揚起下巴，彷彿在說：有本事，別怕媳婦啊。

謝衍之從他身邊經過，故意往他身上撞，嘴裡說著對不住，腳卻狠狠踩在他腳背上。

羅俊玉疼得齜牙咧嘴，抱著腳告狀。「少夫人，管管妳家男人，走路不長眼睛，故意往我腳上踩。」

謝衍之見他告狀，準備再踩一腳。羅俊玉早有防備，單腿跳開了。

沈玉蓉出來，正好看見謝衍之追著羅俊玉，無奈扶額。「你幼不幼稚，都多大了，還像個孩子似的。」

「我不想看見他，妳讓他走。」謝衍之很直接。他就是看不慣這個姓羅的。

「我讓他走，你覺得他會走嗎？」沈玉蓉轉身進廚房，準備燒水拔豬毛，又要杏花去買棵白菜來。殺豬菜不能少了白菜，否則就沒那味道了。

杏花答應著去了。劉婆子燒火，問沈玉蓉還要做什麼，她去準備。

沈玉蓉道：「準備幾道涼菜吧，涼拌木耳，涼拌藕。」

石門鎮有藕和木耳，是從南邊運過來的。她運氣好，前幾日買了不少。

沈玉蓉幹活很俐落，又有幾個男人幫忙，一鍋殺豬菜很快就做好了。

吃飯時，沈玉蓉說起來年的計劃。林贇幾人一聽她要在軍營養豬，都覺得不行。自古以來，沒有這種事，會被人笑話死。

「肉不香嗎，白麵饅頭不香嗎，還是晶瑩白亮的大米飯不香？我不僅要養豬，還要種地，養牛、養羊、養鴨，能養的都養了，逢年過節殺來吃。」沈玉蓉夾了一塊肉放進嘴裡，又繼續道：「肉還可以做成香腸，切成片放進鍋裡蒸，配上小酒，別提多好吃了。」

她話落，大家都嚥了嚥ㄇ水，謝衍之拍手道：「我覺得可行。」山上幾座寨子都空著呢，養豬養牛正合適。

瘦猴想像著殺豬的情景，ㄇ水險些又流出來。「我贊成，我幫少夫人養豬。」大肥肉流著油，想想都覺得好吃。

牛耳也點頭，說會幫著養牛。連羅俊玉都直接拍著胸脯保證，他會幫忙。

謝衍之瞪他。「跟你有關係嗎？」

羅俊玉道：「怎麼沒關係了？如今我是少夫人的人，少夫人做事，自然要幫忙。」

沈玉蓉見他倆吵起來，忙轉開話頭，說豬頭肉應該能吃了，讓劉婆子去廚房，把她做的豬頭肉端進來。

涼拌豬頭肉、涼拌豬耳朵，沾上蒜末辣椒醬，那滋味能饞哭鄰居家的小孩。

酒足飯飽後，沈玉蓉讓羅俊玉離開，又送走墨三幾人，跟著謝衍之進屋。

謝衍之進屋後，二話不說，轉身抱起沈玉蓉進了裡間，嬉皮笑臉。「這下沒人了，我可以為所欲為了吧？」

沈玉蓉哭笑不得，抬起拳頭捶他。

京城，齊鴻旻收到羅俊玉的回信，王元平也收到孫贊的信，隨後去了二皇子府，得知羅俊玉和孫贊說的一致，心中疑惑去了大半。

他還在等王石的消息，等接到王石的信，疑慮徹底打消，拿出五十萬兩銀票，去了二皇子府，讓他送去給沈言。

十一月中，謝衍之接到了五十萬兩銀票，直接給了楊淮，讓他籌備軍需和糧草。

接到糧草，謝衍之本以為可以休息幾日，孰料斥候來報，說遼軍南下，準備攻打大齊。

謝衍之當即喚幾位副將商議部署，準備與遼軍開戰。同時讓墨三帶人保護好沈玉蓉，不可出半點差錯。

墨三立即領命去了。

此時，沈玉蓉不知兩軍局勢緊張，意外見到了一個熟人，便是莊如悔。

京城裡鮮衣怒馬的少女，形容狼狽至極，頭髮凌亂、衣衫破爛，要不是那張臉，沈玉蓉簡直認不出來。

「阿悔，妳怎麼來了，還弄成這副樣子？」

莊如悔下馬，甩了甩手中的鞭子，跟著沈玉蓉進去。「別提了，我出了京城沒多久，就被人盯上，不知道是誰的人，跟狗皮膏藥似的，黏著我不放。若非小爺機靈，這會兒怕是見不到妳了。」

沈玉蓉見她說得雲淡風輕，又見她狼狽，噗哧笑出聲，回屋找了衣裙，讓她換上。

莊如悔自小被當成男孩養大，沒穿過裙子，見沈玉蓉拿來的衣裙，皺眉道：「沒袍子嗎？穿謝衍之那廝的也行。」她不挑，也不怕沈玉蓉誤會。

「你們身形不合，還是穿女裝吧，免得他吃醋。」沈玉蓉說著，幫莊如悔換衣服。

一個羅俊玉和謝衍之互相看不對眼，就夠她受了，若再來一個男裝的莊如悔，日子肯定沒法過了。她能想像得出來，定是雞飛狗跳。

莊如悔無法，只能換上沈玉蓉的衣裙，滿臉嫌棄。「當女人就是麻煩，連衣裙都麻煩，還是男裝好啊。」

她話落，杏花端著茶進來，見莊如悔換了女裝，驚得目瞪口呆。「您竟是女兒身？」

她以為來的是公子，方才還與劉婆子說，將軍又要吃醋生氣，結果來人是女嬌娥，這下將軍該放心了。

莊如悔睨她一眼，對沈玉蓉道：「新收的丫頭？梅香那丫頭可要哭了。」

沈玉蓉笑了笑。「把她嫁出去就不會哭了，說不定樂得合不攏嘴呢。」

兩人正說著，謝衍之打開簾子進來。

「要把誰嫁出去，是杏花那丫頭嗎？我倒是有合適人選，軍中的弟兄有許多沒……」

一言未盡，謝衍之抬眸瞧見莊如悔，看她一身女兒裝扮，驚呼道：「當年長公主生的是龍鳳胎嗎？這姑娘倒是和莊如悔那廝十分相似。」

莊如悔怒喝。「謝衍之，你這紈袴，你娘才生了龍鳳胎，擦亮你的狗眼瞧瞧！」

「你穿女裝幹什麼，愛好夠特別呀。」謝衍之坐下，拿起茶杯猛灌了幾口。他不放心沈玉蓉，準備接沈玉蓉去營中住幾日。

「老子樂意，你管得著？」莊如悔給他一個大大的白眼。但穿著女裝說老子，怎麼看都覺得違和。

謝衍之不是笨人，想起齊鴻曦和沈玉蓉的反應，心中了然。「原來長公主府的獨子是女人，怪不得這些年不娶妻、不納妾、不找通房呢，是因為少了塊肉。」

這話實在太難聽，沈玉蓉捂住臉，終於知道為什麼京城的人喊謝衍之紈袴，口無遮攔，沒臉沒皮，不是紈袴是什麼？

莊如悔大怒，對謝衍之甩出鞭子。「謝衍之，你這混帳，娶了媳婦還這麼不要臉！」

謝衍之起身躲開她的鞭子，笑嘻嘻道：「實話實說而已，不願意聽，請妳離開我家。」省得有人跟他搶媳婦兒。

莊如悔這才明白他的目的，收起鞭子，笑吟吟走向沈玉蓉，攬住她的肩膀，挑眉看著謝衍之。

「蓉蓉，人家大老遠跑來，想跟妳一起睡，妳不會拒絕我吧？」盯著沈玉蓉，若敢說一個不字，她就哭給沈玉蓉看。

沈玉蓉鬼使神差地點點頭。

見沈玉蓉點頭，謝衍之也過來，把她拉入懷裡。「妳是我的娘子，晚上只能跟我睡。」

無論男女，一個兩個都想跟他搶媳婦兒，門都沒有。

莊如悔撒嬌。「蓉蓉，人家剛來邊關，人生地不熟的，晚上妳就陪人家睡吧。」

沈玉蓉想點頭，卻被謝衍之按入懷裡。「蓉蓉有夢遊症，若不小心傷了世子，長公主會怪罪。為了世子安全，妳還是自己睡吧。」打橫抱起沈玉蓉，朝內室走去，回頭吩咐。「閨房情趣，不足為外人道。」

莊如悔氣得咬牙切齒。「謝衍之，你這紈袴，給我等著！」

屋內，謝衍之將沈玉蓉放在床上，順勢壓上去。「一個姓羅的還不夠，又來一個女世子。我是不是應該高興，我娘子魅力無邊，男女通殺？」

沈玉蓉想推開謝衍之，推了幾下推不動，無奈嘆息。「你吃男人的醋，我能理解，女人的醋你也吃？」

「他們都想跟我搶。」謝衍之將手指放在沈玉蓉唇上。「妳只能是我的，誰也不許搶。」

沈玉蓉摟住他的脖子。「好好好。」若不答應，不知這廝執拗到何時。

見她保證，謝衍之才想起正事，在她額頭上落下一吻。「馬上要打仗了，我無暇顧及妳，妳隨我去營裡住吧。」他怕歹人混水摸魚，不允許沈玉蓉出意外。

沈玉蓉答應，沒辦法幫謝衍之，至少不能扯他後腿。

這時，林贇來了，說營裡有事，讓謝衍之過去看看。

謝衍之囑咐沈玉蓉，讓她快些收拾收拾行李，盡快搬過去，說完就離開了。

第一百零三章

等謝衍之走了，莊如悔掀開簾子進來，坐到沈玉蓉對面。

「沒想到京城有名的紈袴竟是東北軍的掌舵人，最最關鍵的是，還是個醋缸。吃男人的醋就算了，連女人的醋也吃，真是幼稚。」

沈玉蓉不回答，笑吟吟地望著莊如悔。「妳怎麼突然來邊關了？」

「這……」莊如悔不知該如何答話，難道告訴沈玉蓉，她來找阿炎？想到阿炎，莊如悔便想起那日的瘋狂，臉頰一紅。

沈玉蓉覺得不對勁，她也算過來人了，見阿炎不在，試探地問：「妳與阿炎發生了何事？難道……妳失身了？」

莊如悔支吾半晌，沒說出個所以然。

沈玉蓉追問道：「你們到底怎麼了，不說話是什麼意思？」

「我失身了。」莊如悔一咬牙，直接說了。

「妳和阿炎？」沈玉蓉有些不敢置信，這也太草率了。「長公主知道嗎？」

「知道。我這輩子沒打算嫁人，和自己喜歡的人生個孩子，撫養成人，繼承侯府家業，也算對得起我的父母了。」莊如悔躺在床上，望著帳幔。

沈玉蓉又問阿炎去了哪兒？莊如悔說出阿炎的身分，還有舒家與長公主的恩怨。

「妳想與他長長久久，還是春風一度？」沈玉蓉想了想，對莊如悔道：「當年真相如何，最好查查，解開你們心中的結。方才妳不是說他有家人在邊關，可以問問舒家人。我覺得長公主恩怨分明，光明磊落，舒家既被流放，她定不會再痛下殺手。這種卑劣手段，倒像是王家做的。」若舒家大爺還活著，王家做的事遲早會被捅出來，殺人滅口，以絕後患。

莊如悔想了想，覺得沈玉蓉說得對。「明日我就去尋舒家人，問問當年的情況。」

夜裡，沈玉蓉去了軍營，謝衍之似乎很忙，一夜未歸。

翌日一早，便擂鼓震天，戒備森嚴，與往日不同。沈玉蓉醒來，未見謝衍之的影子，拉著人問，說是遼軍在陣前叫囂，指名要將軍出去，將軍便去了陣前。

原來已經開始打仗了。

陣前，謝衍之騎在高大的馬上，目光灼灼盯著遠處。

對面主將一身鎧甲，同樣騎在馬上，冷冰目光緊緊盯著謝衍之。「你就是沈言，殺我遼軍三員大將？」雌雄莫辨的聲音透著刺骨的寒冷。

「在下正是沈言，妳又是哪位？」謝衍之一手緊了緊長槍、一手勒緊轠繩。

「耶律珠，耶律初是我哥，今日我就讓你血債血償！」耶律珠勾唇笑了笑。「不過在這之前，讓你見一個人，相信你一定會感興趣。」話落揮手，命人把犯人帶上來。

謝衍之看見那人，瞳孔微縮，穩住心神道：「這人是誰，本將軍不認識。」

「知道你會這麼說，沒關係，我幫你解釋一下。這人假扮花娘，慫恿我哥與大齊開戰，才中了你的埋伏。要不是她，我哥不會死。今日，我先取了她的狗命。」耶律珠揮劍，刺向「花娘」的胸口。

「花娘」自始至終都沒說話，目光望向謝衍之。她是墨家暗衛，命屬於墨家，她不後悔那日的決定。

謝衍之讓她假扮花娘，慫恿耶律初殺柳灃。

後來，柳灃被活捉，耶律初被殺。後來謝衍之讓她回來，她沒答應，說這是打探遼軍軍情的好機會，不容錯過。

沒想到，耶律珠來了，她與花娘認識，很快設計活捉了她，不過她不後悔。

女人閉上眼，謝衍之眼眶漸紅，舉起長槍喊了一聲。「衝，得遼軍主將人頭者，封將軍！」話落，雙腿夾緊馬肚，率先衝了出去。

這一仗注定血流成河，耶律珠為替哥哥報仇，不殺謝衍之誓不罷休。

謝衍之騎馬來至耶律珠跟前，手中紅纓槍直攻耶律珠的命門。

耶律珠不是好對付的，向後彎腰，同時揮出手中的劍，打開謝衍之的兵器。

謝衍之見耶律珠躲過，再次出手。這次是耶律珠座下的駿馬，長槍直插入馬脖子上。

馬兒吃痛，抬起前蹄，把耶律珠摔下去。謝衍之看準機會，提起長槍，朝耶律珠刺去。

耶律珠滾了幾圈，險險避開。

謝衍之見她躲過，翻身下馬去追，跟她打了起來。

兩人鬥了十幾回合，終是耶律珠不敵，敗北逃走。謝衍之搭弓射箭，一支箭飛快射去，沒入耶律珠的肩胛骨。

東北軍見遼軍主將逃了，奮力殺敵，將遼軍殺得片甲不留。

耶律珠雖保住性命，卻損失慘重，五萬大軍所剩無幾。

大齊大獲全勝，為了替自己人報仇，謝衍之追著遼軍打了上百里，奪走遼國一座城池。遼軍不敵，準備向大齊聯姻求和，永結秦晉之好。

消息很快傳到京城，明宣帝龍顏大悅，當即封沈言為輔國大將軍，正二品官職，又賞賜許多東西。

另一邊，沈玉蓉和莊如悔找到了舒家人。

十幾年前，舒家被發配到山海關充軍，舒太傅和舒大爺在路上意外喪命，舒二爺帶著妻兒及寡嫂母女，歷經千辛萬苦來到山海關。衙門分給他們一座茅草屋，離石門鎮有上百里遠，平時做些修築城牆、開墾荒地的苦活。

十幾年過去了，茅草屋還是原來的茅草屋，舒家人是文官，在山海關僅能勉強餬口，一家人餓得面黃肌瘦，日子眼看要過不下去，不然舒二爺也不會寫信給阿炎，請他想辦法。

舒太傅臨終前，特意囑咐過，阿炎與舒家沒有任何關係了，任何人不能去打擾他。

舒大夫人的死，舒二爺亦有耳聞，覺得愧對阿炎，謹記父親臨終前的話。但日子越來越艱難，抄家藏的錢財花得所剩無幾，兒女們漸漸大了，需要相看親事，妻子瞧不上泥腿子出身的人家，便百般懇求，讓他找阿炎想辦法。

舒二爺不願委屈兒女，一咬牙，聯繫阿炎，請他設法，能回京城最好，若不能回京，便幫他們找個好一點的活計，阿炎這才求到莊如悔跟前。

舒家人不認得沈玉蓉和莊如悔，見他們穿戴不俗，氣質高雅，聽口音像是京城來的，更不敢招惹，便問他們找誰？

莊如悔換回男裝，直接說明來意。「你是舒家二爺？我是宜春侯世子莊如悔，是你求阿炎幫忙的？」

舒二爺一聽是長公主的嫡子，忙作揖行禮，說出難處，實在是過不下去了，若過得下去，怎麼也不會去求阿炎。還說若阿炎有難處，不幫也可以，餓死了，是他們一家人的命。

沈玉蓉見他虛偽，冷笑一聲。「你這是在威脅莊世子嗎？」

舒二爺忙說不敢。

莊如悔道：「不敢就好，看在阿炎的分上，我可以帶你們回石門鎮。想回京城，得看你們的表現。」

舒二爺覺得有門，連忙問莊如悔有何要求。

莊如悔道：「舒家與長公主府的恩怨，想必你也曉得，我要知道詳細經過。」

舒二爺支支吾吾，不敢出聲。

莊如悔見他猶豫，喝斥道：「怎麼不敢說？放心，這是陳年舊事，也不是你做下的，本世子不會追究。」

沈玉蓉站在一旁看著，見舒二夫人欲言又止，笑著道：「當家的不說，不妨由妳來說。事無巨細，只要對世子有用，說不定世子大發慈悲，會帶你們回京城呢。」

舒二夫人早想說了，聽見這話，為了一雙兒女，那些陳年舊事，還有什麼不能說的？無視舒二爺的眼神，說出了舒家的過往。

原來，舒大爺有把柄攥在王家手中，王家以此威脅，逼舒大爺幫他們做事，若舒大爺不從，這事會被捅出去，人盡皆知。到時候，舒家名譽掃地，無法在京城立足。

至於舒大爺到底如何陷害先太子，他們不得而知，好像也沒有確切的證據。

沈玉蓉問是什麼把柄，不等舒二夫人回答，舒二爺便著急地道：「這件事是秘密，我們不知道。」

一連說了幾個不知道，好似欲蓋彌彰。舒二夫人聽他這麼說，也搖頭推說不知。

沈玉蓉認為他們知情，要他們再想想，看能否憶起一些事。

舒二爺一口咬定不知，若是知道，早告訴他們了。

沈玉蓉見問不出什麼，對莊如悔使眼色。

莊如悔懂她的意思，跟衙門的人打聲招呼，帶著舒二爺一家，及舒家大房母女離開了。

他們在石門鎮找了處院子，安頓舒家人。這院子是楊淮的產業，得知沈玉蓉想買院子，就過戶給沈玉蓉。

沈玉蓉也不客氣，沒推辭就收下，轉手給莊如悔。

安頓好舒家人，沈玉蓉和莊如悔離開。

路上，沈玉蓉對莊如悔道：「妳覺不覺得他們沒有說實話，他們應該知道那把柄是什麼，卻不肯說？到底是什麼事，連太傅之子都忌憚。」

莊如悔也想不明白，道：「我想請妳幫個忙。」

「咱們之間，還說什麼幫不幫的，妳直說便是。」沈玉蓉似乎猜到莊如悔的打算。「妳想讓我用催眠術？」

莊如悔點頭。「對，我總覺得這件事對阿炎很重要。」

聽聞舒家大爺並不喜歡阿炎的生母，一心想娶的人是他表妹，可惜舒太傅不答應。舒老夫人和舒大爺不敢違背舒太傅的意思，娶了京城的才女，也就是阿炎的母親。後來聽聞舒大夫人難產而亡，死後沒多久，舒大爺就續弦了，娶的正是他表妹。

沈玉蓉一口答應。「擇期不如撞日，咱們買些東西折返回去，看能不能找到機會與舒二夫人獨處。若是可以，我便乘機問話。」

莊如悔覺得可行，問沈玉蓉帶了懷錶嗎？

沈玉蓉笑著點頭。「一直隨身帶著呢，這東西怎麼能丟。」

兩人買了些東西，返回舒家。

第一百零四章

舒二夫人見沈玉蓉和莊如悔提著東西過來，滿臉激動，熱絡地請兩人進去坐。這次，沈玉蓉瞧見了舒家大房的繼室母女，身子孱弱，走幾步就咳嗽，看向沈玉蓉和莊如悔的目光帶著審視。

莊如悔見狀，眉頭緊皺。「看什麼看，本世子是妳們可以看的嗎？」

舒二夫人好似不喜歡舒家大房的繼室，不冷不熱道：「妳們回屋去吧，外面冷，別再凍著。吃藥花錢，耽誤活計也是錢。」

繼室母女眼眶一紅，欲哭不哭，更惹得舒二夫人不快。「哭哭哭，就知道哭，我看大哥就是被妳們哭死的，真是晦氣。要是不願意和我們一起住，就趕緊離開，當誰稀罕妳們。」要不是她們能做繡活賺錢，早把她們趕出去了。

繼室母女聞言，低頭回屋去了。

沈玉蓉拉著舒二夫人套交情，說她說話做事索利，是她喜歡的。一朝落難，卻願意留在舒家伺候一家老小，不離不棄，有情有義。不畏艱辛將兒女們撫養成人，堅強值得人敬佩。

舒二夫人何時被人這樣恭維過，心裡別提多舒坦了，看在沈玉蓉和莊如悔帶來東西的分上，還留她們用飯。

沈玉蓉乘機問：「當初是太傅執意送走大房嫡子的？」

舒二夫人回答是，還說舒大夫人與長公主交好，肯定會讓阿炎留下。

沈玉蓉又問：「聽聞舒大爺不喜元配，可是真的？」

這件事，京城人盡皆知，沒什麼好隱瞞的，舒二夫人點頭說是。

沈玉蓉拿出懷錶，對她道：「妳看著我的錶說吧。」

舒二夫人看著錶，眼神開始迷離起來，聽沈玉蓉又問：「舒家大爺有把柄被王家抓住，這把柄到底是什麼？」

「聽聞大嫂不是難產而亡，是大哥買通產婆和大夫毒死她的。」舒二夫人道。

沈玉蓉和莊如悔震驚，不是難產而亡，是被丈夫害死，這怎麼可能？

「妳確定嗎？」莊如悔急切地問。若阿炎知道母親是被父親所害，不知有多傷心。

「我也是偷聽到的。大嫂歿了後，大哥不想要孩子，被公爹發現，這才保住孩子的性命。」舒二夫人道。

沈玉蓉問：「那繼室可有下手？」

「她把人當傻瓜，自己乾淨得很，哪裡肯動手，都是大哥做的。」舒二夫人冷冷道。

這時，門外傳來腳步聲，是一個陌生女子的聲音。「二嬸，咱們今兒中午吃什麼？」她是阿炎的妹妹舒煙煙，大房怕舒二夫人說出不該說的話，讓她來看看。

沈玉蓉聽見聲音，收回懷錶，對舒二夫人道：「多有打擾，我們該告辭了。」

舒二夫人很熱情，把沈玉蓉和莊如悔送到門口才告辭，轉身看見謝衍之朝這邊走來，一身便服，披著大氅，上前將沈玉蓉攬入懷中，還問沈玉蓉冷不冷。

沈玉蓉搖頭，又問他怎麼來了。

「回到家不見妳，遇見楊淮才知道妳在這裡。可是忙完了，現在要回家？」謝衍之緊緊盯著沈玉蓉，眉梢含笑。

舒二夫人見他玉樹臨風，容貌氣質都不俗，便問：「這位是？」

莊如悔瞥見舒煙煙偷偷打量謝衍之，眉頭擰緊。「他不是妳們該打聽的人。記住妳們的身分，不該知道的，不要妄想知道。」這話是說給舒煙煙聽的。

舒二夫人嚇得緊了緊手中的帕子，點頭應下，保證不多打聽。

沈玉蓉被謝衍之攬著，抱上馬車。

莊如悔想跟上去，奈何謝衍之不肯，要她騎馬回去。

「阿悔是女子，這天寒地凍的，凍壞了可怎麼辦？」沈玉蓉忍不住擔憂。

謝衍之不為所動。「莊世子打小身子骨就好，又有功夫傍身，哪像妳，嬌嬌弱弱的，恨不得讓人揣進懷裡。」說著把人摟入懷中，還在她額頭上吻了一下。

莊如悔看不得兩人恩愛，上馬夾緊馬肚，打馬離去。

舒煙煙望著馬車離去的方向，眸中有羨慕，更多的卻是嫉妒。

這一幕被某人看在眼中，緩步來至舒煙煙跟前。

「妳可知方才那人是誰？若是得了他的青睞，一輩子榮華富貴享用不盡。」

舒煙煙警戒地望著來人。「妳是誰？」

耶律珠勾唇嗤笑。「我是能幫妳的人，難道妳不想要榮華富貴？那人是沈言，輔國大將軍，若讓他喜歡上妳，當個將軍夫人也不是不可。」

舒煙煙問她是誰，耶律珠自然不會說實話，只說她與沈玉蓉有仇，看不慣沈玉蓉得寵的樣子。若舒煙煙能幫她報仇，報酬自然少不了。

想起謝衍之豐神俊逸、眸中含情的樣子，舒煙煙鬼使神差地答應。

耶律珠給她一瓶藥，要她想辦法讓沈玉蓉吃下。後面的事，她自會幫她解決。

舒煙煙接了藥瓶，放入袖籠，進了屋，沒把這件事告訴任何人。

等舒煙煙闔上門，耶律珠神情一冷，盯著馬車消失的方向，眸中迸射無盡恨意。

沈言，你讓我失去相依為命的哥哥，我便讓你嘗嘗失去愛人的滋味。

這還不是她最恨的，遼軍吃了敗仗，王上竟向大齊求和，還是以聯姻的方式，她被封為公主，派往大齊和親。

這全是拜沈言所賜，等除掉沈言，她再投身戰場，打敗大齊，收復遼國失去的土地，將大齊軍隊踩在腳下。

那毒藥是遼國皇室特有，沒有解藥，解不了毒，看沈言這次如何能逃。

謝衍之把沈玉蓉送回家中，本想跟她溫存一番，孰料軍營來人，又把謝衍之叫走了。

等謝衍之走後，羅俊玉出現在沈玉蓉跟前，讓沈玉蓉嚇了一跳。

「你能不能走正門？每次來都翻牆，不知道的人還以為你是賊呢。」

莊如悔沒見過羅俊玉，進來發現屋裡站著一個陌生男人，以為是刺客，立時提高警覺。

「這是誰啊？」

「自己人。」沈玉蓉笑著解釋，又問羅俊玉可有事？若是無事，可以離開了。

羅俊玉既然答應沈玉蓉當侍衛，十分盡責，一直跟在暗處。如果沈玉蓉有事，他會第一個站出來保護她。

今日沈玉蓉在舒家問話，他也看見了，想問問沈玉蓉那是什麼秘術，竟能讓人失了心魂，說出實話。這也是齊鴻旻一直想知道的。

沈玉蓉把羅俊玉當自己人，也沒打算瞞著，直接道：「那不是什麼秘術，只是催眠術。只能讓人開口吐實，其餘沒多大用處。」

「我可以學嗎？」羅俊玉道。

沈玉蓉提高了警覺。「學了回去幫二皇子？」

莊如悔這才知道羅俊玉是齊鴻旻的人，抽出鞭子就想打，幸好被沈玉蓉攔住。「他以前是齊鴻旻的人，如今是我的人，千萬別動手，免得傷了和氣。」

「謝衍之知道嗎？」莊如悔問。以謝衍之那廝的狗脾氣，能容忍齊鴻旻的人留在沈玉蓉身邊，定是太陽打西邊出來了。

沈玉蓉點頭。「知道，兩人相看兩厭。」

「那就讓他走。」莊如悔滿不在乎。

羅俊玉聽了這話，瞪莊如悔一眼。「莊世子家住海邊嗎？管得也太寬了些。」

莊如悔也是不吃虧的，挑眉起身，用鞭子指著羅俊玉。「你這是什麼態度，我家蓉蓉最聽我的，小心得罪我，蓉蓉容不下你。」說完便被沈玉蓉拉住，坐下喝茶，不跟羅俊玉一般計較。

「既然最聽你的，你能讓她與謝衍之和離嗎？」羅俊玉盯著沈玉蓉問。

沈玉蓉驚得一個趔趄，以為自己聽錯了，不敢置信地看著羅俊玉。

莊如悔也沒好到哪裡去，剛喝進嘴裡的茶，一口噴出來，險些嗆著，咳嗽幾聲後，笑了起來。

「目的不純，怪不得謝衍之那紈袴會吃醋。」

羅俊玉見沈玉蓉吃驚，勾唇一笑。「開玩笑的。我看見妳用秘術了，能讓人開口說實話，著實不簡單，我也想學。」

不等沈玉蓉答應，莊如悔起身指門口。「滾，本世子還沒學會，你就想學，想得美！」

羅俊玉不理會莊如悔，直直看著沈玉蓉。

沈玉蓉扶額點頭。「教你不是不行，但得答應我一個條件。」

「妳說。」羅俊玉爽快道，別說一個條件，上百個條件也行。若學會這秘術，母親的死因便有機會水落石出了。

「三年後離開二皇子府，不准幫二皇子賣命。」沈玉蓉重申這個要求。

羅俊玉一口答應，怕沈玉蓉反悔，讓她現在就教。

沈玉蓉無法，只能教他。不得不說，羅俊玉聰慧過人，意志力更是驚人，比莊如悔有天賦，學了兩日，便能短暫催眠，勤加練習，用不了三個月，就能超過沈玉蓉了。

這讓莊如悔羨慕嫉妒恨，對著羅俊玉指桑罵槐，還說沈玉蓉偏心，教她時不夠用心。

謝衍之得知沈玉蓉教羅俊玉催眠術，吃了一天的醋，夜裡把她困在床上，使勁兒折騰，害得沈玉蓉一天沒能下床。

平靜又熱鬧的日子過了兩天，舒煙煙突然上門，還帶了自己做的點心，說來感謝莊如悔和沈玉蓉。

來者是客，沈玉蓉不能拒之門外，把舒煙煙領進去，又讓杏花上茶。

莊如悔盯著舒煙煙，不知為何，總覺得舒煙煙對沈玉蓉有敵意，卻想不通為什麼。

茶端上來，舒煙煙非要向沈玉蓉和莊如悔敬茶，說是感激莊如悔和沈玉蓉的相助。

沈玉蓉也覺得舒煙煙有古怪，心裡打定主意，待她敬茶時，只裝裝樣子抿一口。

孰料，一盞茶被莊如悔端走，全喝了。

「蓉蓉失眠，不宜喝茶，這茶我替她喝了。」

舒煙煙見莊如悔喝了茶，本就驚慌，聽見莊如悔說話，頓時嚇得一個激靈，但隨即鎮定下來。

「我突然想起家中有事，先告辭了。」她說完，轉身離開，連籃子都沒帶。

她把毒藏在指甲中，在家反覆試過多次，沒想到茶竟被莊如悔喝了。若莊如悔出了意外，舒家萬死難辭其咎。

真是大意了，她沒想到莊如悔會喝那杯茶。

想到那毒的特性，舒煙煙安心不少。這毒不會立刻發作，需等幾個時辰。茶杯中也找不到沾毒的痕跡，諒她們也查不出。

可她沒想到，當晚莊如悔就吐血了，沈玉蓉聯想到舒煙煙的到來，猜測是舒煙煙下毒，卻不知道她為何下毒。

不管原因，沈玉蓉讓杏花去軍營喊謝衍之，讓他帶軍醫回家一趟。

杏花知道莊如悔身分尊貴，不敢耽擱，轉身小跑著去了。

第一百零五章

謝衍之見杏花來了，還慌慌張張，以為沈玉蓉出事，丟下手裡的事，運起輕功趕回家。見沈玉蓉安好，他伸手將人摟進懷裡，深深鬆了口氣。「妳無事便好。」

「不是我，是阿悔。」沈玉蓉一臉急色，還問謝衍之可帶了軍醫。

謝衍之無語，他只顧著沈玉蓉的安危，見杏花面有急色就趕回來，壓根兒沒聽杏花說什麼，自然沒有帶軍醫，尷尬地輕咳幾聲。

「我這就讓人去請。」莊如悔那傢伙是一定要救的，不然他娘子一顆心總落在別處。

謝衍之吩咐下去，有人應聲去辦，又問：「莊如悔到底如何了？」

「好像是中毒，吐了一口黑血，後來就昏過去，一直未醒。」沈玉蓉道。

「今天有誰來了？」謝衍之覺得這件事不簡單。

莊如悔剛來邊關，怎會無緣無故中毒？還有這毒到底是要害誰的，若是衝著沈玉蓉來，他定將那些人挫骨揚灰。

沈玉蓉說了舒煙煙的事，說話間，兩人來至莊如悔的屋子。

莊如悔躺在床上，雙目緊閉，唇瓣發白，臉龐毫無血色，看著像病重，倒不像中毒。

沈玉蓉坐到床邊，撫摸著莊如悔的臉龐。「吐血後就一直這樣昏迷著。」

謝衍之上前摟住沈玉蓉。「別擔心，軍醫等會兒就到。」

天快亮時，軍醫來了，幫莊如悔診脈，的確是中毒了。

沈玉蓉問是什麼毒，可有解毒之法？

軍醫一臉為難，搖搖頭。「這是遼國皇室特有的毒藥，若是沒有解藥，無法解毒。這毒看似像得了一場大病，絲毫看不出中毒跡象，若非老夫遇過一次，也認不出來。」

好個舒家！謝衍之聽了，握緊拳頭。遼國皇室的毒，其目的昭然若揭，定是要對付他。

謝衍之對沈玉蓉道：「妳等我一會兒，我去去就來。」得去查查舒家，問出毒是哪來的，也好給舒家定罪。

謝衍之剛出去，沈玉蓉便進屋翻出匕首帶上，直奔舒家。

到了舒家，沈玉蓉懶得敲門，直接翻牆，找到舒煙煙住的房間，踹門進去。

平時舒煙煙不貪睡，但昨夜太過激動，輾轉難眠，睡得有些遲，今兒過了辰時還未醒。

聽見踹門聲，她猛地驚醒，以為有壞人闖進來，扯開嗓子喊：「救命啊！」

待看清來人，她的心跳到了嗓子眼，難道沈玉蓉查出毒是她下的？

舒煙煙也不是傻子，先聲奪人。「妳進來做什麼？這裡是我家，請妳出去。」

沈玉蓉根本不理她，逕自走到床邊，將匕首放在舒煙煙脖子上，聲音帶著無盡冷意。

「把解藥交出來，不然我不介意揹上人命。」
舒煙煙裝糊塗。「我不懂妳在說什麼。什麼毒，誰中毒了？」
「昨日妳去了我家一趟，夜裡阿悔就吐血，軍醫說是中毒。天下怎會有如此巧合的事，不是妳，還會是誰？我奉勸妳一句，把解藥交出來，我可以留妳全屍。」沈玉蓉用了些力氣，將舒煙煙的脖子劃出了血。
舒煙煙知道，她絕不能承認，若是認下此事，一切都完了，遂要沈玉蓉拿出證據。
沈玉蓉笑了。「要證據還不簡單，我手裡的刀子就是證據。」
她話落，阿炎來了，身後跟著舒家二爺夫妻，還有一個中年女人，看見沈玉蓉用匕首抵著舒煙煙的脖子，當即嚇得昏過去，幸好被舒二夫人扶住了。
「大少夫人，您這是做什麼？我妹妹可是得罪了您，用這種手段逼迫她。」阿炎上前幾步，緊緊盯著沈玉蓉，見舒煙煙脖頸流血，眸光冷了幾分。「大少夫人，世子爺敬重您，您可莫要忘了自己的身分。煙煙年輕，做事莽撞，若有得罪，身為兄長，我可以替她賠罪。」
沈玉蓉轉頭看向阿炎。「好啊，她對阿悔下毒了，只要她交出解藥，我可以留她全屍，你幫她選一個死法吧。」
阿炎攢了攢拳頭。「大少夫人，您莫要欺人太甚。」口氣當真不小，竟要人選死法，她以為她是誰。
見沈玉蓉絲毫不念舊情，阿炎對著沈玉蓉出拳。

沈玉蓉沒想到阿炎會出手，一時沒防備，左肩挨了一掌。

「豎子爾敢！」謝衍之的聲音傳過來，沈玉蓉隨即被他摟在懷中。「娘子，妳還好吧？」又看向阿炎，眸中燃燒著殺人的怒火。敢傷他的娘子，很好！

沈玉蓉搖搖頭，看向阿炎。「真是白眼狼，我都說阿悔中毒了，你卻連問也不問一句，只關心你口中的妹妹。你可知，你母親就是因為她母親而死。若你母親泉下有知，不知能不能含笑九泉，會不會從地獄裡爬出來，打死你這個不孝子。」

「妳是什麼意思？」阿炎有些不敢置信，難道母親不是因難產而死？

舒二爺聽了這話，目光躲閃，看向舒二夫人，見舒二夫人眉頭緊鎖，放下心中疑慮，指責沈玉蓉胡言亂語。若讓阿炎知道大哥害死了大嫂，定不會再管舒家的事。

這時，舒家大夫人醒了，剛好聽見沈玉蓉的話，要沈玉蓉拿出證據。若是沒有證據，就是誣陷，可以去衙門告她。

沈玉蓉充耳不聞，只盯著阿炎。「先不提這些，你在長公主府長大，與阿悔一起長大，當真一點情誼也無嗎？聽見她中毒昏迷，一點也不擔憂？長公主府養你多年，你不感恩就算了，為何恩將仇報？阿悔看上你，當真是瞎了眼。」

阿炎沈默以對，半晌才開口。「她如何了？」

「拜你妹妹所賜，命懸一線，生死不知。」沈玉蓉如實道。

阿炎走向舒煙煙。「她說的可是真的？毒是不是妳下的？快把解藥交出來。」

舒煙煙梨花帶雨地搖頭否認。

沈玉蓉上前幾步，對謝衍之道：「讓他們都下去，我自有辦法讓她說實話。」

謝衍之想到了她的催眠術，阿炎也想到了，幫沈玉蓉將其他人趕出去。

舒家人進不去，只能在門口聽著。

聽舒煙煙說出實話，他們又驚又懼，害怕沈玉蓉和謝衍之找他們麻煩，更擔心以後無容身之所。

沈玉蓉從舒煙煙嘴裡得知了真相，謝衍之也在一旁聽著，得知舒煙煙想嫁他，噁心得像吃了蒼蠅。

阿炎掐住舒煙煙的脖子。「把解藥交出來。」

舒煙煙的脖子被扼住，不能說話，只能搖頭，滿臉通紅，眼神帶著懇求。

謝衍之摸了摸下巴。「那人應該是耶律珠。沒想到她竟是女子，還用這麼卑劣的手段害妳，我記住她了。」

遼國想求和，他偏不求和。

問完話，謝衍之摟著沈玉蓉離開，阿炎跟在他們身後，問莊如悔在哪裡，他想去看她。

沈玉蓉回頭冷笑。「你還是莫去了，阿悔看見你，心口便堵得慌，對養病不利。」

謝衍之停下腳步，把沈玉蓉扶到一邊，柔聲安慰著。「等我一會兒，有點私事要辦。」

沈玉蓉剛想問他何事，只見謝衍之朝阿炎走去，一言不發，揮手就是一拳。這一拳落在阿炎的左臉頰上，他毫無防備，踉蹌退後幾步。

阿炎還未站穩，謝衍之出腳，直接踹在他的肚子上。「方才你打了我娘子，現在我加倍償還。記得，不可以打女人。」又踹一腳，踹飛阿炎。「記住我今日的話，對你沒壞處。」

沈玉蓉崇拜地看著謝衍之，又感動、又欣喜，被人護著的感覺可真好。

謝衍之側頭見沈玉蓉傻傻地看著他，吹了吹垂下來的劉海，吊兒郎當道：「怎麼樣，突然愛上我了？」

這欠抽的樣子，跟方才那個英武偉岸的男人判若兩人，沈玉蓉本想給他一個擁抱，見他這樣，只是眨了眨眼。

「男人保護女人，不是理所應當嗎，有什麼好炫耀的？」

謝衍之攬住她的腰身，勾唇笑了。「娘子說的是，以後就由我護著妳了。」

沈玉蓉看了看阿炎。「舒家的事就交給你了，你母親是怎麼死的，你可以自己去查證。舒家的老人應該未死絕，想求證也容易。」

話落，她不再看阿炎，與謝衍之並肩離去。

回去後，沈玉蓉見莊如悔又吐了血，將舒煙煙罵了個狗血噴頭，也將阿炎罵了幾百遍，說他是白眼狼，狼心狗肺。

羅俊玉聽到動靜，進屋見沈玉蓉給莊如悔餵藥，有些吃醋。「妳就不怕謝衍之看見？」那廝是醋缸，醋勁比他還大，自然是見不得這些的。

沈玉蓉幫莊如悔擦嘴。「人與人不同。」這是告訴羅俊玉，莊如悔與他不一樣。她餵完藥，又幫莊如悔掖了掖被子，轉身見羅俊玉還站在門口，沒有離開的意思，有些疑惑。

「你怎麼還沒走？」

「阿炎離開了，不知去了哪裡。舒煙煙沒死，舒家人搬回原來的地方。」羅俊玉把知道的消息告訴沈玉蓉。

沈玉蓉哦了聲，回頭看莊如悔，喃喃自語。「阿悔，妳等著，害妳的人，我一個也不會放過。」

羅俊玉也看向床上的人，那人何德何能，能得沈玉蓉如此看重。若有一日，他也快死了，沈玉蓉會不會傷心難過？

「你若沒事，就離開吧。你已經學會了催眠術，還留在這裡做什麼？」沈玉蓉道。

羅俊玉依然站在原地，半晌才道：「妳能否喚我阿玉？」自從姨娘去世後，再無人喚他阿玉了。他想讓她喚他阿玉，阿玉兩字從她嘴裡說出來，是什麼樣的感覺？他有些期待。

第一百零六章

聽了羅俊玉的話，沈玉蓉有些為難。

如果羅俊玉像莊如悔一樣是女子，她會毫不猶豫喊出聲。可羅俊玉不僅是男子，還是謝衍之討厭的人，她無論如何也喊不出口。

羅俊玉有些失望。「不願意喊嗎？也是，沒人願意喊我這個名字。」

沈玉蓉見他傷心，心想不就是個稱呼，遂甜甜喚了一聲。「阿玉。」

一聲阿玉，讓羅俊玉呆滯許久，這與他娘喊的不一樣，聲音輕柔如羽毛一般，輕易觸動他的靈魂。

「哎。」半晌後，羅俊玉答應一聲。

他高興，沈玉蓉卻慶幸，幸虧謝衍之不在，不然又要打翻醋罈子了。

這時，床上傳來莊如悔的聲音。「阿炎，阿炎。」

沈玉蓉跑到床邊抓住她的手，輕聲應著。「阿悔，我是蓉蓉，妳的阿炎幫妳找解藥去了，他會回來的。」嘴上這樣說，心裡卻把阿炎罵了一頓，狼心狗肺的東西，不知道做什麼去了，也不知過來看看。

莊如悔似乎聽到沈玉蓉的話，竟安靜了下來。

沈玉蓉喊來杏花照顧莊如悔，去了軍營。

沈玉蓉去見謝衍之，問他可有見到阿炎？

謝衍之也說沒見到，還說若沈玉蓉想找阿炎，他可以幫忙尋找。

沈玉蓉搖頭。「不用找了，若是有心，他會自己回來。只是可憐了阿悔，如今躺在床上昏迷不醒，心愛的人卻為了家人，棄她於不顧。」

謝衍之見她擔心莊如悔，滿心不喜，摟她入懷。「整日想別人，就不能想想妳夫君？」

沈玉蓉推開他。「想你做什麼？你好好的，能吃能喝能睡，一點病都沒有。」

謝衍之真想生一場病，讓沈玉蓉衣不解帶地伺候他，又怕沈玉蓉照顧他辛苦，心裡矛盾極了。

不過，他不會責怪沈玉蓉，卻把這些記到遼軍頭上。都是那該死的耶律珠，要不是她，他娘子也不會淨想著莊如悔了。

沈玉蓉心裡記掛莊如悔，回到家中，見莊如悔屋前站著一個人，有些面生，臉上沒有惡意，還帶著幾分擔憂。

不等沈玉蓉開口，那人先說話了。「大少夫人，我家世子如何了？」侯爺讓他跟在世子身邊，但沒有生命威脅時，不准出現。

那日，他發現阿炎的蹤跡，想著世子來邊關，就是為了阿炎，便追上去，孰料追丟了。回來後，發現世子躺在床上昏迷不醒。這事若讓長公主和侯爺知道，刮了他洩憤都不為過。

沈玉蓉說了莊如悔的情況，暗衛覺得有必要讓長公主和侯爺知道，當即飛鴿傳書回去。

這幾天軍營裡不忙，謝衍之回來吃飯，聽聞莊如悔身邊有暗衛跟著，還把莊如悔受傷的消息傳回京城，旋即笑了。

「真是瞌睡了，就有人送枕頭啊。」

他原本打算將莊如悔受傷的消息傳回京城，激怒長公主和莊遲，進宮找明宣帝，讓明宣帝暫停議和，再乘機出兵，為沈玉蓉報仇。敢傷他的娘子，就要付出血的代價。

沈玉蓉不知謝衍之的心思，嗯了聲，幫他夾菜。「你說，長公主和駙馬會不會來邊關？」兩人看見莊如悔躺在床上，生死不知，不知會有多難過呢。

謝衍之摸摸她的頭。「別想了，莊如悔那小子命大，不會輕易死。」這毒暫時毒不死人，只是莊如悔要受些罪了。

沈玉蓉瞪他一眼。「人家是嬌滴滴的姑娘，什麼小子不小子的。」

謝衍之扒著飯笑了。「她拿著鞭子稱霸京城，無人敢管，若被那些紈袴知道，不知會怎麼編派她呢，也不知誰會娶這樣嬌滴滴的姑娘。」

氣氛緩和許多，謝衍之催促沈玉蓉多吃些，這樣才有力氣要孩子。

沈玉蓉啐他一口。「誰幫你生孩子，大白天說這些，也不覺害臊。」

「那我晚上再說。」謝衍之一本正經，眉眼含笑盯著沈玉蓉。

沈玉蓉羞極，踢他一腳，催促他趕緊吃飯。

謝衍之不吃了，放下碗筷，彎腰抱起沈玉蓉，朝內室走去。「我都這麼努力了，為何一點動靜也沒有呢？」

京城裡，長公主和莊遲接到暗衛的消息，得知遼軍害得莊如悔昏迷不醒，長公主當即震怒，打算立刻前往邊關。

莊遲也擔憂，卻沒有失去理智，拉住長公主道：「邊關是一定要去的，但不是現在。當務之急是進宮，敢傷咱們的女兒，就應該付出代價。」

遼國想議和，他偏不如他們的願。又吩咐管家準備銀票，至少百萬兩。

長公主聽了，命人備車，與莊遲連夜進宮。

明宣帝得知莊如悔身中劇毒，昏迷不醒，隨時有性命之危，即刻傳旨給李院正，讓他去邊關，務必幫莊如悔解毒。

見明宣帝如此在乎莊如悔，長公主的心有了些許暖意。「遼國害了我的阿悔，二哥可要幫阿悔做主啊！」

明宣帝想了想，喚來劉公公，讓他親自去邊關傳旨，讓沈言向遼軍討回解藥。遼軍若不給，便戰。

長公主和莊遲見明宣帝如此硬氣，很是欣慰，告退回長公主府，簡單收拾一番，便帶人去了邊關。

明宣帝得知長公主和莊遲出城，搖頭嘆息。「阿悔都那樣了，隨他們折騰吧。」

只要不損及大齊的利益，他們愛怎麼折騰，就怎麼折騰。

沈玉蓉每日守著莊如悔，有時讀《紅樓夢》，有時講故事，有時拉著她的手說家常話。

謝衍之倚靠在門框上，心裡酸得不得了。「娘子，該回去歇息了，妳守在這裡也沒用。京城快來人了，讓杏花守著就是。」

「我不放心。」沈玉蓉拿起莊如悔的手，細細擦著，又想起阿炎。「你說阿炎到底去了哪裡，為何不來看看阿悔呢？」

謝衍之被問住了，他能說阿炎去了遼國，幫莊如悔取解藥嗎？

遼國皇宮戒備森嚴，此去生死難料，若此刻說出來，沈玉蓉又要替阿炎擔憂。算了，還是不說了，是生是死，全看阿炎的造化。

等不到阿炎，沈玉蓉又開始罵他，白眼狼、狼心狗肺、沒人性，是莊如悔瞎了眼，才看上這麼個忘恩負義的東西。

同為男人，謝衍之很想替阿炎辯解幾句，正要開口，突然聽見重物落地的聲音。

謝衍之警覺地望著遠處。「誰？」

沈玉蓉也聽見了，心中一喜，她有預感，阿炎不會對莊如悔絕情。開門跑出去，對著暗處問：「是誰？」

阿炎從黑暗中走出來，腳步不穩。等他走近，沈玉蓉聞到血腥味。「你受傷了？」

阿炎沒說話，從懷裡掏出一只瓷瓶，遞給她。「這是解藥，麻煩少夫人餵世子吃下。」

沈玉蓉驚訝。「你去找解藥了？」

解藥藏在遼國皇宮，戒備森嚴，他是怎麼進去的？還帶著一身傷回來，凶險可想而知。

阿炎提醒她，先讓莊如悔服藥。

沈玉蓉點頭，轉身進屋，倒出解藥，想餵莊如悔吃，卻遲疑了一下。

「這解藥是真的嗎？」萬一是假的，吃下去會沒命的。

阿炎捂住胸口。「我找人試過了，是真的。」

沈玉蓉這才放心，餵莊如悔吃下。

過了一刻鐘，莊如悔臉上有了些血色，沈玉蓉笑起來。「是真的，阿悔快醒過來。」

阿炎見莊如悔好些了，轉身出去。

謝衍之跟著出來，見阿炎往外走，喊住他。「你打算要去哪兒？」

阿炎停頓一下，沒有回答。

謝衍之看穿了阿炎的心思，走上前。「無顏見她，想獨自離開？你可想過她的感受，她是否希望你離開？」

得知先太子及母親去世的真相，阿炎不知該如何面對莊如悔，留在她身邊，覺得無地自容。可他自小在長公主府長大，不回去，又能去哪兒？

謝衍之來到阿炎跟前，見他目光不捨，滿是掙扎。「你捨得放棄自己心愛的人？」

「不捨又如何？」阿炎自嘲地笑了笑，他沒臉待下去。

「我可以幫你。我少一位軍師，你可願意幫我？咱們也算互助吧。」謝衍之真誠道。

阿炎沒有猶豫，點頭答應，伸出手。

謝衍之會意，握住他的手，這是兩個男人之間的約定。

這時，屋內傳來沈玉蓉的聲音。「阿悔，妳終於醒了，妳可嚇死我了。」

沈玉蓉說著，撲過去抱住莊如悔。

一連沈睡好幾日，莊如悔的腦子不太清楚，見沈玉蓉抱著她，想起吐血昏迷的事。

「我這是怎麼了？」

謝衍之進來，見沈玉蓉趴在莊如悔身上，上前扯開沈玉蓉，順手將她摟入懷中。「人都醒了，這下妳該放心了。」

沈玉蓉推開謝衍之，又趴到床邊。「妳中毒了，是舒煙煙下的毒，幸好現在沒事了。對了，是阿炎幫妳找來解藥，那傢伙還算有良心。」

莊如悔環視周圍，不見阿炎，便問：「他人呢？」

沈玉蓉不知該如何說，看謝衍之一眼。

謝衍之聳聳肩。「我怎麼知道。腳長在他身上，他上哪裡去，我能攔得住？」

沈玉蓉聽了，不得不替阿炎圓謊。「送來藥後就走了，可能還有其他事情。走之前，特意囑咐我好好照顧妳。這藥是他用命換來的，妳要好好養病，不可辜負他的一番心意。」

莊如悔點點頭，蒼白臉上有了幾分笑容。「我就知道阿炎會對我好，我聽話，乖乖養病。」說完，閉上眼休息。

沈玉蓉不忍打擾她，喚來杏花守著莊如悔，跟謝衍之回屋去了。

謝衍之攬著沈玉蓉的肩膀，搖頭失笑。「真該讓京城的人都看看，稱霸一城的莊世子，竟然有乖巧的一面。」

沈玉蓉沒有他想得開，想起阿炎的不告而別，滿臉擔憂。「你說，阿炎還會回來嗎？」

謝衍之不敢說阿炎已被他拉攏了，打橫抱起沈玉蓉。「成天想著別人，就不能想想妳夫君嗎？」說著朝床走去，將人放上床，不給她開口的機會，堵住那誘人的紅唇。

屋外不知何時下起了雪，屋內卻滿室春光。

第一百零七章

翌日一早，沈玉蓉醒來，旁邊已經沒人。摸摸被子，餘溫尚在，謝衍之應該沒走多久。

沈玉蓉起床穿上衣服，坐到妝臺前，準備梳頭。

杏花聽見動靜，端著水盆進來。「少夫人，您醒了。將軍走時，特意吩咐我們，莫打擾您，讓您多睡一會兒。」放下水盆，過來幫沈玉蓉梳頭。

沈玉蓉聽了，想起昨晚的瘋狂，臉頰更紅，假裝對著銅鏡照了照。「世子可醒了？」

杏花一面梳頭、一面答話。「昨晚醒了一次，說肚子餓了，我起來做點粥給她喝，喝完粥，又睡下了。許是昨晚醒來，累著了，這會兒還在睡呢。」

沈玉蓉穿戴好，走出門，見地上是厚厚的積雪。「昨夜又下雪了？」

「是呢，下了一夜，方才停的。」杏花端著水盆跟出來。「少夫人可要用早飯？」

「我去看看阿悔，等會兒再用。」沈玉蓉說著，去了莊如悔的屋子。

這時，莊如悔也醒了，連日昏迷，身子虛得厲害。見沈玉蓉來了，問她可吃了飯。

「沒吃，等妳呢。」沈玉蓉坐到床邊，摸摸莊如悔的額頭，沒有發熱，就放心了。

莊如悔拿開她的手，勾唇一笑。「我沒大礙了，蓉蓉不要擔心。我想聽《紅樓夢》了，蓉蓉讀給我聽。夢裡我聽見妳唸書給我聽，聲音宛轉悠揚，好聽得很，還想聽聽。」

昨夜她醒來，從杏花口中得知，沈玉蓉不眠不休地照顧她，又感動、又高興，沈玉蓉這是在乎她呢。聽說謝衍之那廝打翻了醋罈子，心中更是得意，沈玉蓉果然還是最在意她。

沈玉蓉瞪她一眼。「為了讓妳早點醒來，我日日讀書給妳聽，嗓子都冒煙了。如今妳好了，居然還不放過我。」

莊如悔拍拍自己的腦袋，隨即拱手請罪。「小爺錯了，請夫人諒解。」

沈玉蓉也笑了，讓杏花擺飯。

不久，飯菜被端上來，莊如悔見不是沈玉蓉做的，有些失望，湊合著吃了，還說想吃沈玉蓉做的飯菜。

沈玉蓉笑了。「中午就做給妳吃。」

莊如悔摟著沈玉蓉，笑得眉眼彎彎。「就知道蓉蓉最好了。」

飯後，莊如悔在院中走了幾圈消食，便想回去休息。

沈玉蓉見她累了，也不勉強，扶她回屋，準備唸一段《紅樓夢》給她聽。

這時，敲門聲響起，沈玉蓉微怔。「是誰來了？杏花，妳去看看。」

杏花在掃雪，聽見沈玉蓉吩咐，答應著出去，隨後進來，說是林贇和孫贊，得了將軍的吩咐，來掃雪的。

沈玉蓉想了想，道：「妳和劉婆婆去鎮上看看有沒有肉和菜，我記得家裡的食材不多了。」中午要給莊如悔做頓好的，再招待林贇、孫贊等人。

杏花應聲，轉身出去了。

沈玉蓉拿起寫好的稿子，剛唸了兩段，杏花又回來了，還帶來兩個人。

不是別人，正是來看望莊如悔的長公主和莊遲。

莊如悔也驚訝。「娘，爹，你們怎麼來了？」

長公主見莊如悔躺在床上，下巴尖了，臉也瘦了，面色也不如以前紅潤，當即紅了眼，抱住莊如悔就哭。

「我的兒啊，妳受苦了。」

莊如悔安慰長公主，莊遲也在勸，讓她莫要哭，孩子看見該心疼了，他也心疼。

長公主止住哭聲，抬眸瞪著莊遲。「都怨你，我就說阿悔沒有出過京城，來邊關會受苦，被我說中了吧，這次差點連小命都保不住了。我就這麼一個孩子，你讓我怎麼活呀。」

莊如悔啞然。娘啊，您的意思是，孩子多了就任由我去死嗎？

沈玉蓉帶著杏花悄然出去，將屋子留給莊如悔一家三口。

兩人剛走到外面，就聽見莊遲認錯了。「都是為夫的錯，為夫當初應該攔著的。」

長公主用帕子拭淚。「行了，不是你的錯。阿悔的脾氣，咱們都了解，誰也勸不住。」

「就知公主大度。」莊遲扶著長公主坐到一旁。

莊如悔扶額。「娘，爹，你們是來看我的，還是來恩愛？你們兒子中毒，都快死了。」

長公主這才想起來意，見莊如悔沒事就忘了，忙問她的身子如何了？

「阿炎找來解藥，昨兒吃下了，應該死不了。」此刻莊如悔還不忘提及阿炎的功勞。

長公主這才想起阿炎，便問阿炎在哪裡。

莊如悔也不知，莊遲看她一眼，悄然退出去，打了個手勢，暗衛出現在跟前。

「世子如何中毒、又怎麼解毒的，你一一說清楚。」莊遲吩咐。

莊如悔中毒，差點丟了性命，暗衛本就自責，自然不敢瞞著，照實說了。

莊遲聽完，眸中閃過暗芒，揮手讓暗衛退下，自己進屋安慰莊如悔。

莊如悔一家其樂融融，沈玉蓉則去了廚房，準備做飯招待長公主和莊遲。這也帶著討好之意，誰叫莊如悔是因為她而中毒呢。

她給林贇一張銀票，吩咐他去鎮上採買肉菜，讓杏花和劉婆子留下幫忙。

「少夫人的手藝真好。」杏花喜歡看沈玉蓉做飯，每次看，都覺得是一種享受。

「妳若想學，我可以教妳。」沈玉蓉手中的動作略停，將白菜心掏出來，準備做開水白菜。雖然準備的工夫短，味道應該也不錯。

杏花說自己笨，學不會，又問來人真是長公主？這輩子能見到長公主，也算三生有幸。

沈玉蓉抬眸瞧著她。「妳是遇見妳家少夫人，才三生有幸吧。要不是遇見我，妳也見不到長公主。」

杏花忙點頭稱是，劉婆子也說自己幸運，能遇見沈玉蓉。

這時，謝衍之回來了，聞到香味，知沈玉蓉在下廚，來到廚房門口，見沈玉蓉果然在廚房裡忙，嬉皮笑臉地倚在門框上。

「娘子這是犒勞為夫嗎？」他方才看見長公主府的馬車了，就是不知來的是誰。

沈玉蓉撇撇嘴。「這次你可猜錯了，是長公主和宜春侯來了。阿悔是替我擋災，我若不露一手，怕你這將軍的位置坐不穩。」

「說來說去，還是為了為夫，為夫在這裡謝過娘子了。」謝衍之作揖行禮，又來到沈玉蓉身旁，問可有能幫忙的。

他話落，門又被敲響，沈玉蓉以為是林贇買菜回來，讓謝衍之應門，幫忙把菜拿進來。

謝衍之很聽話，轉身去了。

開門後，謝衍之一愣，驚呼出聲。「李院正，劉公公？」來人正是李院正和劉公公。

謝衍之驚訝，他們比謝衍之更驚訝。京城傳聞謝衍之死了，誰知活人就在他們眼前。

劉公公驚得合不攏嘴，指著謝衍之，結結巴巴的，險些不會說話了，半晌才反應過來。

「大公子，當真是你？」

李院正也盯著謝衍之看了又看。「不會錯，這眉眼、這鼻子、這嘴，就是謝家大公子。你這是死而復生了？」

謝衍之摸摸鼻子。「我沒死，傳言有誤。」說著請兩人進去。

劉公公話多，又喜歡沈玉蓉這個後輩，免不了開始嘮叨。「大公子沒死，大少夫人卻出京尋你去了，也不知流落到哪裡，可有吃苦受罪？」

謝衍之領他們進廚房。「人在裡面，您自個兒進去瞧瞧吧。」

劉公公好似知道他說的是誰，慌張進去，見沈玉蓉在做菜，激動得差點落淚。「大少夫人，您也在這兒，真好。」

沈玉蓉見是劉公公，也很驚訝。「您老怎麼來了？」

劉公公如實回答。「遼國欺咱們大齊無人，竟敢對莊世子下藥。皇上讓老奴來宣旨，要是討不到解藥，就對遼國開戰，不用客氣。」

他們一路往北，見百姓生活艱辛，餓死的、凍死的，全看在眼中。明宣帝仁慈，伺候他的人也沒有硬心腸的，自然怨恨遼國。劉公公也是窮苦人家出身，能體會百姓的苦楚，若非他們年年開戰，百姓們的稅賦也可少些，吃飽穿暖，便不會死人了。

謝衍之就等這句話呢。

李院正見謝衍之活著，沈玉蓉也在，想起此行目的，問莊如悔在何處，要替他把脈。

沈玉蓉忙著做飯，脫不開身，讓謝衍之帶李院正過去。

謝衍之不怕見長公主，帶著李院正去了。

第一百零八章

謝衍之帶李院正過去，莊遲一眼就認出他，笑著道：「你沒死？」

「侯爺果然睿智，這麼快便猜到我的身分。」謝衍之做了個請的姿勢。「不介意與我一起品茶吧？」

莊遲哈哈一笑。「榮幸之至。我隨口一說，你竟然承認了。現在我該喊你謝世子，還是沈將軍？」

如今，謝衍之不怕身分暴露，只要瞞著二皇子一派就好。長公主與王家有仇，自會替他隱瞞。

王家一直想拉攏東北軍，柳澧父子失蹤後，明宣帝居然直接把東北軍交給沈言。當初莊遲派人查過沈言的身世，家世太過清白，查不出一點錯處。

後來，明宣帝讓沈言當鎮軍大將軍，他就懷疑，沈言莫非是明宣帝早安插在軍中的人？只等柳澧出事，就可順利接手。

誰能想到，東北軍的掌舵人竟是京城有名的紈袴。不知明宣帝是否知情，還是故意讓謝衍之如此。

兩人沒走幾步，屋內傳來長公主的尖叫。「什麼，阿悔懷孕了，怎麼可能?!」

莊遲聞言，臉色大變，來不及跟謝衍之說一聲，轉身回去。

此刻，李院正跪在地上，身子抖得像篩子，額頭上浸滿了冷汗。

莊如悔見她娘激動，也坐起來，漫不經心道：「懷孕很奇怪嗎？」

跪在地上的李院正道：「世子，您這是什麼話？懷孕自然不奇怪，女人成婚後，就應該懷孕。可您不行啊，您是男子，還是未成婚的男子，怎會有孕！」他發現了皇家的秘密，能不能保住性命還未可知，他好難呀！

莊遲扶著長公主坐下。「怎麼不可能，妳忘記阿悔來邊關前的事了？」

被莊遲一提醒，長公主想起來，眸中帶著恨意，咬牙切齒道：「真是引狼入室。別讓本公主看見那兔崽子，若是看見，非扒了他的皮不可。」

「是是是。」莊遲應和著長公主的話，又對跪在地上的李院正使眼色。「起來吧，世子的毒解了，你替世子開些調理身子的藥，便回京覆命吧。」調理身子兩字，咬得格外重。

李院正是人精，當即起身，彎腰擦了擦額頭上的汗，幫莊如悔開了安胎藥，並保證守口如瓶，不會透露不該透露的。

莊遲點點頭，揮手讓他離開。

李院正如蒙大赦，提著藥箱，轉身走人。

莊遲對長公主道：「妳安慰安慰阿悔，說說注意的事，為夫找沈將軍說話。」

女兒有身孕，又中毒，差點丟了性命，幸好保住了肚裡的孩子。若孩子有個閃失，莊如悔的身子必然受到重創。

他想起多年前長公主生產那一日，太醫告訴他，長公主本就子嗣艱難，這次傷了身子，以後怕是不會懷孕了。

那一刻，他有些慶幸，慶幸長公主母女平安。他們已有了孩子，不要也罷。

如今，有人敢傷害他的阿悔，險些讓阿悔丟了性命，就應該付出代價。

長公主點頭答應，扯著莊如悔的手，讓她躺下，說她是雙身子的人了，不可再胡鬧。

「嗯，我知道，我一定不胡鬧了，定會聽您和爹的話。」莊如悔把手放進錦被裡，只露出一顆頭，說話也嬌嬌軟軟的，沒有平日的豪放。

這一刻，莊如悔像極了女兒家，一臉嬌羞，想像著未出世孩子的模樣。會是男孩，還是女孩？若是男孩，會不會像阿炎；若是女兒，會不會像她？

莊遲見莊如悔犯傻，不忍直視，出去找謝衍之了。

莊遲見了謝衍之，直接說出此行的目的。

「老夫此生只有阿悔一個孩子，從小到大，沒讓她受過委屈。你明白我的意思嗎？」

謝衍之自然明白，卻假裝不明白。「對世子下藥的是舒家人，據說那女人前幾天死了，舒家也搬回原來的地方，如此世子的仇也算報了。」

莊遲冷笑道：「小魚小蝦的，老夫還看不上眼。聽聞毒是遼國的，老夫就不繞彎子了，我願資助你百萬糧草，你可願幫我報仇，讓遼國丟幾座城池，順便取了耶律珠的命？」

謝衍之摸摸下巴，一臉為難。「不是在下不願意幫忙，實在是無能為力。食君俸祿，為君分憂，如今大齊準備與遼國議和，在下若違抗皇命，怕性命不保。」

「這個你無須擔憂，老夫來之前，見了皇上，他也贊成。」莊遲面向北方，眸中噙著寒意。遼國人敢欺辱他的女兒，不滅了他們，已經是給遼國面子了。

見莊遲已解決了他的後顧之憂，謝衍之就不怕了。他也想為沈玉蓉報仇，耶律珠敢動他的女人，就給他等著。

莊遲見謝衍之答應，從懷裡掏出一疊銀票。「這是酬勞。記住你答應老夫的事。」

謝衍之也不矯情，接過銀票，揣入懷中。「侯爺放心，我以謝家滿門的性命作保，絕不食言。」

莊遲拍了拍他的肩膀，轉身回屋。

謝衍之滿臉喜悅，宜春侯和長公主果然大方，有了這些銀票，就能把遼軍趕回老巢，再不敢侵犯大齊領土。

於是，他去了廚房，見沈玉蓉做了不少菜，簡單吃些，囑咐她待在家裡，莫要出去，便回了軍營。

謝衍之回到軍營後，喚來大小將領，部署一番，夜裡便帶人火燒遼軍糧草，將遼軍打得落花流水。

耶律珠沒想到謝衍之偷襲，用劍指著謝衍之，說他卑鄙，欺君犯上。明宣帝都答應議和了，他居然還出兵，這是不把明宣帝放眼中。

謝衍之穩坐在馬上，火光映照中，面目冷凝。「到底是誰卑鄙？妳下毒在先，欲害我娘子，我只對妳小懲一下，就說我卑鄙。對了，忘了告訴妳，妳的毒被長公主的獨子莊世子誤食，如今他昏迷不醒，生死不知，我朝皇帝震怒，不打算求和了。妳沒想到吧，一個小小的舉動，會害得遼軍將士無辜喪命。妳這樣的人也配為將？真是可笑。」

「你說謊，你看不慣我，栽贓陷害。」耶律珠惱羞成怒。沒想到舒煙煙成事不足，敗事有餘，竟對莊如悔下毒，真是蠢笨如豬。

一言未了，一支利箭飛來，耶律珠想躲，卻沒及時躲開，箭直接沒入她的肩胛骨。

遼軍見耶律珠受傷了，趁亂護著耶律珠離開。

射箭的不是別人，正是阿炎。

為了替莊如悔報仇，他不顧自身安危，非要上戰場，為的就是親手殺了耶律珠。

他見耶律珠沒死，想追上去，被謝衍之攔住。「窮寇莫追。一下子打死多沒意思，慢慢玩，才有趣。」

他要奪遼軍城池，讓耶律珠追悔莫及。敢傷害他娘子，就將脖子洗乾淨，等著他索命！

耶律珠敗走，大齊又攻占遼軍兩座城池。

遼國求和，明宣帝以遼軍毒害皇親，不敬皇室為由拒絕了。

謝衍之帶兵，又攻下三座城池。遼軍前後失去數座城池，退至關外死守。

兩國局勢緊張，沈玉蓉的小院也格外熱鬧。

莊如悔得知自己有了身孕後，開始害喜，吃什麼吐什麼，有時候連喝口水都能吐出來。長公主和莊遲心疼極了。在邊關到底不如京城方便，連溫泉莊子都沒有，想吃點新鮮蔬菜都難。

於是，沈玉蓉想出一個主意，讓人做了十幾個木箱子，填上土跟菜苗，放進屋裡，燒上炭火，竟也長出了小苗，有巴掌高。

沈玉蓉割了些韭菜，包幾個餃子給莊如悔吃，味道鮮美，莊如悔居然沒吐，讓長公主和莊遲很是高興。

莊如悔一個勁兒誇讚餃子好吃，還說孩子長得好，都是沈玉蓉的功勞。

沈玉蓉坐在她對面，手撐著下巴看她。「知道我的好就行。先說好，等妳的孩子生下來，我要當乾娘。」

「想當娘，自己生一個去，你們那個醋缸一定很樂意。」莊如悔夾起一顆餃子，沾了許多醋，放進嘴裡也不覺得酸，吃得津津有味。

沈玉蓉看著都覺得嘴裡酸到流口水了。「妳這一胎是兒子？都說酸兒辣女。」

「誰知道呢，我爹說，我娘懷我的時候也愛吃酸的，這不準。」莊如悔繼續吃餃子。

沈玉蓉又乘機提想當乾娘的事。莊如悔依然不答應。

這時，羅俊玉走進來，倚在門框上，滿臉嫌棄。「小孩子有什麼好，就知道哭，看著就心煩。」

沈玉蓉送給他一個白眼。「你這種光棍不懂。」

莊如悔斜眼看羅俊玉。「我在京城也認識不少姑娘，要不幫你介紹一個。等你有了孩子，就知道孩子好不好了。」

羅俊玉搖頭出去，說他不要，要娶也是娶他喜歡的。

等他走遠，莊如悔便問沈玉蓉。「妳有沒有發現，羅俊玉對妳有意思，目光總是不經意看向妳。」

「瞎說什麼，快吃飯吧。等孩子出生了，我就是他乾娘。妳若不願意，現在就回京城，我不伺候妳了。」沈玉蓉捏了一顆餃子，塞進莊如悔嘴裡。

莊如悔笑了，撫摸肚子，對孩子道：「你這個乾娘真霸道，就沒見過這樣的人。」

長公主和莊遲見女兒在邊關過得開心，便不催促她離開。

回了京城，別人就會發現莊如悔懷孕，莊家少不得鬧事，還是等莊如悔生產後再回去。就說是莊如悔在外面的孩子，抱回來撫養，有他們看著，別人也不敢置喙。

第一百零九章

陪了莊如悔一會兒，沈玉蓉看看天色，快到午時，準備去做飯。

她剛進廚房，謝衍之回來了，見她忙活，眉頭緊鎖。「不是有杏花和劉婆婆嗎，為何妳要日日做飯？」他捨不得她操勞，她倒好，一點都不心疼自己。

「左右也無事，打發時間。再說阿悔喜歡吃我做的飯，如今她害喜厲害，我只能做些可口的給她送去。」沈玉蓉將焯好的排骨放進盆裡。

謝衍之吃味。「又是莊如悔。長公主和宜春侯快回京了，把她打包帶回京城，別在這裡欺負我娘子。」他捨不得讓沈玉蓉幹活，這個姓莊的倒是捨得。

沈玉蓉仰臉笑了。「我做的飯，你不喜歡吃？」

謝衍之走過來，自然而然攬住她的腰。「妳做的，我當然喜歡。如果娘子只做給我吃，我會更喜歡。」

杏花和劉婆子在一旁看著，抿唇笑了。

沈玉蓉臉頰一紅，扯開謝衍之的手。「有人在，別鬧。」

「那咱們回房。」謝衍之的手又伸過來，緊緊攥著沈玉蓉的腰肢。

「你這色胚。」沈玉蓉哭笑不得，怒罵一聲。

謝衍之鬆手朝外走。「我去換身衣服。」還有一些事得找莊遲商議。

齊鴻旻寫信來，要他偷偷帶兵回京，這是想反了。

莊遲聽謝衍之說完齊鴻旻交代的事，臉色凝重幾分，看來必須回京了。

他想了想，看向謝衍之。「二皇子還不知你的身分，你若回京，不就暴露了？可有應對之法？」

謝衍之早想好了，阿炎整日戴著面具，除了長公主幾人，幾乎無人見過他的真容，兩人身形相似，就讓阿炎假扮他回京。

這時，阿炎出來，向莊遲行禮。

莊遲一看是阿炎，二話不說給他一拳，冷冷出聲。「你可知阿悔有了身孕？」

「什麼？」阿炎震驚，莊如悔懷孕了，是因為那一晚嗎？沒人告訴他，他也不知道，幽怨地問謝衍之。「將軍可知世子有孕？」明知莊如悔有孕，卻不告訴他。

謝衍之摸摸鼻子，臉不紅、心不跳的。「女兒家的事，我如何知道？再說了，世子懷孕，我為何要告訴你，難道孩子是你的？」

阿炎語塞，莊遲冷哼道：「孩子是莊家的，與你無關。」臭小子欺負他女兒，等著瞧。

這時，有隻鴿子飛來，盤旋片刻落在院中。

謝衍之捉住鴿子，從牠腿上取下一只小竹筒，掏出裡面的字條看，隨即臉色大變。

「皇上重病。」

明宣帝正值壯年，怎麼會忽然病倒？其中定然有蹊蹺。

莊遲不敢耽擱，轉身去了莊如悔的院子，找長公主商量此事。

長公主聽了，大罵王家人狼子野心，當即收拾東西，囑咐莊如悔好好養胎，與莊遲離開山海關。

阿炎帶了一隊人，也跟著回返京城。

他們走後，沈玉蓉照常做飯，莊如悔依舊養胎。邊關倒是太平，京城卻人人自危，暗潮湧動。

長公主出京後第二日，明宣帝就病倒，病情來勢洶洶，太醫院最好的院正不在，其他太醫束手無策。

京城王家獨大，齊鴻旻監國，短短半月換掉好幾個人，其中包括大理寺卿和沈父。

沈家並未被抄，沈父只被罷官，禁足在家。

長公主和莊遲得知明宣帝出事，日夜兼程趕回京城。本來半個月的路程，僅用了七日。

如今，明宣帝的寢宮外都是禁軍，包圍得嚴嚴實實，連隻蒼蠅也飛不進去。

長公主知道密道，從密道帶著李院正和劉公公進宮，幫明宣帝看病，才知明宣帝不是病倒，而是中毒。

劉公公在一旁抹淚，他才離開不到一月，這些人就想要明宣帝的命，還是至親之人，真真是心疼，難怪明宣帝只喜歡齊鴻曦，雖然他心智不全，卻對明宣帝一片孝心。

李院正回去後，幫明宣帝配出解藥，由長公主和莊遲帶人送進去。

明宣帝醒來，才知朝堂發生了變化，痛心疾首，指著門外罵道：「都是王家那個賤女人，朕吃了她送的蓮子酥就病了。起初只是咳嗽，像是傷風，太醫院也沒查出什麼，只說偶感風寒，誰知竟是中毒。」不是毒藥高明，就是太醫院的人被王家控制了。

長公主端了杯水給他。「聽聞太后已經回宮了，你打算怎麼做？」

明宣帝冷笑。「還能如何？該如何，便如何。」

有了明宣帝授意，長公主和莊遲帶了人，打退外面的禁軍。

王太后和王皇后聞聲趕來，正好被長公主的人圍住。

長公主和劉公公扶著明宣帝坐下，見王皇后和太后都來了，開口質問。「母后，兒臣當真是您親生？」哪有親娘會要兒子的命。

王太后裝糊塗。「皇帝說些什麼？哀家不明白。你病重，哀家趕回來看你，自認為盡了做母親的責任。」

「朕是心軟，但不傻，生病和中毒還是分得出來。」明宣帝起身，顫顫巍巍，一步一步走向王太后，悲痛的眼神盯著她，想從她臉上看出幾分心疼，可惜沒有。

若非他的長相有幾分像王太后，他都懷疑他是別人生的，天下真有這樣狠心的母親。

「王家與二皇子欲圖謀不軌。」明宣帝道。

他的話未說完，王皇后撲通跪地求饒。「皇上，這些都是妾身做的，與旁人無關，您要懲罰，就懲罰妾身吧。二皇子、太后和王家均不知情。」

長公主回宮，明宣帝醒來，這件事不能善了，總得有人出來頂罪。

王太后是明宣帝的母親，虎毒不食子，若王太后要殺明宣帝的事傳出去，王家和皇室都會成為笑話。齊鴻旻是她身上掉下來的肉，不能出事；王家是齊鴻旻的助力，已經風雨飄搖，岌岌可危，更不能有萬一。

所以，這個罪人只能是她。

「妳？借給妳天大的膽子，妳也不敢謀害朕。」明宣帝勾唇，譏諷地看王皇后一眼，目光又落到王太后身上。「母后，您信嗎？」

王太后緊緊盯著明宣帝，半晌才道：「既然她認了，信不信有何關係？」

這時，莊遲從外面進來，身後跟著一個老婦人。

明宣帝知他有話說，便問有何事。莊遲指了指身後的婦人，對王太后道：「太后娘娘，您可還記得她？」

婦人緩緩抬頭，雖已過去多年，眉眼間還有往日的影子。

待看清來人的長相，王太后瞳孔一縮，踉蹌往後退了幾步。「怎麼是妳？」

婦人笑了。「太后以為奴婢死了？可惜，老天爺開眼，奴婢沒死，還進了宮。」

明宣帝一頭霧水。「這到底怎麼回事？」隱約猜到與他的身世有關。可他長得像王太后，難道他不是太后親生的？

婦人跪下，向明宣帝磕了一個響頭。「小主子，奴婢是王昭儀的貼身侍女。當年太后一直不曾有身孕，為了固寵，讓奴婢的主子進宮。她是王家旁支，進宮不久就有了身孕，十月懷胎生下一子，那孩子便是您啊。」

原來，當年王太后選了王家人進宮，就存了去母留子的心。等王昭儀生下孩子，就來個血崩而亡。但這些都是猜測，沒有確切證據。

王太后得了孩子，地位鞏固，被封為貴妃，誰還記得王家旁支的女兒。

明宣帝不敢置信，因為中毒，身子虛弱，神情有些恍惚，卻堅持著不倒下，肅穆地盯著王太后。

「她說的可是真的？」

王太后冷笑。「你都認定了，何須問我？無論如何，你身上流著王家的血，不可讓王家覆滅，否則百年後如何見你的生母？」這是承認了老婦人的話。

明宣帝又問王太后，他的生母可是被她害死？

王太后搖頭。「我本想送她出宮，讓她與心愛的人雙宿雙飛。可惜，她生下你後血崩，當夜就去了。」

明宣帝冷笑。「好一個王家。」

王皇后怕明宣帝找王家算帳，起身朝不遠處的柱子撞去，抱了必死的決心，一頭撞死。

這一切發生得太快，所有人未反應過來，反應過來時，王皇后已經氣絕身亡。

王太后明白王皇后的用意，這是為了保全齊鴻旻和王家。「她下毒害你，人也死了，這件事就算了吧。」

「您想得太好了。」

以前，明宣帝顧忌王太后的面子，是以為她是親娘。大齊以孝治天下，他不能不孝。如今知道王太后不是他的生母，如何還能忍，當即幽禁她，終身禮佛，又將王家的大小官員貶為平民，齊鴻旻貶去看守皇陵，無召不得回京。

謝衍之接到消息，心裡冷笑。王家被貶為庶人，齊鴻旻看守皇陵，這一切還遠遠不夠。他飛鴿傳書給阿炎，讓阿炎去見齊鴻旻，告訴齊鴻旻莫要灰心。這次東北軍未能幫上忙，是因為長公主回京太快，他的大軍未到。下次誰輸誰贏，還未可知。

齊鴻旻得到承諾，不氣餒了，連夜收拾東西，離開了京城。阿炎也帶兵回山海關。

至此，王家在京城銷聲匿跡了，但並未抄家，根基還在。還有齊鴻旻的眾多黨羽，也沈寂了，似乎在等待下次的反撲。

第一百一十章

年關將近，沈玉蓉開始準備過年的東西，買了不少雞鴨魚肉。

沈玉蓉問莊如悔想吃什麼，能買的都買回來。

莊如悔吃什麼吐什麼，根本沒有胃口，讓沈玉蓉看著買。

「看見妳這樣，我都不想要孩子了。」沈玉蓉從不知懷孕會如此辛苦。

莊如悔吃著冷柿子。「這件事妳說了不算。前些日子，妳還想當我孩子的乾娘呢，如今自己不想要孩子了？」

「不用我生，我很樂意。」沈玉蓉飛針走線，想替莊如悔的孩子做雙鞋子，可怎麼也做不好，她女工是真的不行。

「生孩子危險，妳還是別生了。」說話的是羅俊玉，喝茶吃著點心，臉上盡是滿足。

謝衍之打開簾子進來，聽見這話，抬腳朝羅俊玉踢去。「瞎說什麼呢，一個光棍，有你說話的分嗎？」

羅俊玉好似知道謝衍之要打他，端著點心盤子退開，閃過謝衍之踢過來的腳，笑嘻嘻道：「女人生孩子危險，半個身子踏進鬼門關，你捨得她受委屈？」

「烏鴉嘴，就你胡說！」阿炎進來，聽了這話，抬手要打羅俊玉。

羅俊玉不服氣了。「討論孩子的事呢，關你什麼事？」謝衍之看他不順眼也罷了，住在人家的地盤上，不得不低頭。

阿炎面不改色地說：「我是孩子的爹。」看向莊如悔，但莊如悔連一個眼神都沒給他。

羅俊玉腦子裡只有這句話，沒發現阿炎的動作，驚悚地指著沈玉蓉的肚子。「妳紅杏出牆，為何伸到他家去？我長得也俊，為什麼不到我這裡來？」

謝衍之聞言，抬手朝羅俊玉揮拳。羅俊玉早防備著他，轉身掀開簾子跑了。

出了莊如悔的屋子，謝衍之抱著沈玉蓉進內室，將人放到床上，自己躺在一旁。

「咱們別要孩子了。」

莊如悔的反應，他看在眼裡，捨不得沈玉蓉受苦。

沈玉蓉笑了，側身摟住他的脖子。「娘等著抱孫子，你捨得讓她傷心？」

「我更捨不得妳受罪。」謝衍之撫摸著沈玉蓉的頭髮。「再說，謝家又不只我一個孩子，瀾之、清之都可傳宗接代，沒必要非我不可。」

「不怕別人笑話？」沈玉蓉撫摸他的眼睛，多情的桃花眼熠熠生輝，怎麼都看不夠。

「不怕，妳要是想要孩子，咱們抱一個，或者以後從二弟、三弟家過繼一個，也不是不可以。」謝衍之抓住她不老實的手，親了親。

沈玉蓉噘嘴。「可是我想要自己的孩子。」

謝衍之伸手把她摟進懷裡。「現在就給妳。」捉住嬌豔的紅唇，使勁親了幾口。

這一夜，兩人折騰一宿。臨近天亮，謝衍之才摟著懷裡的人睡下。

翌日一早，謝衍之吃完早飯，去找軍醫把脈，想看看他是否有疾。

軍醫診了脈，說他的身子很好。謝衍之便乘機說了，他與沈玉蓉同房三月有餘，沈玉蓉卻不見有孕，是何原因？

軍醫說原因很多，到底是什麼緣故，要把脈後才知道。

謝衍之想著，沈玉蓉還在睡，便帶著軍醫回家，偷偷替沈玉蓉診脈。

診了脈，軍醫悄悄對謝衍之道：「早些年少夫人吃了不該吃的東西，子嗣艱難，恐難有孕，將軍做好準備。」

謝衍之震驚。「可會損害她的身子，是否有法子調理？」沈玉蓉一直想要孩子，若知道自己不能生，該有多難過。

軍醫搖頭。「就是不能有孕。即便調理，一、兩年也不見得有效果。」

杏花見沈玉蓉還未醒，過來看看，見謝衍之帶來軍醫，便問可是沈玉蓉病了？

「少夫人無礙，今日之事不可告訴她。」謝衍之吩咐一句，帶著軍醫離開。

杏花覺得莫名其妙，卻不敢違背謝衍之的意思，沒敢多說。

沈玉蓉醒來，已經過了午時，吃完午飯，就開始燉肉。今兒是臘月二十八，再過一日就是除夕，明天要剁餃子餡。

杏花跟在沈玉蓉身後，幾次想開口，想起謝衍之的吩咐，不敢造次，便憋著沒說話。

沈玉蓉走在前面，沒看見她的表情，進了廚房就聽劉婆子說：「少夫人身子可不適？」

「沒有啊，我身子好得很，妳怎會如此問？」沈玉蓉有些納悶。

劉婆子笑著道：「方才看見將軍領著軍醫去了您的院子，還以為您身子不適呢。」

沈玉蓉滿腹疑雲，謝衍之帶著軍醫去她的院子，為何沒告訴她？想起昨日要孩子的事，便懷疑是她有病，謝衍之瞞著她。

沈玉蓉帶著懷疑，等謝衍之回來，便開口問：「你帶軍醫去了我的院子？」

謝衍之夾菜的手僵了一下，隨即仰起臉。「妳不是想要孩子嗎？我讓軍醫幫妳診診脈，若是有病，及時治療。」

不等沈玉蓉說話，謝衍之又道：「不是妳的問題。回去後，我突然想起，小時候調皮，傷了某處。妳放心，這能看好，不耽誤妳要孩子。」說著，幫她夾了一筷子菜。「吃菜，為夫定能讓妳抱上孩子。不過呢，得等幾年。」如果幾年後還是沒孩子，就抱養或過繼一個。

沈玉蓉不傻，不相信謝衍之的話。

謝衍之怕她多想，放下筷子，伸手抱起她，朝屋內走，嬉笑著。「許是為夫不夠努力，多努力可能會有。」

「天還未黑。」沈玉蓉掙扎著要下來。

謝衍之怕她追根究柢，哪能讓她如願，飯也不吃了，折騰了兩個多時辰。

等沈玉蓉累得睡著，他才躺在一旁，摸著她的肚子，自言自語。「沒有孩子也不要緊，我會一直守著妳、陪著妳，至死不渝。」說罷，將她摟入懷中，半晌後放開，回飯廳吃飯。

他剛走出屋門，見羅俊玉站在院中，有些驚訝。「你怎麼還沒走？」

羅俊玉眉心緊擰。「你不後悔？」

「後悔什麼？」謝衍之越過羅俊玉，朝飯廳走去。

「孩子。」羅俊玉跟在謝衍之身後。

謝衍之停下步子，回頭看羅俊玉。「為何要後悔？我娶她回家，只為愛著、寵著，不是用來傳宗接代的。」

羅俊玉動容，半晌道：「記住你說的話。」若敢負她，他就帶她離開，讓謝衍之再也尋不到她。

謝衍之沒理他，轉身走了。

京城，謝家莊子裡熱鬧非凡，今兒是謝淺之出嫁的日子。

謝夫人看謝瀾之揹謝淺之出門，眸中含淚。「希望我們的選擇是對的，淺之能幸福。」

許嬤嬤扶著謝夫人，說著寬慰的話。

謝夫人想起了沈玉蓉。「不知玉蓉和衍之如何了，兩人在一起的日子不短，肚子揣上孩子沒有？」

「大少夫人是有福之人，定能兒孫滿堂。」許嬤嬤安慰著。

謝家這邊熱鬧，鄭家這邊更熱鬧。鄭勉的親戚雖不多，但他是明宣帝看重的人，想攀關係的都來了，擺了二十幾桌席面。收的禮更是多不勝數，鄭母這輩子都沒見過這麼多東西。禮物有長公主府送的、沈家送的，還有齊鴻曦跟明宣帝派人送的，四皇子齊鴻昱的母族、齊鴻曜的母族也送了東西，連劉公公也讓人送來賀禮，林林總總堆了一間屋子。

鄭母看著滿屋子禮物，沒有高興，反倒不安，想著等謝淺之進了門，讓她處置。謝淺之畢竟是侯府千金，見過世面，知道該如何處理這些東西。

鄭勉陪了一輪酒，他在京城沒有要好朋友，無人替他擋，喝了不少，臉頰都紅了。

謝瀾之和謝清之怕耽誤姊姊洞房，請齊鴻曜出來擋酒。

齊鴻曜一出來，別人不敢再勸，只能放鄭勉回去。

新房內，謝淺之坐在床上，頭上頂著紅蓋頭。

秋兒端著碗從外面進來。「謝姊姊，妳餓了嗎？爹讓我給妳送些吃的。」

翠蕓噗哧笑出聲，走過來接住碗，摸摸秋兒的頭。「小公子，大姑娘嫁進了鄭家，是你的母親，萬不可再喊姊姊了。」

秋兒神色一喜，脆生生喊了聲娘。他從小沒娘疼，早想要一個娘了，還是喜歡他，也是他喜歡的，高興得作夢都會笑醒。

「大爺，您是不是醉了？」外面傳來下人的聲音。

鄭勉擺擺手，來到了門口。「我沒醉，你們都出去。」

翠蕓聽見鄭勉的聲音，領著秋兒出來。鄭勉摸摸秋兒的頭，讓他去找鄭母歇下。

秋兒不樂意，非要跟謝淺之睡。他從小到大都沒跟娘親睡過呢，他想讓娘親摟著。

鄭勉嗤笑，彎腰在他屁股上拍了一巴掌。「小兔崽子，等你長大了，摟著你媳婦睡去。」裡面的人是他媳婦兒，不准任何人碰。

秋兒癟嘴想哭，翠蕓趕緊拉著他往外走，說男女七歲不同席，他已經長大了，不能再跟著娘親睡，否則別人該笑話他了。

哄走秋兒，鄭勉進屋，關上門，喊了聲娘子，繼續往內室走。

謝淺之坐在床邊，內心忐忑，又帶著期盼和嬌羞。

鄭勉來到她跟前，雙手揭開蓋頭。謝淺之眼前一亮，杏眼含情脈脈看著鄭勉。

鄭勉的一顆心都軟了，軟得一塌糊塗，坐到謝淺之身邊，緊緊摟著她，說話結結巴巴。

「淺淺，我終於娶到妳了，老天爺果然善待我。」

謝淺之笑了，掙開他，緊緊盯著他看。「哪裡是老天爺善待你，明明是我善待你。」

鄭勉點頭，臉上浮現傻笑。「淺淺說得對，是妳善待我。能娶到妳，是我幾輩子修來的福氣，定會好好珍惜，絕不會讓妳受一絲委屈。」

「記住你今日說的話。」謝淺之見他有些醉了，走到桌邊端著合巹酒回來，遞給鄭勉一杯。「喝了這酒，咱們就是夫妻了。」

兩人喝了交杯酒，寬衣歇下。

翌日清晨，謝淺之感覺旁邊有人看著她，猛地驚醒。見鄭勉含笑望著她，才想起昨日嫁人了，眼前這個男人是她的夫君。

鄭勉也感覺有人在看他，睜開惺忪的眼笑了。「娘子，早。」

偷窺被人發現，謝淺之羞得鑽進錦被中。

鄭勉扯了扯錦被，沒扯動，笑了。「娘子，出來吧。為夫任妳看，想看多久都行。」

謝淺之臉頰爆紅，更不敢出來。「時辰不早了，夫君快起床。」

鄭勉也知她害羞，不再逗她，起身穿戴好，便要幫謝淺之穿衣服。

謝淺之更不敢出來，要鄭勉出去，讓翠蕓進來伺候。

鄭勉怎能如她的願，眼前這個姑娘是他心心念念的，想把她捧在手心裡疼著寵著，當然是要由他來伺候了。

第一百一十一章

數月後，莊如悔生下一子。雖然生產時有些凶險，幸好母子均安。

沈玉蓉抱著孩子，看著床邊的莊如悔，聽著李院正說話，滿臉含笑。

「產婦身子如何，可有傷著？」

「世子身體的底子好，並無大礙。調養幾個月，還能再生幾個。」來看診的是李院正。他醫術好，長公主和莊遲不放心莊如悔，就把人送來了。

莊如悔見沈玉蓉喜歡孩子，卻沒有身孕，便對李院正道：「你幫少夫人看看，她成婚快一年，該有個孩子了。」

杏花和劉婆子也希望李院正替沈玉蓉瞧瞧，殷切地朝李院正看去。

沈玉蓉以為是謝衍之不能生，怕別人發現謝衍之的秘密，讓他面子上過不去，便不準備看，逗弄著孩子，漫不經心地開口。

「要孩子看緣分，緣分天定，還是再等等吧。」

李院正是過來人，見沈玉蓉推辭，怕她身體有疾，捋了捋鬍鬚，笑吟吟道：「少夫人可不能諱疾忌醫啊。老夫也擅長婦科，幫少夫人看看不費事。」

沈玉蓉推辭不過，只能讓李院正診脈。

李院正將手指搭在沈玉蓉的皓腕上，過了片刻，表情凝重起來。「少夫人月事不準，量少且有血塊，還腹痛難忍？」

沈玉蓉點頭，心中默默稱讚李院正的醫術，又聽李院正道：「少夫人年幼時，可曾吃了不該吃的東西？」

「不該吃的東西？」沈玉蓉想了想，搖搖頭。「應該沒有。」

李院正讓她再想想，這東西是大寒之物，可致使女子不孕。

莊如悔聽出端倪，道：「有話快說，別藏著掖著的。」

李院正說了實話。「少夫人幼時服用過禁忌之物，這才不孕。」

「可有辦法醫治？」沈玉蓉大驚，這才知道是謝衍之騙了她。什麼小時候受傷，分明是不想讓她傷心，真是個傻子。

李院正嘆口氣。「難，調養兩、三年，也不一定有效果。」這話是好聽的，難聽的是，沈玉蓉這輩子很難有孩子。

沈玉蓉也知李院正是寬慰她，心下一沈，渾身力氣彷彿被人抽走，呆呆愣愣。

莊如悔、杏花和劉婆子趕緊勸慰幾句，但沈玉蓉仍沈浸在自己的世界，半晌才抬頭，忍住眸中的淚意問：「真的一點法子都沒有嗎？」

「我替少夫人開個藥膳方子調理。是藥三分毒，還是莫要吃藥了。藥膳見效慢，療效卻好，長期服用，或許會有奇蹟。」李院正開了方子，交給劉婆子，讓她去抓藥，放在粥裡。

劉婆子接過方子，應聲出去，去鎮上抓藥。

沈玉蓉見其他人同情地看著她，眼中還帶著擔憂，唇角勉強扯出笑容。「為何這樣看我，李院正不是說了，會幫我調理身子的。」

她說到這裡，也說不下去了，藉口累了，把孩子放回床上，囑咐杏花和劉婆子看著，轉身出去。

沈玉蓉出了門，羅俊玉跟在她身後，想寬慰幾句，卻不知該如何說，只能默默跟著。

等沈玉蓉回到自己的院子，羅俊玉才開口道：「我可以給妳一個孩子的。」

沈玉蓉聽了，猛地轉身，抬手往他頭上打了一巴掌。「你想什麼呢？」就算她和謝衍之沒有孩子，也不會找別的男人生。

羅俊玉知她誤會了，勾唇一笑。「妳想到哪裡去了？我是說，出去撿個孩子，或買個孩子回來。」怕沈玉蓉又打他，往後退了幾步。

「我累了，要休息，請你離開。」沈玉蓉丟下這句話，進屋關門，拍了拍臉，暗道自己好丟人，怎麼會想岔了。

羅俊玉盯著緊閉的門扉，摸了摸下巴笑了。

這時，謝衍之走進來，見羅俊玉站在門口，跟門神似的，眉頭緊鎖，神情不悅。「你怎麼在這裡？」

方才杏花去軍營喊他，說沈玉蓉知道了自己不能懷孕的消息。

謝衍之來不及多想，放下手中的事趕回家，孰料竟在這裡看見羅俊玉。

羅俊玉轉身，雙手環胸，盯著謝衍之。「你早就知道是不是？」

謝衍之略微沈思，便知他說什麼，越過他，冷哼一聲。「這是我們夫妻之間的事，與你有何關係？」

羅俊玉笑了。「方才我說我可以給她一個孩子，你猜怎麼著？」

謝衍之聽了，轉過身，一言不發，手朝羅俊玉臉上揮去。

羅俊玉早有防備，朝後彎腰，躲過謝衍之的襲擊，側身跳到一邊。「不愧是夫妻，連反應都一樣。」

謝衍之聽出羅俊玉的打趣之意，不跟他計較，轉身回屋。

「蓉蓉，妳在嗎？妳夫君回來了，也不知道出來迎接一下。」

謝衍之說完，見沈玉蓉從內室出來，憤怒地瞅著他。

謝衍之上前幾步，把她圈入懷中，滿臉笑意。「這是怎麼了，誰惹妳不高興？告訴我，我替妳揍他，是不是姓羅那廝欺負妳？」他早手癢了，羅俊玉成日在眼前晃，看著就礙眼。

沈玉蓉聽到這話，聲淚俱下，摟住謝衍之的脖子，趴在他懷裡。「你為什麼對我這麼好？我不值得。」說著，淚流得更凶。

謝衍之收緊手臂，親了親她的額頭。「不要多想，我愛妳，跟孩子無關。」

「可是……」沈玉蓉一言未了，嘴就被謝衍之堵住，親了好一會兒才放開她。「哪來這麼多可是。再說了，李院正不是說過，好好調理身子，總會有的，我不信命運對咱們如此不公。如果真的沒有孩子，咱們就抱養一個，不是都說好了嗎？」

沈玉蓉心中還是忐忑，自古男子三妻四妾，即便有兒子傍身，還不一定能籠絡男人的心。她與謝衍之沒有孩子，真能長長久久，白頭偕老？

謝衍之見她垂眸，不知在想些什麼，道：「妳可還記得幼時的事？妳不可能無故不能有孕，可是有人給妳吃了什麼東西？」

沈玉蓉也想過這個，可想來想去沒有答案。但她依稀記得一件事，十四歲那年，她病了，是沈玉蓮幫她熬藥，其他再沒有可疑之處，便把這事告訴謝衍之。

謝衍之把她抱到床上。「我知道，我會查清楚，定會幫妳討回公道。」早聽說這朵白蓮花不喜他娘子，還百般算計，沒想到竟害得娘子傷心，害他們斷子絕孫，真是可惡。

一會兒後，謝衍之哄睡沈玉蓉，見羅俊玉還抱著劍站在院中，有些不喜，正準備趕人，就聽羅俊玉問：「你打算怎麼辦？」

「這是我家的事，與你無關。」謝衍之不希望羅俊玉插手，這個仇他會報。

羅俊玉嗤笑。「你打算如何報仇？那人畢竟是她的姊姊，是沈家的女兒，若因此得罪了沈家，你們心中都會有疙瘩。」停頓一下，看著屋內。「這件事交給我吧，定會給你一個滿意的交代。」他手上的人命不少，不差這一條。敢傷害她的人，都得死。

謝衍之阻止羅俊玉，要他不可胡來。這事尚未有定論，若查出真是沈玉蓮做的，他絕不姑息。

羅俊玉拔劍對著謝衍之，道：「你也不適合回京城。我許久不曾回京，去看看二皇子。」順便解決了欺負沈玉蓉的人。

謝衍之見他堅持，也不勉強，拍拍他的肩膀。「多謝。」第一次對羅俊玉表現出善意。

羅俊玉著實不習慣，收起劍笑了。「真想感謝我，就把她讓給我如何？」

謝衍之抬手要打他，羅俊玉退後幾步。「走了，不要想我。」話落，施展輕功離去。

等謝衍之和羅俊玉離開，沈玉蓉推開門，抬頭望了望，只見金烏西墜，朝霞滿天。

這會兒，謝衍之應該在軍營吧，杏花和劉婆子也要做飯了。莊如悔坐月子，不會出來。

沈玉蓉回屋找出紙筆，寫了一張字條，言明她出去走走散心，讓謝衍之勿念。

隨後，她去了馬廄，牽了一匹馬，跨上馬離開。

走了十幾里，她勒住韁繩，突然不知該去哪裡。

這時，遠處傳來一陣鐘聲，悠遠飄渺，顯得若有似無。

沈玉蓉閉上眼細聽，煩躁氣悶的心情好了許多，便調轉馬頭，朝鐘聲傳來的方向而去。

謝衍之不放心沈玉蓉，心緒不寧，把軍營的事處理好，就回家去，見院子裡靜悄悄的，抬步進來，搖頭失笑。

「看來是真累了，這會兒還沒醒。」

他推門進去，見桌上放著一張紙，心中不安，走過去拿起來看了看，見是沈玉蓉的字跡，上面寫著：出去散心，歸期不定，勿念。

謝衍之不信，進了內室找沈玉蓉。內室沒人，又去了廚房問杏花和劉婆子。

杏花和劉婆子也沒瞧見沈玉蓉。謝衍之又去了莊如悔的院子，莊如悔沒見到人，還質問謝衍之。「她心情不好，你為何不在家陪著？」

謝衍之來不及解釋，帶人去找沈玉蓉。找遍了石門鎮，卻不見沈玉蓉的影子。

「人到底去了哪裡？會不會出了什麼意外？」謝衍之心急如焚，在屋內來回踱步，回想著今天下午發生的事。

會不會是耶律珠擄走了沈玉蓉，想以此要挾他，來換取丟失的城池？也不是不可能。

想到這裡，謝衍之又派人去遼軍處打聽。

第一百一十二章

沈玉蓉不知謝衍之正找她。她順著鐘聲尋到了北院寺。

寺廟殘破不堪，大門上的紅漆都掉了色，斑駁陳舊，一看就知香火不盛。

沈玉蓉下馬，將馬拴在樹上，上前敲門。

一個十三、四歲的小和尚開門，探出頭，輕聲詢問。「阿彌陀佛，女施主有何貴幹？」

「我想投宿幾日，不知可否？」沈玉蓉掏出一只荷包遞過去。「這是一點心意，幫我添些香油錢。」

小和尚沒要銀子，領著沈玉蓉進去，還說他們寺裡生活清苦，讓沈玉蓉見諒。

沈玉蓉怎麼會嫌棄，客套一番，見到方丈才知，寺裡的和尚都還俗了，只剩下方丈和小和尚，平日誦經禮佛，閒暇時種糧食蔬菜，一來填飽肚子，二來賺銀子換油鹽醬醋。

沈玉蓉見他們貧困，把荷包遞給方丈，一定要方丈收下。「您若不收，我沒辦法住在這裡，只能另謀他處。」

眼見天色已晚，方丈推辭不過，只能收下，讓小和尚打掃一間禪房，帶沈玉蓉住下。

傍晚，方丈做了一桌素菜招待沈玉蓉，見沈玉蓉滿臉愁容，勸慰道：「我觀施主心有執念，智者知幻即離，愚者以幻為真。一念放下，萬般自在。」

沈玉蓉放下碗，笑了笑。「道理我都懂，但過不去心中那道坎。」

若不愛，她或許會留下，替謝衍之納妾，斷不會斷了謝家香火。

如今，她滿心滿眼都是謝衍之，不能替他生兒育女，別人會如何想他？她不願讓別人嘲諷他。

方丈也不說了，端起碗，默默吃飯。

幾天以來，沈玉蓉都待在北院寺裡，兩耳不聞紅塵事，一心撲在田野間。

她會種田，見方丈和小和尚以此為生，提點幾句。「這樣種不行，苗與苗之間應該隔開一些，不然不見太陽，長不好。」

方丈覺得沈玉蓉說得甚是有理，便按照沈玉蓉的方法做。

小和尚卻不信。「施主，妳好像懂很多？這樣少種，收穫的時候不就少了嗎？」

沈玉蓉跟小和尚說不清楚，拿起一顆桃子啃。「秧苗稀了，結出的糧食顆粒大，反之顆粒小。要稠密適中，糧食才能高產。」覺得桃子酸澀，眉頭緊皺。「這品種不行，京城長公主府的桃子好吃，果大汁多，果肉又脆，那才叫好吃呢。若有機會，我幫你嫁接一些，到時候你也能吃到美味的桃子了。」

「真的嗎？聽起來很好吃。」小和尚舔了舔舌頭，只差流口水了。

他是孤兒，被方丈撿到，從小在寺裡長大，跟著方丈吃素，連肉味都不知，更別說美味的水果了。

沈玉蓉點頭。「自然是真的，我還會騙你不成？」

方丈聽她說起長公主，便問可是大齊的長公主，明宣帝的妹妹？

沈玉蓉點頭稱是，還問方丈是不是認識長公主？

方丈但笑不語，抬眸望著遠方。「當年，我去過那裡，有幸吃過桃子，味道確實好。」

「您去過京城，還去過長公主府，可是京城人？」沈玉蓉更驚訝。能去長公主府的人，都是有身分的人，方丈到底是誰？看來方丈是有故事的人，見他不願意多說，沈玉蓉便不問了。

見小和尚挑菜下山賣頗為辛苦，沈玉蓉問方丈。「您希望他一輩子吃齋念佛？」

方丈搖頭。「身處亂世，能有棲息之所，已是幸事，不敢奢望其他。」

沈玉蓉見小和尚走遠了，道：「也是，這裡偏僻，是個修身養性的好地方。」不知謝衍之如何了，可有想她？

此刻，謝衍之鬍子拉碴，愁容滿面，坐在營帳中，魂不守舍。聽著墨三稟報軍中的事，漫不經心地擺手，讓他停下來。

「可有少夫人的消息？」

墨三搖頭說沒有，還用怪異的眼光看著謝衍之。林贇和孫贊也進來，他們找了沈玉蓉幾日，依然不見人影。

瘦猴低頭不語，時不時偷瞄謝衍之，目光中帶著埋怨，覺得是謝衍之得罪沈玉蓉，才把沈玉蓉氣走了。

牛耳心直口快，直接問：「將軍，少夫人為何離家出走，您是不是得罪少夫人了？」

其他人聽見這話，齊齊看向謝衍之，覺得是謝衍之把人氣跑。有些日子沒吃到沈玉蓉做的飯菜，想念得很。

謝衍之扶額，露出疲態，自言自語。「我倒希望是我得罪她了。」

沈玉蓉走進了死胡同，非得自己想通才會回來，那要等到何時？

謝衍之不想再等了，每一日都是煎熬，提著劍走出去。

眾人問他去做什麼，謝衍之說是去找人。再找不到人，他要瘋了。

另一邊，羅俊玉日夜兼程回到京城，先找一家客棧住下。

到了天黑，他蒙面施展輕功，偷偷摸進二皇子府，找了個丫鬟問沈玉蓮住在哪兒，還威脅她，若不說實話，小命不保。

丫鬟不敢撒謊，指著西南角，說出沈玉蓮的住處。

羅俊玉打昏丫鬟，把人拉到隱蔽角落，根據記憶，找到了沈玉蓮的院子。

此刻，沈玉蓮躺在羅漢床上，享受著丫鬟餵來的葡萄。「聽聞五皇子出京，可知他去了哪裡？」

另一個丫鬟站在下首，屈膝行禮。「奴婢不知道，殿下是從北門出去的，想來應該去北邊了。」

沈玉蓮坐起來，纖細玉手拍在羅漢床上。「肯定是去找我那好妹妹了。一個兩個都圍著她轉，她到底有何魅力，不就是做菜好吃，廚子的活計也值得炫耀，真是個賤人。」

齊鴻曜喜歡她，莊如悔喜歡她，齊鴻曦更不用說，將沈玉蓉當成姊姊尊敬，連齊鴻旻也想得到她，當真是可惡。

羅俊玉站在門外，聽見沈玉蓮罵沈玉蓉，踹開門進去。

哐噹一聲，沈玉蓮嚇得癱坐在羅漢床上，見門口站著一個黑衣人，黑布蒙面，手持長劍，目光冷凝地看著她。

丫鬟轉身見有人，嚇得想尖叫，被羅俊玉打昏在地。

沈玉蓮是重生的，膽子比一般女子大些，壓下心中的恐懼，指著羅俊玉道：「你是誰，意欲何為？我可是二皇子最寵愛的人，你若傷我，二皇子不會放過你。」

羅俊玉上前幾步，冷冷嗤笑。「他都自身難保了，還會管一個妾室？」

沈玉蓮往後退了退，眸光中帶著恐懼。「不，你不能殺我，我不想死。」

羅俊玉拔出劍，鋒利劍芒讓沈玉蓮暈眩。「我只問妳一個問題，謝家的大少夫人不能有孕，可是妳動的手腳？」

沈玉蓮這才知道，來人是為了沈玉蓉。「你到底是誰，問這些做什麼？可是我那好妹妹要你來的？」

「對於我的問題，妳避而不答，看來是妳做的，我沒找錯人就行。」羅俊玉把劍放在桌上，從懷裡掏出一只瓷瓶，打開瓶蓋，緩緩朝沈玉蓮走去。「來吧，我送妳上路，留在世上也是禍害人，不如去地府報到，也替世人省些糧食。」

「不，你要什麼我都給你，求你不要殺我。」沈玉蓮搖頭，繼續往後退。

「晚了。」羅俊玉捏開她的嘴，將藥灌進去。「傷害她的人，我一個都不會放過。」

想起那聲阿玉，他的心柔軟了幾分。

沈玉蓮用指頭摳自己的喉嚨，希望把藥吐出來，可惜吐了幾次，什麼都沒吐出來，旋即陷入昏迷。

羅俊玉看她一眼，解下她身上的腰帶，朝房梁上扔去，打了個死結，試了試，最後把沈玉蓮掛上去，半晌後離開。

次日，二皇子府的人見沈玉蓮的房門敞開著，好奇進去，見沈玉蓮上吊了，驚慌地喚人來，但沈玉蓮的身子都僵了。

羅俊玉離開二皇子府，並未離開京城，而是去了羅家，找到羅夫人身邊的嬤嬤，利用催眠術，問出生母的死因。

他生母是羅老爺身邊的貼身丫鬟，與羅老爺一起長大，青梅竹馬，又因容顏姣好，很得羅老爺喜愛，到了年紀，被收為通房。

那時候，主母尚未進門，通房和妾室不得有身孕，必須喝避子湯。羅夫人進門後，雖然停了她的避子湯，卻許久沒有身孕。

羅老爺覺得對不起她，格外疼惜，因此遭羅夫人嫉恨。後來，她生產時，羅夫人買通了產婆和大夫，想來個一屍兩命，可惜羅俊玉命硬，沒死。

羅夫人一計不成，又生一計，說羅俊玉命硬，剋死生母，又吹了些耳旁風，讓羅老爺厭棄了羅俊玉。羅俊玉在羅家就是不祥的存在，連下人都可以欺辱他。

得知生母的死因後，羅俊玉無法忍受，給了那婆子一劍，了結了她的性命。又闖進羅夫人房中，殺了羅夫人，再放一把火，來個毀屍滅跡。

羅家人發現時，院子已燒燬一半，因救火不及時，天亮後，整座院子化為灰燼。羅家人在灰燼中找到兩具屍體，根據身量推測，一個是羅夫人，另一個是羅夫人身邊的嬤嬤。

至於失火原因，羅家人已經報官，大理寺派人來查。

看見仇人死了，羅俊玉便離開了京城。

第一百一十三章

石門鎮裡，謝衍之畫了沈玉蓉的畫像，讓人拿著畫像找人。他也親自出去找，在大街上逢人就問，可有看見畫像上的女子。

小和尚挑著扁擔去石門鎮賣菜，遠遠看見沈玉蓉的畫像，摸了摸光頭，有些不確定。「這不是女施主的畫像嗎？」

「你見過畫像上的人？」開口說話的正是齊鴻曜。

去年，他要出來找沈玉蓉，被德妃制止，還逼著他相看其他女子。他不願意，在錦瀾殿閉門不出。

等他再想出來時，錦瀾殿已被人看住，是德妃下的命令，不准他隨意出去。就算出去，也要有幾個侍衛跟著，唯恐他跑出京城。

齊鴻曜安分一段時日，讓德妃放鬆警戒，前幾天換上太監的服飾，揣了銀票，連夜逃了出來。

夢中，他依稀記得，謝衍之是東北軍的將士，沈玉蓉很可能來山海關，遂出了北城門，來到石門鎮。

他是昨日抵達，發現有人拿著沈玉蓉的畫像在找人，猜測沈玉蓉和謝衍之還未見到面，心裡高興的同時，又多了幾分期待。這是不是老天爺在幫他？經過菜攤時，又聽見小和尚的話，更是又驚又喜。

小和尚摸摸頭，笑著道：「前幾日我們寺裡來了一位女施主，跟畫像上的人很像。」

「她是我認識的人，因為不開心離家出走了，你能帶我去找她嗎？」齊鴻曜說著，從懷裡掏出一錠銀子，塞到小和尚手中。

小和尚拒絕，說君子愛財取之有道，方丈也不許他收銀子。

齊鴻曜不勉強，請小和尚帶路，他急著找人。

小和尚的菜賣得差不多，剩下一些也不新鮮，乾脆不賣了，挑起扁擔，讓齊鴻曜跟上。

齊鴻曜有馬車，喊住小和尚，讓他上車，將菜筐跟扁擔放上車。

小和尚甜甜一笑，依言照辦，坐在馬車上問齊鴻曜。「你與女施主是何關係？我覺得女施主身分不簡單，她認識京城的公主。」

齊鴻曜不知該如何解釋自己的身分，揚起馬鞭駕車。「我們是熟人，她認識的人，我也認識。」

小和尚興奮。「你也是從京城來的？京城大嗎，賣的東西多嗎，是不是很繁華？」

小和尚很愛說話，問了許多問題，齊鴻曜都一一回答了。

不到半個時辰，兩人來到北院寺前。

齊鴻曜停下馬車，率先走進寺裡，整理一下衣衫，覺得妥帖了，懷著忐忑的心繼續走。

沈玉蓉與方丈混熟了，她吃不慣方丈做的菜，便提議自己做。

方丈見她隨興，也就由她，自己去了禪房念經。

齊鴻曜一靠近廚房，就聞到一股飯菜香，久違的味道撲鼻而來，知道他找對地方了。

沈玉蓉在廚房忙活，將最後一碗湯盛出來，摘掉圍裙，準備出去喊方丈吃飯，抬眼見齊鴻曜站在不遠處，目光灼灼，唇角帶笑地看著她。

「你怎麼來了？」沈玉蓉僵在原地，沒想到會在這裡遇見熟人。

齊鴻曜上前幾步，面上的笑容依然不減。「在京城憋悶，想出來轉轉，路過這裡便來投宿一晚，沒想到這麼巧，竟遇見了妳。」

小和尚聽見這話，眉頭緊鎖，男施主為何說謊，明明是來尋女施主的，為什麼說是偶遇？

他剛要提醒，就被齊鴻曜打斷。「蓉蓉做的飯依舊好，老遠就聞見了香味，不知我可有口福？」

「自然。」沈玉蓉做的飯菜多，不怕多一個人，再說這也不是她家，她做不了主。

小和尚都把人領進來了，想來不會拒絕這一口吃的。

沈玉蓉做的菜很簡單，和尚只能吃素，便炒了幾道時令青菜，做了一碗蛋花湯。

只是簡單的菜，卻讓齊鴻曜心裡暖暖的。小和尚埋頭吃飯，話也顧不得說了。

飯後，齊鴻曜站在沈玉蓉對面，笑得和煦。「寺廟風景極好，我不熟悉路，蓉蓉來了幾天，比我了解，不介意帶我四處走走吧？」

沈玉蓉不好拒絕，只能答應，領著他去後山。那裡有座池塘，池裡的蓮花開了，亭亭玉立，值得一看。

一聽有荷花，齊鴻曜也來了興致。「沒想到北邊也有荷花，倒是稀奇。」跟在沈玉蓉身後，深情款款地看著她。夢裡她是他的妻子，兩人恩愛非常，生了一雙兒女。可夢裡的際遇，為何與眼前不同，這是為何呢？

與此同時，謝衍之也打探到沈玉蓉的消息，有人看見沈玉蓉騎馬去了北院寺。

謝衍之猜測沈玉蓉進了寺裡，且一直待著沒出來，不然也不會沒人見過她。

得知心愛之人的下落，他一刻都不敢耽擱，趕去北院寺。

開門的是小和尚，見謝衍之一身戎裝，神情正直，長相俊美，便猜測他是東北軍。

東北軍保家衛國，擊退遼軍，守護山海關百姓，前段時日還剿滅土匪，使百姓安居樂業。石門鎮就沒有不敬東北軍的。

「你找誰？」小和尚探出頭，唸了句阿彌陀佛。

謝衍之拿出沈玉蓉的畫像。「你可見過此人？」

「是女施主？」小和尚驚訝，心中腹誹，怎麼又來一個找女施主的？

謝衍之見小和尚認識沈玉蓉，便說沈玉蓉是他的妻子，心中不快出來散心，有些日子未歸家，他要帶她回去。

小和尚領謝衍之進寺，知道沈玉蓉去了後山池塘看荷花，帶著謝衍之朝後山來。

謝衍之腳步快，沈玉蓉剛到，他也到了，見沈玉蓉站在池塘邊，以為她想不開，施展輕功過去，將人攬入懷中。

「妳為何要離家出走？我說了，我只在意妳，旁的我都不在意，妳為何不信？」

謝衍之收緊胳膊，嗅著她特有的香氣，懸著的心徹底安了。天知道這些日子不見她，他有多想念她。

忽然被人抱個滿懷，沈玉蓉有些呆愣，回神後看著謝衍之消瘦的臉。「你怎麼來了？」

「自然是來尋我娘子。」謝衍之抵著沈玉蓉的頭。「別離開我，萬事有我，我斷不會讓妳受委屈。若妳想要孩子，咱們收養一個，可好？」

「可是……」沈玉蓉擔心謝夫人不許，會逼著謝衍之納妾。

「沒有可是，也不要想著幫我納妾，此生我只要妳。」謝衍之目光堅定，語氣不容置疑。「回家吧。」

一旁的齊鴻曜看見謝衍之那一刻，就愣住了。他以為沈玉蓉沒找到謝衍之，上天在眷顧他，沒想到他們早在一起了，是他來晚了嗎？

齊鴻曜看著謝衍之，謝衍之也發現了齊鴻曜，見他和沈玉蓉在一起，醋意立刻上湧。

「五皇子殿下不忙嗎，怎麼會來石門鎮？」還遇見沈玉蓉，這是偶然還是必然？

沈玉蓉怕謝衍之吃醋魯莽，連忙出聲。「今日五皇子是來投宿的，我們是恰巧遇見，你別多想。」

謝衍之用指腹摸著她的櫻唇。「我自然是信妳的。」他就是不信齊鴻曜，齊鴻曜看她的眼神摻雜太多東西。

一句話，沈玉蓉就知謝衍之吃醋了，為了討好謝衍之，問謝衍之可曾用過飯？若是沒有，她去做，便要開溜。這場面有些詭異，還是早些離開的好。

謝衍之扯著她的胳膊，拉進懷裡。「老子捨不得妳下廚，妳竟給別人做飯，做飯做上癮了是嗎？」

「我哪有。」沈玉蓉掙扎著，小和尚和齊鴻曜都在，拉拉扯扯成何體統。「我住在寺裡，總不能白吃白喝吧。」

「回家。」謝衍之打橫抱起沈玉蓉就走。

小和尚見齊鴻曜站著沒動，好心提醒道：「施主，咱們也回去吧。」

齊鴻曜答應一聲，望著謝衍之的背影，露出嫉妒神色。如今那人是她的丈夫，能光明正大與她親近，他只能看著，什麼也做不了，握緊拳頭，覺得心有不甘。

來到寺中，謝衍之問沈玉蓉。「妳住在哪裡？」

沈玉蓉指著一間禪房。「就在那兒。」

謝衍之抱著她過去，將人放上床，順勢壓上去，伸手輕柔地捏了捏她的臉。「還敢不敢離家出走了？」

沈玉蓉忙說不敢，再也不敢了。

謝衍之起身，在屋內找沈玉蓉的東西。「收拾收拾，等會兒就離開吧。」

「哦。」沈玉蓉答應著，也看了看四周。「沒什麼可收拾的。我帶了些銀子，騎著馬就跑出來了。」說完低下頭，彷彿做錯事的孩子。

謝衍之摟住她。「蓉蓉，我們還年輕，妳想開些。認真調理身子，說不定會有孩子。就算沒有，我也不會負妳，信我可好？此生我只想要妳，別的女人，我看都不會看一眼。」

沈玉蓉捧著他的臉。「真的？」

謝衍之點頭。「我發誓，絕不負妳。」

沈玉蓉信了，簡單收拾一番，帶著謝衍之去找方丈辭行。

第一百一十四章

方丈看著謝衍之，望著那熟悉的面孔，眸中帶著隱隱的喜悅。「你可是墨家後人？」

「您認識我？」謝衍之皺眉。

「老衲不認識，卻認識你這張臉。」方丈拈著佛珠，笑吟吟看著謝衍之。「施主還未回答老衲的問題，你是墨家何人？」他未聽說墨連城有後，當年墨夫人懷孕，生下死胎，後來再無孕育子嗣。

「我娘是墨家嫡女。」謝衍之拱手道。

方丈笑了。「這就對了，都說外甥像舅，你倒是繼承了他八分容貌。」

沈玉蓉看看方丈，又看看謝衍之，忍不住出聲道：「你們打算認親？」

謝衍之也笑了，問方丈。「還未問方丈俗家是何處？」

「時日久遠，不提也罷。」方丈見小和尚站在一旁，將人拉到謝衍之跟前。「他是孤兒，一直想參軍。你既是故人之後，老衲就把他託付給你了，還請你照顧一二。」

小和尚聽了這話，瞬間落淚，轉身抱住方丈。「師父，我不走。我若走了，誰陪你？」

「孩子，你與佛無緣，跟著將軍，將來定能出人頭地。切記忠君護國，愛護百姓。」

方丈說完，正要轉身離去，就聽見有人喊：「皇叔，是你嗎？」

方丈淡然一笑。「施主怕是認錯人了。」

齊鴻曜走進來，怔怔地看著方丈。「我不會認錯，您是宸王，宗祠有您的畫像，每年祭祖都會看見，怎麼會認錯？您怎麼出家當了和尚？」

方丈雙手合十，唸了句阿彌陀佛。「施主認錯人了，這世間早已沒了宸王，老衲法號法空。」話落轉身離開。

明宣帝登基後，王太后為排除異己，大肆殘害先帝子嗣。當年宸王也是先帝疼愛的兒子，明宣帝登基後不知所蹤，原來是出家做了和尚。

小和尚還在哭泣，覺得師父不要他了。

沈玉蓉小聲安慰他，說會帶他去京城，吃好吃的果子，還俗後還能吃肉，比寺院裡的素齋好吃。

謝衍之望著方丈的背影，攥著沈玉蓉的手。「咱們也離開吧，莫要打擾方丈清修。」

出了寺廟，謝衍之抱沈玉蓉上馬，自己跟著上去，兩人共乘一騎。

沈玉蓉看著小和尚。「他怎麼辦？」方丈把人託給他們，不能丟下。

謝衍之看看齊鴻曜，又看看馬車。「不是有馬車嗎，妳擔心個什麼勁兒。」他看出來了，又來一個男人要與他搶娘子，他絕不能給他們機會。

最後，小和尚上了齊鴻曜的馬車，跟在謝衍之和沈玉蓉的馬後面。

經過市集時，沈玉蓉要下來，謝衍之不許。

沈玉蓉瞧見賣博浪鼓的小販，想買一個給莊如悔的孩子，謝衍之這才抱她下馬，幫著挑了一個撥浪鼓。

他們付了銀子，準備走時，突然有一道惡意的目光看向他們。

謝衍之是練武之人，很快便察覺到，環視周圍，目光落在一個乞丐身上，看了好一會兒，收回目光，扶沈玉蓉上馬，自己也坐上去，夾緊馬肚離開。

他將沈玉蓉送回家，囑咐杏花和劉婆子好生伺候著，莫要再把人丟了。那語氣有防備，更多的卻是緊張。

沈玉蓉又好氣、又好笑。「你把我當成犯人？」

謝衍之捧著她的臉，在她額頭上落下一吻。「妳見過哪個犯人讓本將軍放在心尖上？乖，好好待在家，我先去軍營一趟，回來再好好懲罰妳。」

懲罰兩字咬得很重，沈玉蓉當即紅了臉頰，推他出門。

謝衍之走後，杏花紅著眼上前。「少夫人，您可回來了。您不知道，您不在這幾日，將軍像瘋了一般找您。世子也擔心極了，她還在坐月子，您忍心讓她擔憂嗎？」

幸虧謝衍之不在這裡，若是知道，定會吃醋，將莊如悔和杏花都趕出去。

劉婆子也上前，見沈玉蓉沒瘦，放下懸著的心，還問沈玉蓉餓不餓，要不要吃東西？

沈玉蓉搖頭，吩咐劉婆子收拾出兩間屋子，安排齊鴻曜和小和尚住下。如今又有兩個人住進來，院子顯得小了，要找機會擴建房子。

劉婆子答應著去了。沈玉蓉怕她忙不過來，讓杏花去幫忙。但杏花怕沈玉蓉再離開，說什麼也不出去，就守著沈玉蓉。

沈玉蓉無法，只能帶著杏花，去了莊如悔的院子。

主僕倆進了莊如悔的院子，莊如悔見沈玉蓉回來了，拿出一個枕頭扔過來。

沈玉蓉接住枕頭，笑著賠罪道：「請世子恕罪，小婦人知道錯了，您就饒了我吧。」她說著，上前幾步來至床邊，抱起小傢伙，放在懷裡哄著。「幾日不見，長大了不少，越看越像你娘了。」

「別誇了，再誇我兒子，也掩蓋不了妳做錯的事，得挨罰。」莊如悔躺在床上道。知道沈玉蓉不見了，她有多著急，見謝衍之找不到人，日日罵謝衍之沒本事，還想親自出去找，幸好被杏花和劉婆子攔住了。

「我知錯了，世子就饒了我這次吧。」沈玉蓉一面逗弄孩子、一面認錯。

杏花在一旁看著，抿唇偷笑。新來的奶娘也跟著笑，幫沈玉蓉說話。「世子，少夫人都知錯了，您就原諒她這一回吧。」

她是長公主府的家生子，被長公主和莊遲送過來伺候莊如悔。得知莊如悔是女子，她也嚇了一跳，這麼多年來，竟沒發現。

莊如悔不樂意，扭頭道：「我餓了，罰妳幫我做一碗湯。」

「遵命。妳看看，咱們兒子真可愛，還會吐泡泡呢。」沈玉蓉抱著孩子坐到一旁。若是可以，她也希望有自己的孩子，可惜……

莊如悔見她神情哀傷，出聲道：「妳不是想當乾娘？本世子允了，妳偷著樂吧。」

「誰會偷著樂，自然是要正大光明地樂。」沈玉蓉仰起臉，笑得明媚。

這時，院中傳來嚷嚷聲，聽著有瘦猴、牛耳、孫贊、林贇，還有墨三的聲音。

沈玉蓉把孩子放回床上，走了出去，見果真是牛耳等人，也笑了，問他們來做什麼？

幾個錚錚鐵骨的漢子見沈玉蓉回來，欣喜若狂，忙問沈玉蓉是不是不走了？

「不走了。」沈玉蓉站在廊簷下，笑著回答。

她本來就沒打算走，這裡有她的夫君，還有她的夢想。年後，她要抓許多小雞崽、鴨崽、豬崽，還有牛羊來養。開墾的荒地也種上了莊稼，再過段日子就能收成，她捨不得走。

牛耳心直口快，摸著後腦看沈玉蓉。「少夫人，如果將軍欺負妳，就告訴他們。單打獨鬥，我們不是他的對手，但群架還是有希望贏的。」

孫贊轉臉看見謝衍之，輕咳幾聲，想提醒幾人，誰知林贇又開口了，摟著牛耳的肩膀，滿嘴贊同。

「沒錯，我們打不過一個，但可以群毆，揍得將軍滿地找牙，也要替少夫人出氣。」

孫贊又輕咳幾聲。「開玩笑的，莫要當真。」

墨三、牛耳和林贇都是粗人，沒看懂孫贊的眼神，還以為他叛變了，正想說他，卻瞧見謝衍之站在不遠處，頓覺不妙，未來的日子又要增加活計了。

五人訕訕笑了幾聲，立時鳥獸散，跑得沒影。方才他們看見謝衍之的臉黑了，看樣子要發怒。

謝衍之冷眼瞧著幾人的背影。他才回軍營寫了封信，差人送到京城，這幫好兄弟就來娘子面前示好了，還踩他一腳。

沈玉蓉笑了，可以想像某些人變成豬頭的樣子。謝衍之打人最愛打臉，好像是故意的。

想打群架，他給他們機會。今晚看看是他們人多能贏，還是他制伏他們。

夜幕降臨，謝衍之召集墨三、孫贊、林贇、牛耳跟瘦猴，動著手腕，漫不經心看他們。

「準備打群架是吧，那就上。」

孫贊沒有詆毀謝衍之，也自知不是謝衍之的對手，不想討打，往後退了幾步，害怕地擺擺手。

「我就算了，再說我也不敢打將軍，我退出。」

墨三、林贇、瘦猴和牛耳齊齊回頭瞪他。「書生果然無用，這點骨氣也沒有。」

孫讚不覺恥辱。「我這是審時度勢。」打不過就躲，自己討打才是笨蛋。

謝衍之上前一步。「你們有骨氣，快上吧。」等會兒還要幹活，耽誤不得。

墨三幾人知道逃不過，於是一擁而上，想先按住謝衍之，打不打再說。

只有孫贊，捂住眼不敢看。

為了節省工夫，謝衍之直接點穴，再往他們臉上補拳頭。

林賨愛美，直接求饒。「將軍，屬下錯了，請您手下留情，都是牛耳那個大嘴巴，要打您就打他吧。」

謝衍之沒聽他的，照樣給他兩拳，但手中的力道減了幾分，到底是留了情面。

牛耳就不一樣了，挨了最多下，兩隻眼睛都黑了，唇角也出血，可見謝衍之多用力。

「下次再敢詆毀老子，老子真不客氣了。」謝衍之轉身離開。「都給我跟上。」

孫贊看著牛耳摸臉，齜牙咧嘴道：「嘶，可真疼。」

沒挨打的喊疼，可見是看他們笑話，其餘人朝孫贊揮拳頭，意思很明顯，再敢多言，等會兒挨打的人就是他。

第一百一十五章

謝衍之帶著牛耳幾人來到石門鎮，拉住一個路人問乞丐住在哪裡。

那人指了一個方向，謝衍之道了句謝，朝那方向走去。

墨三等人不解，問謝衍之，為何要找乞丐住的地方，可是有什麼不妥？

「今兒遇見一個熟人，等等你們就知道了。」謝衍之沒回頭，一直往前走。

眾人疑惑。熟人？會是誰呢？

到了乞丐住的地方，謝衍之掃視一圈，冷冷喊了句。「少將軍，出來吧。」

一聲少將軍讓大家傻了眼，這不是柳震嗎？難道柳震沒死，還成了乞丐，這怎麼可能？

沒錯，今日那道惡意的目光，正是來自柳震。

柳震曾為國出力，謝衍之留他一命，沒想到他竟淪落成了乞丐。

柳家父子失蹤，王家正想扳倒柳家，若柳震回去，明宣帝定會處理這事，花娘的事肯定會被查出，到時候柳震私通遼國細作的事便瞞不住，柳家滿門將不得善終。

謝衍之想到了，柳震也想到了，見謝衍之找來，也沒什麼好隱瞞，掀開凌亂的頭髮，露出髒污的臉。雖然形容狼狽，但依然看得出他就是柳震。

柳震站起來，朝謝衍之走去，眸中盡是恨意，一字一頓道：「你到底是誰？」

他流落街頭半年多，一直躲在石門鎮，想找到父親，想知道他被花娘下藥後，發生了什麼事。

可惜，他找了許久都不見柳澧，得知沈言成了東北軍的掌舵人，也覺得這件事與沈言有關，又不敢來尋。若真是沈言做的，定會殺了他。

直到沈玉蓉出現在石門鎮，還和沈言在一起，親密無間的樣子，他才確信父親的事是沈言策劃的，目的是取代父親的位置，只是不知沈言是王家人，還是別人派來的。據他打探的消息，沈言與王家走得近，很可能是王家的人。

謝衍之不答，看看身後。孫贊會意，趕出其他乞丐，帶人守在隱蔽處，不讓人靠近。

柳震又問沈言到底是誰，連孫贊都聽他的，難道他真是王家人？

「你可曾聽過墨家，墨連城曾是大齊戰神，驅敵無數，戰功赫赫，只因柳澧一人，慘死在邊關，連屍骨都被他挖出來。」謝衍之聲音很淡，彷彿在說一件無關緊要的事。

「你是墨家人？」柳震聽說過墨家，傳說中百戰百勝的大齊戰神，是他最崇拜的人。但柳澧不喜墨連城，他便不敢再提。

墨連城的死，真是他父親做的？柳震無法接受這個事實，也不相信。

「不錯，我是墨家後人。」謝衍之道：「你父親害死了墨連城，我找他尋仇，天經地義。確切地說，王家是主謀，你父親是幫凶。」

柳震走至謝衍之跟前，直勾勾看著謝衍之。「你到底想如何？」

謝衍之沒打算隱瞞，直言不諱。「不想如何。」不給柳震開口的機會。「二十年前，柳澧勾結王家，害墨連城將軍殞命，這筆帳，我應該討回來。冤有頭，債有主，這是你爹一人做下的，我不會牽連無辜，所以放了你，也沒牽扯柳家。跟柳澧相比，我做得夠多了。」

柳震第一次聽說這樣的事，還是不敢置信。「不可能。」

謝衍之冷笑。「有什麼不可能，柳澧曾是墨連城麾下副將，墨連城死後，一躍成了東北軍的掌舵人，若說沒有隱情，誰信？墨家鐵騎中多少好男兒，哪輪得到名不經傳的柳澧。」

柳震就是不信，說這些都是謝衍之的藉口。

「我若真是那心狠手辣之輩，你還會有命在嗎？你勾結花娘，被帶出石門鎮，要不是我，你早死了，柳家還會存在？斬草要除根，這個道理誰都明白。

「還有，柳澧留下的證據，我已經拿到了，找到適當時機，便會呈給皇上。你若真為柳家好，便替你爹贖罪，做出一番成績，功過相抵，免得柳氏一族被牽連。」

謝衍之惜才，不忍柳震墮落，更不想牽連無辜之人。二十年前的事，是柳澧一人所為，讓柳澧以命償還便罷。

「你為何要幫我？」柳震看著謝衍之，問出了心中的疑惑。

當初他就覺得是謝衍之救了自己，可殺父之仇不共戴天，他該怎麼做？

謝衍之想起了沈玉蓉，隨口道：「你就當我多管閒事吧。」也算替她積福。

「我能跟在你身邊嗎？」柳震問。跟著謝衍之，才有機會知道真相，能為父親報仇。

其他人緊張地看著謝衍之，有人直接搖頭，希望謝衍之不要答應。

可謝衍之竟同意了，留下一句隨你吧，轉身離去。

墨三等人也不管柳震了，上前去勸謝衍之，柳震就是禍害，不能留在身邊，應該遠遠打發了。

柳震見謝衍之沒要他的命，也舉步跟了上去。

謝衍之這邊忙碌著，謝家小院那邊也很熱鬧。

羅俊玉從京城回來了，但他不是一個人回來的，懷裡還抱了一個孩子。

他進了謝家小院，找到沈玉蓉，把孩子塞進她懷裡，臉上盡是笑意。「這是妳我的孩子，妳為孩子取個名字吧。」

沈玉蓉正在做飯，看見羅俊玉回來，笑著迎出門，看見羅俊玉的動作，不由接住孩子。聽見羅俊玉的話，更是發懵，連話都說不清楚了。

「你、你說什麼？」他們的孩子？他們何時有了孩子，她怎麼不知道？

羅俊玉不敢重複剛才的話，望著沈玉蓉笑了。「妳不是想要一個孩子嗎？如今我抱來一個，這就是我們的孩子啊！」

沈玉蓉把孩子交給杏花，左右看了看，瞧見不遠處那把劈柴用的斧頭，沒多想，跑過去拿，朝羅俊玉揮過來。

羅俊玉見狀，趕緊躲開，一面跑、一面回頭看沈玉蓉。「妳不是想要孩子嗎，我都幫妳抱回來了，為何要打我？」

「我這是要殺了你，敢敗壞我的名聲，殺了你都算輕的！」沈玉蓉舉著斧頭追羅俊玉。「說！這孩子到底從哪來的？」

平日偷吃她做的東西也就算了，現在竟敢偷人家的孩子，膽子真是肥了！要是人家父母發現孩子丟了，該有多擔心啊！

一個跑一個追，兩人在院中轉起圈子。羅俊玉聽沈玉蓉問孩子的來歷，開玩笑道：「這孩子是妳為我生的，妳怎麼忘了？」

沈玉蓉聽他這樣說，更是火大，停下腳步，扛著斧頭，眸光微變，臉當即沈了下來。

羅俊玉見她不追了，看她神色肅穆，顯然是真生氣了，忙過來賠笑。「妳別氣，我逗妳的。這孩子是別人不要的，那家生的女孩多，婆婆要溺死她，我想妳喜歡孩子，丟下十兩銀子買了她。若妳不喜歡，我再送回去就是。」

廚房這邊動靜不小，齊鴻曜也過來了，正巧聽見羅俊玉的話。

他沒見過羅俊玉，羅俊玉卻認識齊鴻曜。兩個男人對峙，眸中帶著防備與深意。

沈玉蓉沒發現兩個男人之間的異樣，想到孩子可憐的身世，起了憐憫之心，轉身抱起孩子小聲哄著。這孩子或許跟沈玉蓉有緣分，聽見沈玉蓉的聲音，居然睜開了眼，對著她笑。

沈玉蓉的一顆心都化了，眉眼帶著笑意。「這孩子真可愛，竟能聽懂我的話。」
羅俊玉見沈玉蓉氣消了，湊上來逗弄孩子，讓沈玉蓉為孩子取名字。
齊鴻曜見羅俊玉親近沈玉蓉，心裡有些不悅，上前幾步看著孩子。「不如我來取吧。」
沈玉蓉還未說話，羅俊玉便拒絕了，挑眉看著齊鴻曜。「你是這孩子什麼人，要你幫她取名字？少夫人取名字好聽，又是孩子的母親，自然是少夫人來取。」
羅俊玉的語氣親密，好似在喚自己的妻子一般，讓齊鴻曜微微皺眉，想出聲糾正，抬眸卻見沈玉蓉的目光全落在孩子身上。
齊鴻曜又想起了夢中的事，他們育有一子一女，一家四口，其樂融融。
羅俊玉見齊鴻曜發呆，唇角微揚，催促沈玉蓉取名。
沈玉蓉一時想不到好聽的名字，只希望眼前的小人兒開心長大，道：「就取名歡字。」
「歡兒？」羅俊玉綻放笑容。「就叫這個名字，羅歡。」
沈玉蓉抬頭看他。「我夫君姓謝，叫謝歡。」
謝衍之進來，正巧聽見這句話，便問沈玉蓉發生何事，見她懷中抱著孩子，又問孩子是誰的？他見過莊如悔的孩子，整日被阿炎抱著炫耀，是以知道眼前的孩子不是莊如悔的。
沈玉蓉說了孩子的來歷，又說起取名字的事。
羅俊玉大聲抗議。「這孩子是我抱回來的，妳是娘親，我就是爹爹，只能隨我的姓。就叫羅歡，不能改。」

謝衍之看看孩子，又看看沈玉蓉，對她使了個眼色，抱起孩子還給羅俊玉。「你的孩子你抱著，我們就不打擾了。」轉身攬著沈玉蓉的肩膀，輕聲安慰。「娘子喜歡孩子，與我說便是。妳該相信為夫的本事，隨便就能弄到十個八個，夠妳玩了。」又瞥向呆愣的羅俊玉，想跟他鬥？下輩子也沒有這樣的機會。

沈玉蓉雖喜歡那孩子，卻不能受羅俊玉威脅。若這孩子真的姓羅，叫她娘親，卻叫羅俊玉爹爹，回到京城後，她就是渾身長滿嘴，也說不清楚。

羅俊玉見沈玉蓉不打算要孩子，有些慌了，他一個大男人，怎麼帶著一個嬰兒？於是退讓一步，孩子姓謝，他要當孩子的乾爹。

沈玉蓉看向謝衍之，問謝衍之的意思。

羅俊玉氣惱。「妳看他做什麼？難道妳不能做主，還是怕這個醋罐子生氣？」

謝衍之抬腳踢去。「我娘子這是尊重我，要你多嘴多舌，抱著孩子滾出去。」

羅俊玉躲開，依然問沈玉蓉答不答應。

沈玉蓉知道，若不答應，羅俊玉少不得糾纏，再看謝衍之沒反對，便點頭，接過孩子，又吩咐杏花和劉婆子，讓她們去鎮上請個奶娘回來。

杏花和劉婆子立刻去了，羅俊玉嘖嘖兩聲。「這丫頭就是好命，本來祖母想溺死她，卻被我抱回來，還有奶娘伺候，真是命好啊。」

沈玉蓉斥責他。「少說這些。既然你是孩子的乾爹了，見面禮不能少。」

齊鴻曜解下身上的玉珮遞去。「我也想當孩子的乾爹。這是見面禮，請少夫人收下。」

謝衍之這才發現齊鴻曜，一直和羅俊玉鬥嘴，竟忽略了他。一個兩個都覬覦自家娘子，果然沒一個好東西。

他擋在沈玉蓉跟前，嬉笑著說：「五皇子的禮物貴重，就免了吧。」

「禮物如何能免？」齊鴻曜向左挪了挪，溫柔的目光看著沈玉蓉。

沈玉蓉也出聲拒絕。「五皇子，您身分尊貴，豈能隨意收義子義女，若讓皇上知道了，還當我們誆騙您呢。」

謝衍之聽了這話，渾身舒坦，娘子心裡果然是愛他的。

齊鴻曜卻不死心，笑得溫柔。「只是一個稱呼，又不上皇家玉牒，父皇不會計較的。」

謝衍之伸手把沈玉蓉攬入懷中。「你們都不計較，我卻計較。」想起他們會住在府中，無所事事，整日圍著他的娘子轉，心裡十分不好受。

於是，他喊來墨三，直接吩咐。「去年蓋房子還剩些木料，你帶人在院外搭建一座院子，請羅公子和咱們尊貴的五皇子住進去，記得要快。」

墨三領命去了。

第一百一十六章

羅俊玉聽了謝衍之的安排，阻止道：「不行，我是少夫人的人，自然要住在這裡。你別想把我趕走，我哪兒也不去。」

謝衍之冷笑。「你想走也得走，不走也得走，由不得你。」

齊鴻曜默不作聲，含情的眼看著沈玉蓉，好似在問她的意思。

沈玉蓉卻逗著孩子玩，壓根兒沒看他，也不敢看他，以免謝衍之吃醋。

「我住哪兒？」柳震也開口了。他跟在謝衍之身後，一直是個隱形人，其他人都以為他是謝衍之的下屬。

沈玉蓉看向謝衍之，似乎在問他這人是誰。

謝衍之笑了笑。「一個朋友。先住軍營，等房子蓋好了，他再搬過來住。」

羅俊玉堅決抗議。「我不走，我就要住這裡。」

謝衍之也不惱，對沈玉蓉道：「委屈娘子幾日，隨我住軍營吧，也省得我來回跑了。」

沈玉蓉住軍營，都是住在謝衍之的帳篷裡，別說吃她做的飯，就是見一面都難。

羅俊玉再不敢和謝衍之對著幹了，道：「為了少夫人的名聲著想，我搬出去住。」

謝衍之微微揚起下巴，瞥向羅俊玉。有本事，再跟他鬥啊。

死皮賴臉的羅俊玉都答應了，齊鴻曜自然也要搬出去，柳震更不用說。

幾日後，房子建好了，就在謝家小院西邊，兩座院子只隔了一道牆。

搬家那天，又出了問題。

羅俊玉和齊鴻曜都想住東苑，離沈玉蓉近，一個輕功翻牆就過去了，方便又省事。

一個先來要住東邊，一個身分尊貴要住東邊，兩人爭得臉紅脖子粗，互不相讓。

謝衍之環胸，抱著看好戲的目的，提出一個相當公平的建議。「你們兩個打一架，誰贏了，誰住東邊。」別以為他們想什麼他不知道，想翻牆，就讓他們翻個夠。

於是，齊鴻曜和羅俊玉果真打了一架，齊鴻曜是皇子，養尊處優，哪裡是羅俊玉的對手。羅俊玉是從死人堆裡爬出來的，這些年和劍相依為命，除了謝衍之，沒人能打得過他。

謝衍之見他們打完，沒有掛彩、缺胳膊少腿的，有些可惜，搖頭嘆息幾聲離開了。

回去後，謝衍之讓人在牆根下放了些罈子，種了帶荊棘的花草。

沈玉蓉抱著謝歡過來，見謝衍之在這邊忙活，很是好奇。「你這是做什麼？」

「防狼。」謝衍之沒回頭，繼續種薔薇、月季等花草，又抬頭問沈玉蓉。「好看嗎？這是我特地為妳種的，日後開了花，那才好看呢。」

沈玉蓉聽了，十分感動，又想起一直抱著孩子不好，要謝衍之為謝歡做一輛小車。她見過一些圖紙，已經畫出來了，放在屋裡。

等種好帶刺的花草，謝衍之跟著沈玉蓉回房，看了圖紙，又讓墨三找些上好的木頭來，準備做小車。

不到一個時辰，墨三就把木材找來了，還備好工具。

謝衍之鋸木頭、刨木頭時，聽見一聲驚呼，隨後是咒罵聲，勾唇一笑，拿著木頭問沈玉蓉。「要做多大？」

沈玉蓉也聽見了，還問謝衍之是什麼聲音。

謝衍之笑了笑，拿著木頭比劃。「誰知道，說不定是哪隻落水狗掉進花叢了。」

他話落，羅俊玉一瘸一拐地進來，出聲抱怨。「好個姓謝的，你居然暗算我。」

謝衍之轉身看他，見他衣著不整，走路不索利，忍著笑意問：「這話從何說起，我何時暗害你了？」

羅俊玉來到沈玉蓉跟前，讓沈玉蓉看看他的衣裳，又看看他的腿。「明知我喜歡翻牆，還在牆根處堆鐔子，種那些東西。」若說不是謝衍之做的，打死他都不信。

謝衍之譏諷道：「我又不喜歡男人，怎知你喜歡翻牆？翻牆來我家，你還有理了？」

「說了多少次，叫你走正門，你非要翻牆，怨誰？」沈玉蓉也不幫著羅俊玉。好好的大門不走，非要翻牆，也該給他一些教訓了。

羅俊玉一張嘴說不過兩張嘴，指了指沈玉蓉，又指了指謝衍之，氣得甩手走了。

這時，杏花抱著謝歡進來。

羅俊玉為了氣謝衍之，將謝歡接過來，抱在懷裡好生哄著。「爹爹的乖女兒，可想死爹爹了。」朝沈玉蓉這邊靠近一些，柔聲道：「娘親在這兒呢，讓妳娘抱抱妳？」

謝衍之聽聞這話，扔了手裡的木頭，把沈玉蓉攬入懷中，指著羅俊玉，冷聲怒斥。「抱著你的孩子滾，別在我跟前礙眼。」

羅俊玉知他真怒了，不再逗他，將孩子交給杏花，滿臉掃興。「真是禁不起逗，還不如一個孩子呢。」

謝衍之偏偏愛較真，將一塊木頭踢給羅俊玉。「我是爹，你是乾爹，誰近誰遠，咱們心知肚明，請你用腦子說話。」言下之意，方才羅俊玉說話沒過腦子。

羅俊玉彎腰撿起鋸子，準備幫謝歡做小車。「你才沒腦子，你全家都沒腦子。」

一句話把沈玉蓉也罵進去了，羅俊玉說完才想起來，沈玉蓉是謝家媳婦，扭過臉，訕訕笑了幾聲。

「我說姓謝的，不算姓沈的。」

謝衍之攬住沈玉蓉的肩膀。「我家族譜上，娘子為謝沈氏。」

羅俊玉正想反駁，看見阿炎抱著孩子過來，瞪謝衍之一眼，揚起笑臉，對沈玉蓉道：

「我幫孩子做小車。」

阿炎走過來，聽見要做小車，問是給他們家孩子的嗎？

羅俊玉嗤笑。「你的臉倒是大，自己不會做嗎？」說話時看向沈玉蓉，見沈玉蓉瞪他，立刻改口。「要是有多餘的料，就幫你家娃娃做一個。」

沈玉蓉見狀，臉色緩和幾分，男人們在的地方都是戰場，以累了要休息為藉口，抱著謝歡離開。

聽完羅俊玉的話，阿炎卻不領情。「誰稀罕你做的，我們會自己做。」

「你們慢慢做，老子也累了。」謝衍之走了。沈玉蓉都回家去，他沒空陪兩個大男人。

這時，墨三進來，表情肅穆。

謝衍之暗道不好，他讓墨三盯著齊鴻曜，難道齊鴻曜出了什麼事？

果然，墨三說捉到一隻信鴿，從新院子飛出來的，羅俊玉在這邊，不會是他放的，那放信鴿的人不言而喻。

他把字條交給謝衍之，謝衍之看了看上面的內容，竟然是給齊鴻旻的，說他未死。

齊鴻曜這是要做什麼，坐山觀虎鬥？其目的又是為何？按理說，他應該緘口不言，看著二皇子一派吃癟，徹底覆滅才好。

想來想去，謝衍之仍想不出齊鴻曜的目的，將字條握入手中，咬牙道：「多派些人盯著他，莫讓他傳出消息。」

他似乎應該會會齊鴻曜，看看他到底想做什麼。

謝衍之來到新院子，直接去了齊鴻曜的住處。

齊鴻曜整理衣衫，正打算出門，抬眸見謝衍之來勢洶洶，看來是有事，當即揚起笑臉。

「你不陪自家娘子，來我這裡做什麼？」

謝衍之把字條遞給齊鴻曜。「這是你的吧？男子漢大丈夫，要敢作敢當。」

齊鴻曜掃了一眼，點頭承認。「是我的。你有意見？」他是皇子，身分尊貴，無論做什麼事，都輪不到謝衍之置喙。

「目的何在？」謝衍之問。

齊鴻曜冷笑，直勾勾盯著謝衍之。「只想試試你的本事，看看你能不能保護她。京城傳聞說你死了，你為什麼還活著？」簡單幾句話，曝露了他的目的。

謝衍之這才知道，齊鴻曜做這些是為了沈玉蓉，當即抓住他的衣領。「她是我的妻子，不是你可以覬覦的。身為皇子，覬覦臣子之妻，若是皇上知道，會如何？」

齊鴻曜垂眸看著謝衍之，冷笑道：「鬆手，你這是以下犯上。」

「我就犯上了，你能奈我何？」謝衍之鬆開手，幫齊鴻曜整理衣服。「看在曦兒的面子上，我饒你這次，若有下次……」他絕不輕饒。

謝衍之話落，轉身離去，再次叮囑墨三，看好齊鴻曜。

謝衍之要去一品閣，下令盯緊京城所有皇子。自從上次明宣帝被王皇后下藥後，身體每況愈下，李院正曾透露出消息，明宣帝虧了身子，想痊癒不可能，只能用貴重藥材吊命。

如今京城裡，齊鴻旻和四皇子齊鴻昱蠢蠢欲動，都想登上那個位置。齊鴻曜表現得無心皇位，但心裡怎麼想的，只有他自己知道。

謝衍之和沈玉蓉說一聲，有事出去一趟，不知何時回來，讓她晚上早些睡，莫要等他。

這些日子，沈玉蓉白日照顧謝歡，一到晚上倒頭便睡，沒等過謝衍之，點頭敷衍著。「知道了。」

謝衍之吃醋，捧著沈玉蓉的臉親了一口，盯著床上的小東西。「誰抱來的，讓誰養去。」整日霸占著他娘子，娘子一顆心都在她身上，想想都令人氣惱。

「連孩子的醋也吃。」沈玉蓉推著謝衍之出去。

謝衍之無奈，看著沈玉蓉進屋才離開。

到了一品閣門口，楊淮出來，見是謝衍之，眼睛一亮。

「你來得正好，我正準備派人找你呢。」

「何事？」謝衍之跟著楊淮進了後院。

楊淮拿出一封信給他。「京城來信了，說二皇子和四皇子要反，皇上不日便會召你回京，你心裡要有個準備。」

不等謝衍之說話，他又道：「遼軍送上降書，願意成為大齊的附屬國，並送上和親公主。再過不久，也要到京城了。」

謝衍之點頭。墨家的冤情，該沈冤昭雪了。

第一百一十七章

果然，沒幾日聖旨到達邊關，命謝衍之帶兵回京城，卻未說明原因。

「真要回去？」沈玉蓉來邊關不到一年，卻喜歡上這裡，沒有規矩，無拘無束的。

謝衍之拿起勺子，替沈玉蓉盛湯。「怎麼，捨不得？放心吧，回去只是暫時的，有機會，咱們再回來就是。」邊關需要人鎮守，若有機會就留在邊關，比在京城爾虞我詐強。

「是啊，捨不得。」沈玉蓉興致不高。

除了捨不得，還因為她不孕。回到京城後，若讓有心人知道這事，定會想辦法送女人給謝衍之。還有謝夫人，會不會替謝衍之納妾？

若他們都好好的，沈玉蓉相信謝夫人不會干涉。可如今不同了，他覺得謝夫人不會讓謝衍之無後。

謝衍之看出了她的擔憂，道：「我們有了歡兒，我不會納妾，誰出面來說都不行。」

沈玉蓉沒接話，仍然有些擔憂。

軍營裡，牛耳幾人得知要回京城，也滿心不捨。他們養的牲畜怎麼辦？沈玉蓉剛買下一座小山頭，準備教他們種果樹呢，現在走了，豈不是白做了？

「少夫人在京城有兩座山頭，田產無數，還害怕沒得吃嗎？去年山上便種滿了水果，今年就能吃了。」謝衍之笑著道。

牛耳是個實在人，為難地看著謝衍之，半晌才憋出一句話。「將軍，您都吃少夫人的，我們跟在您後面吃少夫人的，到了京城，人家會不會說您吃軟飯？」據他所知，將軍的俸祿不多，還全補貼給他們了。

謝衍之瞪他一眼。「你倒是替我操心。收拾一番，咱們明日就出發。」

齊鴻旻和齊鴻昱等不及了。

沈玉蓉和謝衍之分開後，去了莊如悔的院子，問莊如悔的打算。

莊如悔道：「如今我出了月子，自然是跟你們回去。」阿炎也要跟著，他們一家三口豈能分開。

「那我讓杏花幫妳收拾收拾，明日啟程。」沈玉蓉說完便走，她也要回去收拾。

半個月後，謝衍之帶東北軍回京，大軍駐紮在京城北面三十里的地方。他和沈玉蓉則帶著牛耳幾人，輕裝簡行。

回到京城，沈玉蓉沒回謝家，而是先去沈家。謝衍之進宮覆命，再來接沈玉蓉。

沈父上朝，沈謙和沈誠去學堂。家裡只有張氏和沈玉芷，得知沈玉蓉回來，熱情到門口迎接，見沈玉蓉好好的，很是欣慰，又看見杏花懷裡的孩子，便問孩子是誰的。

謝衍之死了快半年，沈玉蓉哪裡來的孩子？

「我的孩子。」沈玉蓉見張氏和沈玉芷驚訝，知她們誤會了，拉著她們進屋。「咱們進去說，此事說來話長。」一面走、一面說出事情經過。

得知是收養的孩子，張氏就放心了。她就說自家姑娘的品性高，不會做那等齷齪事。

幾人進屋喝茶，說了一會兒話，謝衍之就來了，原來皇宮已被人控制，沒有齊鴻旻的命令，根本進不了宮。

沈玉蓉驚訝。「二皇子這是要做什麼，打算反嗎？」

張氏聽了這話，立刻慌了，起身朝外走。「老爺還在宮裡呢，這可怎麼辦？」

危急時刻，沈玉蓉的思緒異常清醒，命人去找沈謙和沈誠，讓他們趕緊回來，莫要在外面逗留。

「我去長公主府一趟。」謝衍之對京城的局勢不了解，得先去問清情況。

沈玉蓉點頭答應，目露關切。「你小心些，我等你回來。」

「好。」謝衍之不放心沈玉蓉，讓牛耳和墨三留下。

沈玉蓉不肯。「京城局勢不明，還是讓他們跟著你吧。我不出去，應該不會有事。」

謝衍之想起羅俊玉，有他保護應該夠了。在她臉上親一口，便離開了。

謝衍之走後，沈玉蓉的右眼皮一直跳，便讓羅俊玉跟上，看能否幫上忙。

「我是來保護妳的，不是保護別人的。」羅俊玉才不會保護謝衍之呢。謝衍之死了正好，沈玉蓉就可以改嫁，說不定他還有機會。

沈玉蓉見狀，佯裝生氣。「你要是不去，就別跟著我了。跟著我，就該聽我的話。」

羅俊玉無法，只能去追謝衍之了。

謝衍之先潛入長公主府，此刻長公主府也被禁軍團團圍住，想從正門進去是不可能的。

謝衍之無奈折回，順著密道潛入皇宮，先去墨軒殿找齊鴻曦。

齊鴻曦看見謝衍之回來，就放心了。「表哥，這次謀反的不僅有老二，還有老四。宮裡看著是老二的人，其實大部分是老四的人。」

「我知道。」謝衍之坐下，喝了口茶。「咱們先來個坐山觀虎鬥，等他們打得你死我活之後，正好撿漏。」

齊鴻曦也正有同樣想法。「如此最好。父皇病重，如今還在寢殿，不知看太醫沒有？」

謝衍之見他傷心，安慰他幾句才離開。

前朝，齊鴻旻逼著明宣帝寫下禪位詔書，正準備當著文武百官的面唸出來，好名正言順登基為帝。

這時，四皇子齊鴻昱帶兵闖進來，包圍齊鴻旻，說他謀害明宣帝，是亂臣賊子，應該拿下，打入天牢，等候發落。

齊鴻旻緩步走下來，行至齊鴻昱跟前。「你以為我會怕你嗎，若沒有本事，我敢造反？我明明是嫡子，父皇該立我為太子，可他偏不立，將我禁足，逼死我母后，把我趕去守皇陵，我早就受夠了。」

齊鴻昱鎮定自若。「你真以為禁軍是你的人？告訴你實話吧，他們早就投靠我了。你有五城兵馬司又如何，還不是輸給了我。」

「東北軍已經駐紮在城外三十里，只要我一聲令下，他們就會打進來。」齊鴻旻眸光狠戾。就算領兵的人是謝衍之又如何，有把柄在他手上，也不得不聽話。

齊鴻昱聞言，頓時急了，揮手讓弓箭手準備射箭，看東北軍如何幫已經沒命的皇子。千鈞一髮之際，齊鴻旻伸手拉過旁邊的三皇子齊鴻晟，讓他幫著擋了一箭。箭正中心臟，齊鴻晟來不及出聲就一命嗚呼了。

齊鴻昱冷笑，罵齊鴻旻冷血，連跟在他身邊的兄弟都算計。

「他不死，將來死的就是我。」齊鴻旻揮手，一群黑衣人出現，手中拿著弓弩，對準齊鴻昱。「當真以為我只有這些人嗎？你錯了。」擺手示意黑衣人動手。

這群黑衣人是王家的死士，個個不要命。

經過一場奮戰，齊鴻昱的人不敵，死的死，傷的傷，最後只剩下齊鴻昱和他身邊的侍衛。地上血流成河，屍體成堆。

齊鴻旻彎腰撿起一把刀，邁過屍體，來到齊鴻昱跟前，輕蔑一笑，看著鋒利刀刃。

「四弟，技不如人，你輸了，大齊江山本來就是我的。」話落，給了齊鴻昱一刀，捅死了他。

齊鴻昱睜大雙眼倒在地上，死不瞑目。

這時，明宣帝被齊鴻曜扶進來，看見殿內滿是屍體，齊鴻晟和齊鴻昱的屍首也在其中，又氣又痛，猛地吐出一口血，指著齊鴻旻怒罵。

「混帳東西，他們都是你弟弟，你如何下得了手?!」

齊鴻旻拿著刀，緩步來至明宣帝跟前，臉上帶著狂妄的笑容。「他們個個覬覦我的江山，都想要我的命，他們不是我的弟弟。皇家無父子，更何況是兄弟。」

他說完，仰天長嘯幾聲，冰冷目光看向明宣帝。「父皇，這皇位本就是我的，都是您偏心，才遲遲不立太子，還把我趕出京城去守皇陵。」

他舉起劍，對準明宣帝和齊鴻曜。「順我者昌，逆我者亡。我給你們一個選擇，歸順我，否則老三、老四就是你們的下場。」

明宣帝痛心疾首，昏了過去。齊鴻曜把他扶到一旁，準備與齊鴻旻拚命。

此刻，門外傳來一道聲音。

「是嗎？」謝衍之提著長槍，一身黑色盔甲，大步走來，凝視齊鴻旻，鄙夷道：「放下刀，或許還能有具全屍。」

齊鴻旻瞧見謝衍之，哈哈大笑幾聲，指著謝衍之道：「真是你，你居然沒死，還成了輔國將軍。謝衍之啊謝衍之，你藏得夠深。不過，你棋錯一著，滿盤皆輸。」

「狂妄。」謝衍之冷笑，望向扶著明宣帝的齊鴻曜。他的身分是被誰洩漏，不用多說。

齊鴻曜淡然看著謝衍之，毫不愧疚。

謝衍之說完，伸出手。墨三會意，遞上弓箭，謝衍之搭箭拉弓。

齊鴻旻笑了，挑眉輕蔑地看著謝衍之。「忘了告訴你，我手裡有一個人，想必很想見到你。」拍拍手，立刻有兩個黑衣人押著沈玉蓉進來。

沈玉蓉不僅被反綁雙手，連嘴也被堵住，見謝衍之擔憂，搖頭無聲安慰他。

齊鴻曜見狀，垂眸遮掩住眸中的嫉妒。

見沈玉蓉被擒，謝衍之又驚又懼，握緊雙拳，微微瞇起眼睛，盯著齊鴻旻問：「你到底想做什麼？」

齊鴻旻哈哈一笑，走向沈玉蓉，捏住她的下巴。「本皇子多次對妳拋出橄欖枝，妳卻不屑一顧。如今呢，成了本皇子的階下囚，妳說我該如何懲罰妳？」

他也沒想到沈言竟是謝衍之，瞞天過海，真是好手段。幸虧早有人傳信告訴他，他才派人去沈家把沈玉蓉捉來。這也是謝衍之欺騙他的代價，痛失所愛，他定讓謝衍之悔恨終身。

他語氣邪佞，態度曖昧，靠近沈玉蓉，沈迷地嗅著她身上的味道，瞥著謝衍之，見他隱忍得辛苦，嗤笑一聲。

謝衍之忍住撕碎齊鴻旻的衝動。「說吧，你的目的何在？」

齊鴻旻笑了，微微揚起下巴，輕蔑道：「先跪下，向本皇子磕頭認錯，然後殺了我的好父皇和五皇弟，本皇子就放了她，如何？」

第一百一十八章

聽了齊鴻旻的話，沈玉蓉急忙搖頭，看著謝衍之的目光滿是懇求，要他千萬別跪下。她使勁想掙脫後面的繩子，可惜怎麼也掙不開。

謝衍之雙拳緊握，站著沒動，但眸中滿是不忍，腦中思索著如何殺了齊鴻旻。

齊鴻旻見謝衍之沒動，抬手一巴掌打在沈玉蓉臉上。「沈大將軍，哦，不，應該叫你謝大將軍，你可想好了，跪還是不跪？」

見沈玉蓉的臉都腫了，他再也站不住，撲通跪下。「我已經跪下了，你莫要打她。」

齊鴻旻不屑，冷哼一聲，摸著沈玉蓉的臉，臉上浮現邪佞的笑。「這樣的美人，本皇子自然捨不得她受委屈。去，把老東西和老五殺了。」

謝衍之從地上撿起一把劍，起身朝齊鴻曜和明宣帝走去，腳步很慢，似乎在猶豫。

齊鴻旻等不及，拿掉沈玉蓉嘴裡的絹帕，捏著她的脖頸。「喊出來，讓妳的夫君聽聽。若是他不聽話，妳就會沒命。」

沈玉蓉不理會齊鴻旻，對謝衍之喊道：「謝衍之，不要聽他的話。大齊江山不能落到奸佞小人手裡，不然就毀了。」

齊鴻旻覺得沈玉蓉囉嗦，又給她一巴掌。

謝衍之目眥欲裂，瞪著齊鴻旻。「我說了，不要打她。」

「我就打她，你能奈我何？」齊鴻旻說完，欲揚起手打沈玉蓉。

這時，齊鴻曜出聲了，緩步走過來。「二皇兄，我知你忌憚我，我的命可以給你。父皇年紀大了，又重病在身，希望你能放過父皇。」說話間，已經來到齊鴻旻和沈玉蓉跟前。

齊鴻旻怕齊鴻曜和謝衍之耍詐，抬起腿，從靴中掏出一把匕首，抵在沈玉蓉的脖子上，望了望地上的刀。

「英雄救美，本皇子成全你，自盡吧。」

齊鴻曜彎腰撿起刀，把玩著。「二皇兄，你就不想知道，父皇為何不喜歡你？」

明宣帝不喜歡王家，不喜王皇后，厭惡齊鴻旻，這是齊鴻旻心中永遠的痛。聽見齊鴻曜這話，知他在拖延。

「不要廢話了。只要你死，這天下就沒人跟我爭皇位了。」

齊鴻曦是個傻子，不足為懼；其他皇子母族不顯，也不會成為他的絆腳石。唯有眼前的齊鴻曜，才是真正的威脅。

他們說話時，謝衍之一直在想辦法救沈玉蓉，見齊鴻旻與齊鴻曜你來我往說得起勁，王元平又帶著一群人進來，只得暫時放棄自己的計劃。

王元平走到齊鴻旻身邊，湊到他耳旁，小聲嘀咕。「五城兵馬司的人被東北軍制住了。」讓他速戰速決，解決明宣帝和齊鴻曜，這江山就是他的囊中之物。

齊鴻旻聽了王元平的話，冷冷瞪著謝衍之。「謝衍之，我改變主意了，以命換命。只要你們死了，我就放走她如何？」

不等謝衍之回答，沈玉蓉急忙道：「謝衍之，你萬不可答應他。」她與王家有仇，就算謝衍之和齊鴻曜死了，齊鴻旻和王家也不會放過她。

齊鴻旻手上用力，沈玉蓉脖頸處出現一道血跡。

謝衍之瞧見羅俊玉躲在一根柱子後，擺手道：「我答應你，你別傷害她。」彎腰從地上撿起刀，反手架在脖子上。

沈玉蓉害怕，聲嘶力竭。「謝衍之，就算你死了，我也不會感激你的。求你，別死！」

齊鴻曜見沈玉蓉只在乎謝衍之，心如刀割。

謝衍之利用巧勁，割破脖子，其實只是劃傷一點皮而已。倒下的同時，望著遠處。

「太后娘娘。」

一句太后娘娘引起齊鴻旻和王元平的注意，扭頭朝後看去。

謝衍之瞅準機會，飛快移到齊鴻旻身邊，抓住他的手，奪了他的匕首，一腳踢開他，再將沈玉蓉攬入懷中。

羅俊玉瞅準機會，上前給齊鴻旻一刀。與此同時，齊鴻曜的刀也捅進齊鴻旻的身體。

前後夾擊，齊鴻旻痛得倒地，抬眸看著謝衍之，突然詭異地笑了。

「謝衍之，你騙了本皇子，本皇子即便是死，也要拉一個墊背的。」他用盡全身力氣，飛快抬手按下機關，幾支利箭朝沈玉蓉飛去，隨即氣絕。

謝衍之抱著沈玉蓉轉身閃躲，其中一支箭沒入謝衍之的後肩胛骨。

沈玉蓉聽見聲音，知道謝衍之受傷了，要謝衍之放她下來。

謝衍之見齊鴻旻死了，放下沈玉蓉，查看她的傷勢。「疼不疼？」

沈玉蓉搖頭。「你也受傷了，快讓我看看。」

「不礙事，一點小傷而已。」謝衍之忍住疼，掏出傷藥，堅持先幫沈玉蓉治傷。

沈玉蓉不信，都被箭射中了，怎麼會不礙事，非要看謝衍之的傷口。

王元平見齊鴻旻死了，沈玉蓉這個殺子仇人還活著，從袖籠裡滑出一把匕首，朝沈玉蓉走過去。

羅俊玉和齊鴻曜離得遠，驚慌喊道：「小心！」

謝衍之抱起沈玉蓉，躲開王元平，再給王元平一腳，將人踹飛，震怒道：「找死！」

王元平倒在地上，吐了一口血。「你這賤人，不得好死。」隨即昏過去。

羅俊玉解決了剩下的人，跑過來問沈玉蓉傷得如何？

沈玉蓉半邊臉腫了，仍搖頭笑了笑。「無礙，都是皮外傷，養兩日就好了。」說完想起謝衍之的傷口，要帶他去太醫院。

「真沒事，這點小傷，我受得住。」謝衍之搖頭，幸虧箭上沒毒，否則就糟了。

他拉著沈玉蓉，朝齊鴻曜走去，直接問：「可是你向二皇子報信，說我沒死？」

沈玉蓉瞪大雙眼，不敢置信地瞪著齊鴻曜。「真的是你？」

齊鴻曜看向沈玉蓉，沈默不語，算是默認了她的話。

「你為何要這樣做？」沈玉蓉又問。

齊鴻曜還是不答話。沈玉蓉見他不答，猜到答案，拉著謝衍之走了。

齊鴻曦從外面進來，見沈玉蓉臉腫了，謝衍之身上也帶著傷，問是誰傷了他們。

「都過去了。我們去太醫院，這裡交給你。」謝衍之拍拍他的肩膀，帶沈玉蓉走了。

齊鴻曦目送他們離去，走進正殿，見齊鴻曜站在死人堆裡，呆呆愣愣。

「五哥，你怎麼了？」齊鴻曦走上前。

羅俊玉認得齊鴻曦，想到齊鴻曜做的事，冷嘲熱諷起來。「怎麼，傻了嗎？讓心愛的人差點沒命，事後又被心愛的人厭棄。」轉身離開。

齊鴻曦很聰明，很快就猜到原因，也不理會齊鴻曜了，轉身朝明宣帝走去，為他請太醫看病。

謝衍之帶著沈玉蓉去太醫院，正好是李院正當值，見沈玉蓉和謝衍之受傷，親自為兩人包紮，還問前朝如何了。

「一切都解決了，您老可以回家抱媳婦了。」謝衍之調侃道。

李院正捋著鬍鬚笑了。「你小子還是這脾氣，一點都沒變，當了將軍還這般貧嘴。也就你家娘子願意嫁給你，旁人誰願意啊。」

「我家娘子願意就好，與旁人有何關係。」傷口包紮好，謝衍之便拉著沈玉蓉離開。

這時，一個小太監來報，說齊鴻曦請李院正過去，替明宣帝看診。

沈玉蓉聽見了，知齊鴻曦心智不全，怕他應付不來，有些擔憂。「咱們回去看看吧。」

「那臭小子才不會有事。放心吧，只有他算計別人的分，哪裡輪到別人算計他。」謝衍之緊握沈玉蓉的手。

沈玉蓉這才放心。「難道曦兒這些年是裝的？」

謝衍之點頭。「他也是命苦。若不裝瘋賣傻，哪能活命。」

沈玉蓉好奇齊鴻曦的過往，讓謝衍之說給她聽，抬眸卻見長公主和莊遲來了。

謝衍之拉著沈玉蓉，向他們行禮。

長公主心裡有事，擺手讓謝衍之和沈玉蓉起來。「今日不便多言，多謝少夫人對阿悔的照顧，改日再登門拜訪。」

「您太客氣了，阿悔是我朋友，我照顧她是應該的。」沈玉蓉笑著道。

長公主誇了沈玉蓉兩句，和莊遲離去。

沈玉蓉和謝衍之攜手出宮。

明宣帝的寢殿裡，李院正替明宣帝施針，又灌了藥。

片刻後，明宣帝醒了，睜眼看見齊鴻曦，唇角上揚，有些欣慰。

齊鴻曦上前扶起他。「父皇要不要喝水？」

明宣帝輕輕搖頭，朝旁邊看去，見齊鴻曜站在不遠處，失魂落魄的，嘆息一聲，對劉公公道：「把長公主夫妻、左右丞相和六部尚書請來。」

劉公公知明宣帝有重要的事情吩咐，應聲去辦。剛出正殿，便遇見長公主和莊遲，請了安，讓他們進去。

「知道了。」長公主擺手讓劉公公下去，快步進正殿。

莊遲跟在後面，長公主見齊鴻曦和齊鴻曜都在，問齊鴻旻那個狗東西呢，居然把長公主府圍起來，是誰給他的膽子？

明宣帝開口道：「臻兒少安勿躁，老二、老三和老四都不在了。等會兒我有事情要宣佈，你們留下做個見證。」

第一百一十九章

得知明宣帝召見，左右丞相和六部尚書不敢耽擱，小跑著趕來。

今兒這一天可真是提心吊膽，先是齊鴻旻和齊鴻昱謀反被誅，現在又被明宣帝召見，也不知是何事。

幾位大臣懷著忐忑不安的心，站在一旁，見長公主和莊遲都在，懸著的心稍稍放下。

明宣帝見人來齊了，咳嗽幾聲後，道：「傳朕口諭，朕龍體欠安，無力治理江山。六皇子齊鴻曦，人品貴重，孝心可嘉，可即皇位。」

長公主聽見這話，有些不敢置信。

還未等她說話，左丞相上前幾步，跪下道：「懇請皇上收回成命。六皇子雖人品貴重，孝心可嘉，可心智不全，如何能治理大齊江山？」

右丞相也出來勸阻，接著是六部尚書。

明宣帝笑了。「曦兒心智如何，朕清楚得很，你們無須質疑。」

病重時，都是齊鴻曦在照顧他。正是因為心智不全，齊鴻旻和齊鴻昱的人才沒有防備齊鴻曦。那時，齊鴻曦已經表明，他沒有癡傻，裝傻只為保命，這是墨妃臨死前教他的。

若當初他能護住他們母子，齊鴻曦又怎需裝傻？

齊鴻曦站起來，眼神清明地掃視眾人，冷冷一笑。「誰說本皇子癡傻？要不是王家獨大，欺負我與母妃，本皇子需要裝傻嗎？」

明宣帝很欣慰，長公主淚流滿面。「二哥，你告訴我，他是不是……」

明宣帝知道她問什麼，當即點頭。「曦兒是大哥的孩子。當初大嫂懷孕，王家欲斬草除根，朕不得已，將大嫂接入宮中，封為墨妃，但自始至終都沒碰過她。朕無能，沒能保住她性命。這江山本來就是大哥的，若非被人誣陷，大哥跟大嫂也不會死。朕對不起母后，對不起大哥。」許是心情太過激動，連續咳嗽了幾聲，還咳出了血。

齊鴻曦連忙倒了杯茶，餵明宣帝喝。

明宣帝喝下茶水，繼續說：「曦兒善良，聰慧過人，定能守好大齊的江山。」

長公主聽到這裡，壓抑的心情再也控制不住，指著明宣帝控訴。「二哥，為什麼你不早點告訴我？你可知每次見到神似大哥的臉，我就忍不住想，這會不會是大哥的孩子？你可知我有多想親近曦兒，卻只能看著他受傷的眼神，心裡有多痛苦。」

明宣帝苦笑。「為了保住曦兒，大嫂故意疏遠他，曦兒小小年紀都知裝傻充愣，妳若再關心他，無疑將他推向風尖浪口。這樣很好，曦兒平安長大，繼承大齊江山，就算到了地下，朕也可以給大哥和母后一個交代了。」

明宣帝說完，噴出一口血。

齊鴻曦擔憂，喊李院正替明宣帝診治。

明宣帝攔住他，抬手摸摸他的臉。「曦兒，父皇的兒子不多了。你大哥軟弱無能，不會搶你的皇位，你五哥也無心權勢，朕求你，看在骨肉血親的分上，許他們一生無憂可好？」

越說，聲音越微弱。李院正想上前施針，被他用眼神制止了。

明宣帝知道，他大限將至，無力回天，又看向長公主等人。「少帝年幼，希望各位多多幫扶，朕感激不盡。」

他說完，閉上了眼，手從齊鴻曦手中滑下來。

屋內的大臣齊齊跪在地上，齊鴻曜也跟著跪下，哭喊著父皇。

「父皇。」齊鴻曦摟著明宣帝，怎麼也不願意鬆手。

他最依賴明宣帝，在皇宮裡，除了墨妃，明宣帝是對他最好的人，從來不嫌棄他癡傻。

劉公公見明宣帝嚥氣，老淚縱橫，對著外面喊了句。「皇上駕崩——」

長公主走到明宣帝身前，幫他整理儀容，淚落不止。「二哥，你不是最喜歡我做的桂花釀，我做給你吃。」

莊遲在後面扶著她，小聲安慰。

明宣帝駕崩，葬入皇陵。六皇子齊鴻曦登基，年號建寧，史稱建寧帝。

建寧帝登基後的第一件事，就是為墨家翻案。

王家已被貶謫，但家產並未充公，是以生活愜意，不是權貴，也是富戶。

但隨著墨家舊案被翻開，建寧帝派人去王家，將王家人打入天牢。

當年，先皇昏庸無能，信任奸佞，致使朝野動盪。先太子仁善，威望甚高，與先皇的昏庸形成鮮明對比。

於是，王家對先皇進讒言，說百姓只識先太子，不知有皇帝。先皇無能，本就忌憚先太子，聽聞這話，一分忌憚頓時變為五分。

王元平妄自揣測聖意，勾結先太子身邊的謀士，將帶有謀反意圖的信件藏在先太子的書房中，又參先太子不滿先皇作為，意圖謀反。

先皇震怒，查也未查，直接令人抄了東宮，搜出信件若干，幽禁先太子。

長公主不信先太子謀反，長跪御前，請先皇徹查此事，但先皇不予理會。

先太子百口莫辯，信上內容又涉及墨連城，為保髮妻和摯友清白，當晚服毒，以死明志。死前留書，請先皇放太子妃一命。

最愛的兒子慘死，先皇大受打擊，本就因酒色掏空的身子迅速衰敗，一病不起，更無心朝政。

王太后和王家執掌朝政，開始清算先太子餘黨，爾後扶持明宣帝登基。

明宣帝登基第一件事，就是迎先太子妃進宮，冊封為墨妃。王太后百般阻止無果。

而遠在邊關的墨連城，亦被誣陷通敵叛國。為保妻兒，為保墨家，為保墨家鐵騎，選擇戰死沙場。

文武大臣都知建寧帝要秋後算帳，楊淮和謝衍之遞上證據，正是柳澧留下的。柳震以為謝衍之誣衊柳澧，見到一封封親筆信，才知柳澧夥同王家陷害墨家，隨後打壓謝家。

隨著這案子被揭發，又有人狀告王家人，強行圈地、貪污受賄、巧取豪奪，又強搶民女，逼死良家婦人。還縱容族人放火燒山，破壞百姓財物。

樁樁件件，人證物證俱在，王家很快被定罪，沒等到秋後，直接推到菜市口斬首示眾。王家人被斬首那天，京城許多人都去看了。遊街時，全城百姓準備了臭雞蛋、爛菜葉，紛紛朝王家人砸去。

沈玉蓉和莊如悔坐在天下第一樓的二樓雅間，站在窗前往外看，見到這樣的情景，嘆息一聲。

「妳說，王家人若知今日的下場，還會知法犯法嗎？」但親眼看見王家人被唾棄、被斬首，還是大快人心。

莊如悔挑眉看著外面的一切。「有句話叫早知如此，何必當初。也許王家人早就後悔了，誰知道呢。」

建寧帝登基後，京城百姓無不誇讚他年少有為，耳聰目明，愛護百姓，是當世明君。

齊鴻曦聽見這話，莞爾一笑。「小三子，這就是明君了？」

小三子幫齊鴻曦打著扇子。「皇上自然是明君，不然奴才早死了。」

「行了，不要打扇子了。走，咱們出宮，去瞧瞧百姓的生活。」齊鴻曦說著話，起身往外走。

兩人來到京城街上，百姓們討論的是王家，都說王家被斬首是罪有應得。走著走著，來到了天下第一樓門前。

沈玉蓉眼尖，看見齊鴻曦站在門口，道：「皇上來了，快請上樓吧。」

牛掌櫃迎齊鴻曦上二樓雅間，莊如悔笑著看他。「喲，咱們的皇上來了。您可是貴人事忙，怎麼有空到我們這酒樓來了？」

齊鴻曦找了個位子坐下，端起茶抿幾口。小三子想試毒，被他阻止了。

「許久沒見表姊了，不在家看孩子，怎麼跑來這裡？」

莊如悔聽見他喊表姊，立刻變了臉，挑眉道：「看清楚了，我是男子，這聲表姊就免了，我還是喜歡聽你喊我表哥。」

她是世子，自然得出門應酬，但都是裝裝樣子。自從回京城後，都是阿炎在看孩子，凡事親力親為，只差搶奶娘的差事了。

莊如悔沒見過這樣的阿炎，又蠢又呆的，不過很可愛。

齊鴻曦笑了笑，沒有接莊如悔的話，看著沈玉蓉道：「表嫂，今兒就妳自己來，怎麼不見表哥？」平日兩人形影不離，哪裡有沈玉蓉，哪裡就有謝衍之。

沈玉蓉面色一僵，旋即笑了笑。「我最近要住娘家。」

昨日她無意中聽見謝衍之和謝夫人說話。謝夫人好似知道了她不能生育，想讓謝衍之納妾。謝衍之不肯，找了藉口去軍營。

沈玉蓉不敢面對謝夫人，給許嬤嬤留了句話，坐上馬車去沈家，還帶上杏花和梅香，連梅枝也跟來了。

今日她出門看行刑，只帶了梅枝。沈謙、沈誠和沈玉芷要跟，她沒答應。砍頭什麼的太血腥，不適合小孩子。

莊如悔也發現沈玉蓉不對勁，笑著問：「喲，難得啊，你家醋缸沒跟著妳，難道你們吵架了？」

沈玉蓉搖頭，一副不願多說的樣子。她越不願意說，莊如悔越想知道，追問發生何事？

「他們都知道我不能有孩子了。」沈玉蓉深呼吸一口氣，鼓足勇氣，說了實話。

莊如悔勾唇。「怎麼，謝家人要逼謝衍之納妾？」這才是沈玉蓉擔憂的吧，若謝家人安慰沈玉蓉，她不會是這個樣子。

「是。」沈玉蓉點頭承認，半晌問莊如悔。「妳說我是不是很自私，明知自己不能生孩子，還不想讓謝衍之納妾。」

莊如悔未開口，謝衍之進來，伸手把沈玉蓉摟入懷中。「我說了，我不在意，妳不必自責。還有，我們已經有孩子了，歡兒就是我們的女兒。就算沒有歡兒，我也不會納妾。」

「走了走了，待在這裡礙眼啊。」莊如悔起身，對齊鴻曦使眼色。「我請你去茶樓聽書，蓉蓉又寫《紅樓夢》的新章節了，非常精采呢。」

齊鴻曦自然不拒絕，起身跟著莊如悔走了，還好心地關上門，調侃道：「夫妻床頭吵架床尾和，有事慢慢說，莫要憋在心裡面。」

謝衍之想對他說滾，齊鴻曦很識趣，飛快離開了。

第一百二十章

沈玉蓉推開謝衍之。「你來做什麼，不找嬌媚的小妾了？」

「還說我吃醋，如今妳也會吃醋了，我真高興。」謝衍之再次將沈玉蓉摟入懷中。「這表示妳在乎我了。」

沈玉蓉抬手打他。「胡說，誰在乎你了，你敢納妾，我就跟你和離，我才不管什麼自私不自私呢。」

謝衍之被沈玉蓉捶了一下，哎喲一聲，隨即捂著肩胛骨坐在椅子上。「我的傷口。」

沈玉蓉慌張，扯著謝衍之的衣服要看。「怎麼了？快讓我看看，哪裡受傷了？」

謝衍之伸手撈她入懷。「我的心受傷了，娘子幫我看看。」拉著沈玉蓉的手，按向他的胸口。

「你竟敢騙我。」沈玉蓉這才知道，謝衍之在戲弄她，掙扎著要起來。

好不容易抱得美人歸，謝衍之哪裡肯放，將人摟得更緊。「不放，一輩子都不放。」

沈玉蓉掙扎不開，索性任由他抱著，半晌才問：「你當真不納妾？」

「一輩子沒有孩子，也不納妾。」謝衍之說得堅定，好似誓言一般。

可沈玉蓉還是擔心。「娘那裡怎麼辦，她會答應嗎？」

「我的事，我做主。放心吧，娘是通情達理之人，定會同意的。」謝衍之十分篤定，若再不同意，他就喝絕子藥，他們兩個都不能有孕，正好配成一對。

謝衍之想得太簡單，若他真是謝家長子，他不要孩子，謝夫人能接受，可他不是。

謝家莊子裡，謝夫人知沈玉蓉聽到她與謝衍之的談話後跑了，也覺得對不起沈玉蓉，又覺得沈玉蓉不懂事。自古男人三妻四妾實屬尋常，她不能生，還不准謝衍之納妾。

謝夫人越想越生氣，最後嘆息一聲。「我知道玉蓉不願意，可我也沒辦法。要是衍之沒有孩子，百年後我如何見兄嫂？」

許嬤嬤想了想，道：「夫人太心急了些，太醫也說，調理幾年興許會有，不如先等等，如果真的沒有孩子，再說納妾的事。少夫人懂事，到時定不會再攔著。」

謝夫人反問她。「若幾年後沒有孩子，她依然不准衍之納妾呢？」

她也是女子，自然明白女子的心思，就算幾年後沒有孩子，按照沈玉蓉的脾性，也絕不會讓謝衍之納妾。最關鍵的是，謝衍之自己也不願意。

許嬤嬤知謝夫人走進了死胡同，暫時說不通，道：「大公子和少夫人如此反對，這事還是以後再提吧。」

謝夫人盯著茶杯，陷入深思。

許嬤嬤知道，謝夫人沒聽進去，只好站在一旁靜靜守著她，希望她自己能想明白。

謝衍之將沈玉蓉哄好，讓梅枝去沈府一趟，將謝歡帶回謝家莊子，母女倆一直住在沈家像什麼話。

「不行，我大半年未見爹爹，想在娘家多住幾日。」沈玉蓉不想回謝家，怕謝夫人再次提納妾的事。

謝衍之看出她的憂慮，刮了刮她的鼻子。「妳哪裡是想住娘家，分明是在置氣。住娘家可以，但不是現在。」牽著沈玉蓉的手往外走。「走吧，我陪著妳，不會讓妳受委屈。」

沈玉蓉不情不願回了謝家莊子，他們剛進去，就見許嬤嬤等在門口了。

沈玉蓉見許嬤嬤似乎有話說，問她發生了何事。

許嬤嬤欲言又止，最後開口說了實話。「有些事，是夫人的執念，需要你們慢慢開解。」說完便轉身走了。

沈玉蓉一愣，難道讓謝衍之娶妻生子就是謝夫人的執念？但她又不是只有謝衍之這一個兒子。

謝衍之覺得應該找母親說一說，於是拉著沈玉蓉去了正院。

謝夫人坐在主位上，看見沈玉蓉和謝衍之進來，讓下人出去，只留下他們。

夫妻倆先給謝夫人問安，然後靜待謝夫人開口。

謝夫人看向沈玉蓉，滿臉不捨，最後緩緩開口。「我知道我逼迫你們納妾不對，可我也有我的苦衷。若衍之是謝家的孩子，我有三個兒子，絕不會斷了謝家香火，你們夫妻想如何便如何，我自不會插手你們的房中事。」

沈玉蓉和謝衍之抓住了這段話的關鍵，對視一眼，轉頭盯著謝夫人，異口同聲問道：「娘是什麼意思？」

謝夫人嘆息一聲，娓娓道來。

原來，當年王家欲陷害墨家，墨連城早已得了消息，深知自己功高蓋主，先皇容不下他。只能選擇壯烈犧牲，至少能保住墨家族人。

在赴死之前，墨連城安排好了，把剛出生的長子送到謝家，那時謝夫人也生下一女，正是謝淺之，遂稱生下的是雙胎。

而為了保住墨家鐵騎，墨連城把風雲令託給楊淮，等謝衍之長大，再轉交給他。

至於傳說中的墨家財富，大半的錢早已用在養兵上，僅留一些給謝衍之，一部分是墨夫人的嫁妝，一部分是祖輩留下來的物件，田產鋪子、金銀珠寶都有。

聽完這些，謝衍之沈默了，不敢置信。「我真是墨家人？」

謝夫人的淚水順著臉頰流淌。「我還會騙你？我雖不是你親娘，卻是你姑母，你是墨家唯一傳人，我怎麼忍心看你絕了子嗣，斷了墨家香火，那樣我有何顏面去見哥哥跟嫂子？」

她說完，又拉著沈玉蓉的手。「我知妳是好孩子，在謝家最為難的時候嫁進來，幫謝家良多，感激不盡。若衍之是我的孩子，我絕不逼他納妾。可衍之是墨家唯一的血脈。」

沈玉蓉明白謝夫人的感受了，明白歸明白，卻不能接受。

謝衍之看看沈玉蓉，又看看謝夫人，思忖片刻，起身對著謝夫人作揖。

「我是娘養大的，不會忘記娘的恩情。可您也知我與玉蓉剛成婚，聚少離多，她又於咱們家有恩，此時納妾，終歸不妥。不如這樣，若十年後我還沒有一兒半女，再納妾可好？」

謝夫人不願意，伸出手。「五年吧，十年太長了些。」那時謝衍之都到而立之年了。

沈玉蓉急了，想說話，卻被謝衍之拉了一下。

「八年。」謝衍之道：「不能再少了，若娘不答應，我這輩子不納妾。」

謝夫人知道謝衍之的脾氣，不能逼迫，點頭允了。

謝衍之見謝夫人點頭，帶著沈玉蓉告退出來。

出了正院，沈玉蓉瞪著謝衍之，賭氣不說話。

「生氣了，這麼喜歡我？」謝衍之攬住她的腰。「放心吧，我這輩子不會納妾。」

「那你方才……」還說那樣的話，豈不是欺騙人？沈玉蓉更不高興了。

謝衍之笑了，湊到她耳邊，小聲嘀咕幾句。

沈玉蓉抬頭看他。「這樣行嗎，與騙人有何區別？」

「這叫你有張良計，我有過牆梯。行了，別愁眉不展，明日我帶妳去宮裡，正好解決這件事。」

謝衍之牽著沈玉蓉，往棲霞苑走。「走，咱們回去，我幫妳作畫。妳不是最喜歡我畫的畫嗎？今兒我就畫一幅美人圖，放在臥房中，日日欣賞。」

他一臉紈袴的樣子，讓沈玉蓉心情好了不少，隨著他去了棲霞苑。

回去後，謝衍之果然找出筆墨紙硯和顏料，為沈玉蓉作畫。

沈玉蓉躺在美人榻上，看著認真作畫的謝衍之，杏眼迷離。

梅香、杏花和梅枝站在一旁，一面欣賞謝衍之作畫、一面看著畫中的美人沈玉蓉，誇讚謝衍之畫技超群。

正院裡，謝夫人雖然允了，卻不信謝衍之的話。他是她養大的，什麼脾氣，她比任何人都清楚。

許嬤嬤看出謝夫人的顧慮，出聲提醒。「夫人，大公子都這樣說了，您也允了，若是反悔，總歸不好。」

這時，院外傳來謝淺之的聲音。「母親在屋裡，我自己去就行，你們不必跟著。」說著，人已經打起簾子進來了。

謝夫人見謝淺之來了，臉上難得露出幾分笑容，起身過來扶著她。「妳是雙身子的人了，不在家好好養胎，跑來我這裡做什麼？」

謝淺之也聽聞沈玉蓉不孕的事，不知這消息是誰放出來的，京城都快傳遍了。如今謝衍之身居高位，多少人家想往謝家塞人呢。

謝淺之知道謝衍之的身世，也知謝夫人的執念，怕謝夫人想不開，逼著謝衍之納妾，與沈玉蓉夫妻起爭執，挺著幾個月的肚子來了。

「娘，我好著呢，能吃能喝，婆母待我如親女，沒有小妾、通房添堵，日子不知多快活。」謝淺之笑吟吟地看著謝夫人，停頓一下，又道：「娘，我如今的日子是誰給的，您不會不記得了吧？是蓉蓉幫我討回來的。要是沒有她，我說不定就死在郭家了，您萬不可為難她。」

謝淺之把話說到這分上，謝夫人哪有不明白的道理，嘆息一聲。「我不是為難她，只是想讓墨家有後。」

「娘，您就沒想想，蓉蓉不能有孕這種私密事，為何傳得京城人盡皆知，是誰告訴您的？」謝淺之忍不住提醒。

謝夫人想了想，是謝二夫人告訴她的，還說全京城的人都知道。

「妳是說，這是有人故意為之？」謝夫人沒想太多，只怕墨家無後，光想著替謝衍之納妾了。如今想想，確實可疑。

「若沒有人故意散播謠言，哪會滿城皆知？身為女人，蓉蓉不能為夫家開枝散葉，心裡本就難受，若您再幫衍之納妾，這不是往她的傷口上撒鹽嗎？她是咱們家的恩人，也是您最疼愛的兒媳，您萬不能做那樣的事，讓人寒了心。」謝淺之動之以情，曉之以理。

「那該如何？」謝夫人陷入兩難境地，不想為難沈玉蓉，又想讓墨家有後。

謝淺之要的就是這句話，挽著謝夫人的胳膊，親暱道：「娘，孩子不是說有就有，您得給他們時間。」

謝夫人說了謝衍之的要求。謝淺之很贊成，讓謝夫人莫要管謝衍之和沈玉蓉的事。

這時候，謝沁之和謝敏之也來了，都是來勸謝夫人的，讓謝夫人想開些，沒有孩子是因為緣分未到，不要相信京城的流言。還說沈玉蓉是天下最好的嫂子，他們不想換人，也不想看著沈玉蓉不開心。

謝夫人聽了，還能怎麼辦，道了句兒孫自有兒孫福，她年紀大了，管不了事了。

許嬤嬤見謝夫人想開了，也跟著高興。

第一百二十一章

午後，沈父帶著張氏上門，也是為了京城的流言，怕謝夫人為難沈玉蓉，所以來看看。

謝夫人知沈父的擔憂，言明不逼迫沈玉蓉，該看大夫便看大夫，該吃藥就吃藥，幾年後會有孩子的。

沈父見謝夫人通情達理，並沒有為難沈玉蓉的意思，懸著的心放下了。「夫人開明，是玉蓉的幸運。身為父親，我在這裡謝謝夫人了。」

張氏也起身道謝，說謝夫人大度，將謝夫人誇得天上有地下無的。

沈父與張氏見過謝夫人，便來了棲霞苑。

沈玉蓉嚇一跳，忙問他們來做什麼，可是家裡出了事？上次回家，她什麼也沒說，覺得沈父和張氏應該不知她不孕的消息。

沈父見沈玉蓉沒心沒肺的，嘆了口氣。「出了這麼大的事，妳還瞞著我們，妳的心是有多大啊？」

沈玉蓉不知他們的來意，丈二金剛摸不著頭腦。

沈父不好開口，張氏拉著沈玉蓉的手說了。「孩子的事，妳莫要著急，我們會為妳尋訪名醫，妳一定會有孩子的。」

沈玉蓉這才知道他們的來意，道：「夫君不在意，婆母也不在意，我會繼續醫治，父親和母親不要擔心。」說著迎兩人進屋。

謝衍之見沈父來了，上前行禮，請沈父去書房說話。張氏則跟著沈玉蓉進屋。

書房裡，謝衍之先幫沈父沏茶，直言道：「小婿知岳父大人的擔憂，請您放心，我定不會讓玉蓉受委屈，更不會因為她不能有孕而納妾。若我們真不能有孩子，我就從墨家族中過繼一個。」

聽了謝衍之的保證，沈父放下心，和他談論起國事來。

一會兒後，送走沈父和張氏，沈玉蓉去了謝夫人的院子，向謝夫人道謝，保證會尋醫求藥，把病治好，為謝家開枝散葉。

謝夫人聽了這話，神情緩和了些，指了指對面的椅子，要沈玉蓉坐下。

「娘也有不對的地方，該給你們一些時間。」她停頓一下，又道：「妳別記恨娘，墨家就謝衍之一個孩子，我也是心急。」

「我能理解，自然不會怪罪您，多謝您對我父親說的那些話。」沈玉蓉情真意切。

婆媳兩人心中雖有隔閡，如今說開了，便不再有嫌隙。沈玉蓉還問謝夫人晚上想吃什麼，她要下廚。

謝夫人到底對她有幾分真心，捨不得她操勞。「有下人呢，廚娘也學了幾分妳的手藝，讓她們去做，妳歇著就是。」

「好。」沈玉蓉拉著謝夫人說了些邊關的事，逗得謝夫人開懷大笑。不知不覺說到了已經成為方丈的宸王。

謝夫人對宸王還有些印象，聽說他當了和尚，有些唏噓。「沒想到那般芝蘭玉樹的人，竟出家了。」

宸王曾癡戀一女子，與她情投意合，已訂婚期。後因宮變，那女子竟陰錯陽差進了宮，成了明宣帝的妃子。宸王雖僥倖活命，卻從此離京，再無蹤跡。

「誰說不是呢。」沈玉蓉也覺得可惜。

晚飯後，沈玉蓉坐在床上，手裡拿著一本書，漫不經心地翻看著。「你說，娘是不是真的不會逼迫咱們了？」感覺跟作夢一樣。若是別人家，女子不能有孕，怕是早被休棄了。

謝衍之換了衣服上床，收起沈玉蓉的書。「娘還是疼妳，說給時間，自然會給。時辰不早了，咱們早些歇息吧，明日一早還要進宮呢。」說著，對沈玉蓉上下其手。

沈玉蓉知道謝衍之要做什麼，終是拗不過他，房內傳來呻吟和喘息聲。

這一晚，謝衍之要了三回水。

翌日，因為昨夜的瘋狂，沈玉蓉累壞了。謝衍之喊了幾聲，她只是嗯了一下，並不起床。

「晚了，快起來吧。妳要是睏，我在馬車裡墊上錦被，妳在馬車上睡一會兒。」他說著，拉起沈玉蓉，幫她穿戴洗漱。

等他整理好，沈玉蓉睜開惺忪的眼睛，盯著謝衍之幫她梳的髮髻。「日後你就當我的梳頭丫鬟吧，這手藝比梅香還好。」

謝衍之將最後一支金簪插入她髮間。「好，都聽娘子的。」

兩人攜手去飯廳，吃完早飯，坐上馬車，去了京城。

到了皇宮門口，謝衍之見沈玉蓉睡了，知她昨夜累著，不忍心叫她，吩咐車夫一聲，下車進了皇宮。

不是他心大，放任沈玉蓉不管，而是此處安全，沈玉蓉不會有危險。

謝衍之去了建寧帝的御書房，也不拐彎抹角，直接說明來意。「我想去平定匪亂，也好帶蓉蓉出去散散心。」

「可是因為京城的流言？」建寧帝走下來，調侃道：「我也有所耳聞，流言止於智者，你不必放在心上。如果想散心，帶著表嫂去別院住些日子就好，何必去平定匪亂，很是辛苦的，你捨得表嫂受累？」

「我平定山匪，她教當地百姓種田，也能將一身本事傳承下去。」謝衍之不想讓沈玉蓉面對流言蜚語。

建寧帝見他心意已決，不好慰留，點頭答應。「許久沒和你對弈了，來一局如何？」

謝衍之心裡想著沈玉蓉，怕她醒來無聊，本想推辭，可建寧帝抱怨道：「自從當了皇帝，再無人與我對弈了。那些大臣們為了討好我，故意輸給我；姑母倒是不討好我，可惜棋藝不佳，我不想陪她下棋。表哥難得進宮，就陪我下一局吧。」

「好。」謝衍之纏不過他，只得答應。

錦瀾殿裡，齊鴻曜得知謝衍之進宮，猜測沈玉蓉也來了，派人打聽，得知沈玉蓉在宮門口，換了身錦服，便出來了。

沈玉蓉剛睡醒，在馬車裡悶得很，下來活動活動筋骨，孰料卻看見齊鴻曜。

想起齊鴻曜做的事，沈玉蓉直接轉身，來個眼不見心不煩。齊鴻曜想要謝衍之的命，她不能當作什麼也沒發生。她是謝衍之的妻子，自然要維護謝衍之。

齊鴻曜見她轉身，對他視而不見，勾唇苦笑。「妳就這麼不願意看見我？」

沈玉蓉轉身，看向齊鴻曜，眼神冷清，不帶一絲溫暖。「你想我如何，討好你，還是敬重你？討好你的大有人在，應該不多我一個。至於敬重，我且問一句，你值得嗎？」

齊鴻曜明白沈玉蓉的話。「妳可是後悔救了我？」

「是啊，我後悔，我不該救你。你給二皇子送信，意圖要我夫君的命，還害得我險些出事，又在京城散播流言，讓我成為笑柄，我不該恨你嗎？」沈玉蓉直直看著他，她早知道流言是他傳出去的了。

「是該恨我。」齊鴻曜閉上眼睛。為了得到她，他不擇手段，卑鄙無恥。

沈玉蓉轉身，不再看他，半晌後吐出一句。「只當你我從未認識過。」

齊鴻曜緩緩轉身。「我知道了。」邁著沈重的腳步離開，走了幾步停住，回頭看著沈玉蓉的背影。「對不起。」

他離開後，羅俊玉走過來，見沈玉蓉滿臉受傷的神情，道：「他欺負妳，我幫妳殺了他。」打算動手。

沈玉蓉拉住他。「別去。他是皇子，位高權重，你只是羅家庶子，若出了事，羅家人會拍手稱快。」

「說得我好像是十惡不赦的壞人一樣。」羅俊玉抱著劍，垂眸看沈玉蓉，見她笑了，也跟著笑起來。

「你是好人嗎？」沈玉蓉歪頭看他。

羅俊玉不答反問。「妳覺得我是好人嗎？」他雙手染血，自認為不是什麼好人。

沈玉蓉笑了笑。「在我心裡，你是好人。」幫她打壞人的，都是好人。

她剛說完，遠處走來一人，盯著羅俊玉半晌，道：「羅俊玉，你居然沒死？」

沈玉蓉皺眉，側臉看著來人。「你是誰啊，開口就說人家沒死，無冤無仇的，平白咒人。今兒你要不給我一個交代，就別想走。」

沈玉蓉上前幾步，站到那人面前，微微揚起下巴，一副不好惹的樣子。

羅俊玉盯著來人，一言不發，眸中聚攏寒霜。

咒人的不是別人，正是羅家嫡長子，也是羅夫人的兒子。羅夫人被燒死，他一直在追查真相，無意間聽說羅俊玉回京，總覺得母親的死與羅俊玉脫不了關係。

與他們母子有仇的，除了羅俊玉，沒有別人了。

「羅俊玉，你告訴她，我是誰？」羅家大公子見過沈玉蓉，知道沈玉蓉不好惹，懶得跟沈玉蓉掰扯。其實就是惹不起，誰不知建寧帝對沈玉蓉尊崇有加，若是得罪沈玉蓉，等於得罪建寧帝，羅大公子不傻。

聽語氣是熟人，沈玉蓉看向羅俊玉，等著羅俊玉解釋。

「羅家嫡長子。」羅俊玉勾唇，輕蔑一笑。「羅夫人的喪期未過，你不在家服喪，出來做什麼，也不怕別人覺得晦氣。」

羅大公子一聽這話，越發覺得母親的死與羅俊玉有關，抬手指著羅俊玉。「一定是你殺了我母親，還放火燒她的院子，想來個毀屍滅跡對不對？」

沈玉蓉聽出問題所在，自然向著羅俊玉。「是不是都被你說了，我看你是故意誣陷吧，都說拿人拿贓，說話前拿出證據，別胡亂攀咬。」

羅大公子瞪沈玉蓉一眼。「我不跟女流之輩計較。」轉頭看羅俊玉。「你敢發誓，不是你做的嗎？」

羅俊玉還是那副不鹹不淡的樣子，冷冷瞥向羅大公子。「我為何要發誓？」

「你不發誓就是心虛。」羅大公子面目猙獰，指著羅俊玉。

沈玉蓉把羅俊玉護在身後。「方才都說了，在指責人的時候，要拿出證據來。阿玉一直在邊關，未曾回京，如何害你母親？你再敢胡言亂語，我就告你誣告。」

羅俊玉多次維護她，沈玉蓉早把他視為自己人了。

羅大公子見沈玉蓉屢屢護著羅俊玉，惱羞成怒，赤紅著眼瞪她。「聽說他為妳辦事，妳自然護著他。就算妳為他作證，也不能算數。」

不遠處的城牆上，齊鴻曜看見這一幕，心生羨慕，若是被她護在身後的人是他，該多好，可惜……

「那我呢？」謝衍之背著手出來，走到沈玉蓉跟前。「我為他作證算嗎？」

羅大公子看著來人，見是謝衍之，頓時不敢說話了。以前謝衍之是紈袴時，他就不敢惹，因為謝衍之不要臉皮，又有明宣帝和六皇子護著。

如今謝衍之是大將軍，與他交好的齊鴻曦成了皇帝，謝家水漲船高，他們更不敢得罪，便對羅俊玉放了幾句狠話。

「等我找到證據，絕對饒不了你，爹也不會放過你，等著家法伺候吧！」

羅大公子說完，忿忿地走了。

第一百二十二章

等羅家大公子走遠，沈玉蓉忙問羅俊玉。「你沒事吧？」

羅俊玉搖頭，對沈玉蓉和謝衍之拱手。「多謝你們了。」方才要不是謝衍之和沈玉蓉替他解圍，羅大公子絕不會輕易放過他。

謝衍之勾唇一笑。「這是我應該做的。」

什麼叫應該做的？沈玉蓉忽然想起昨日張氏說的話。

沈玉蓮的死因是上吊自殺，但怎麼看都透著詭異。再說，沈玉蓮是個很惜命的人，又是齊鴻旻的寵妾，怎會上吊自殺？她自殺當夜，羅家失火，羅夫人和身邊的嬤嬤葬身火海，死相淒慘。

這兩個人，一個與她有仇，害得她不能有孩子；一個跟羅俊玉有瓜葛，是羅俊玉的嫡母，往日沒少誣衊羅俊玉。羅俊玉姨娘的死，或許就是這個嫡母下的手。

沈玉蓮和羅夫人死在同一個晚上，未免太巧合了些。

沈玉蓉看向羅俊玉，露出狐疑的目光，思忖半晌後問：「是你做的嗎？」

「妳希望是我做的嗎？」羅俊玉勾唇一笑。「若是我做的，妳會如何？」

沈玉蓉語塞，一時不知該如何回答。

謝衍之見狀，拉著她走了。「你自己的事，自己解決吧。」

當初謝衍之只當他殺了沈玉蓮，誰知他連羅夫人也殺了。羅俊玉或許是用催眠術知道了生母的死因，才會對羅夫人痛下殺手。

可惜，他走了偏鋒，用錯方法。

羅俊玉跟上謝衍之。「你可有法子助我脫困？」

謝衍之將沈玉蓉扶上馬車，回頭看著羅俊玉。「羅夫人掌控後宅多年，羅大人的小妾死的死、殘的殘，庶子庶女也死了不少。若說羅夫人乾淨，誰相信？」

羅俊玉茅塞頓開，拱手對謝衍之道謝。只要他收集羅夫人的罪證，羅家再不敢找他麻煩，如此便能與羅家一刀兩斷，即便除族，他也甘願。

謝衍之見他想通了，問他是否需要人手。羅俊玉搖頭，有些事還得他自己來。

目送羅俊玉離開，謝衍之笑了。「終於把這瘟神送走了。」

沈玉蓉掀開簾子，探出頭看著謝衍之。「我以為你是看在我的面子上才幫他，沒想到只是想讓他離開。果然還是你，亂吃醋，什麼時候都不忘將人打發了。」

謝衍之鑽進馬車內。「如果他是普通護衛，還需要我打發嗎？」整日覬覦他的娘子，是個男人都不能忍。

車夫揚起馬鞭趕車，問謝衍之和沈玉蓉去哪兒。

「去朱雀街。」謝衍之攬著沈玉蓉。「我與娘子甚少逛街，今日難得有機會，就多買些東西。」

「我沒東西可買的。」沈玉蓉道。

「那便隨意看看，權當散心了。」謝衍之不打算回去。

他話落，車外傳來墨三的聲音。「將軍，孫贊去京兆府了。」

謝衍之掀開簾子問：「狀告他那個繼母嗎？」

「是。」墨三如實回答。

謝衍之嘆息一聲。「真是心急，就不能多等一天，非得今日？」本來打算逛街，幫沈玉蓉買些東西的，如今是不成了。

沈玉蓉見他失落，道：「孫贊為何告他的繼母，難道他繼母也害死了他親娘？」

「這倒不是，他繼母沒有害死他親娘，卻讓他身敗名裂，被發配邊關。」謝衍之說了孫贊的事情。

沈玉蓉這才知道，孫贊就是陷害鄭勉的孫家嫡長孫，忍不住感嘆一聲。「這世界可真小，原本以為事情就這樣過去了，沒想到兜兜轉轉又回來了。」

謝衍之笑了。「誰知會如此巧合。孫贊看似心氣高，卻不是心腸歹毒之人，我曾許諾他，要幫他報仇的。」

「是得報，他那繼母就是一朵黑心蓮，必須掐了。」沈玉蓉無比慶幸自己好運，幼年時張氏雖對她不好，卻從未生過害他們的心思。如今誤會解除，對他們姊弟還算上心，算得上是好繼母了。

謝衍之攬住沈玉蓉的肩膀。「都聽娘子的。」

馬車很快來至京兆府，門口已被人圍得水泄不通，周圍不時傳來議論聲，都是在談論孫贊和孫家繼室的。

「孫家大公子不是被發配邊關嗎，怎麼突然回來了，還要狀告繼母？」

「他說的到底是不是真的，要是那樣的話，繼母也太壞心了。」

「我一個舅舅的表姊的弟弟的遠房姪女在高門大戶裡當差，那繼母有意捧殺繼子，把繼子養得不成樣子，自己的兒子倒是個秀才。」

「果然天下繼母一般黑，沒一個好東西。」

謝衍之牽著沈玉蓉下車，越過人群，往大堂走，正好聽見京兆府尹大人敲驚堂木。

「你說你繼母誣陷你下毒害人，可有證據？若沒有證據，就是誣告，本官立刻打你板子，下了大牢。」

「大人好威風。」謝衍之雙臂環胸，譏諷地看著京兆府尹。「有人告狀，不傳被告，就要打原告，真是好大的官威啊！」京兆府尹和孫夫人有些親戚關係，果真不假，公然包庇。

京兆府尹認識謝衍之，也知他如今是大將軍，自是不敢得罪，賠笑道：「謝將軍說笑了，原本這案子也是下官判的，當時人證物證俱在，孫家大公子也承認了，如今反悔，可不就是仗著背後有人，誣告他人嗎？」這是說孫贊身後有人撐腰，膽子大了，才會誣衊孫夫人。

沈玉蓉知道孫贊的人品，他定然是被冤枉的，上前幾步走到孫贊跟前，對他說了句別怕，又看向京兆府尹。

「你為知之前沒有錯判？」

京兆府尹也認識沈玉蓉，謝衍之和齊鴻曦都是護犢子的人，他不敢對沈玉蓉不敬，繼續賠笑道：「先皇親自下旨，還派刑部協理此案，怎麼會錯呢？」

「你是什麼意思？」沈玉蓉怒瞪著他。「要審理此案，需得皇上下旨？這也不難。」話落，轉身走了。

京兆府尹立刻明白沈玉蓉的意思，這是要進宮請旨，聖旨一旦下來，他就必須查個水落石出，否則是欺君之罪，頓時打起精神，討好道：「將軍和夫人想如何，下官照辦就是，怎好驚動皇上。」

謝衍之沒說話，看著京兆府尹，等著他的下文。沈玉蓉也靜靜等著。

這兩位都是京兆府尹惹不起的，只能派人去孫家，把孫夫人請過來。

半晌，孫家來了人，不過來的不是孫夫人，而是孫夫人身邊的嬤嬤。

孫夫人做了虧心事，不敢驚動孫老爺。孫老太爺已經辭官回鄉，如今家中是孫夫人做主，得知孫贇回來，還上京兆府告他，氣得罵孫贇是白眼狼。

她也不敢耽擱工夫，打發身邊的嬤嬤來一趟，看看孫贇到底想做什麼。

謝衍之見來人是孫夫人身邊的嬤嬤，當即冷下臉。「如今孫贇是我的下屬，本將軍都親自來了，一個五品官的夫人竟敢不來，還只派一個老婆子，這是看不起本將軍嗎？」

孫夫人身邊的嬤嬤是陪嫁過來的，跟在孫夫人身邊多年。

嬤嬤沒見過謝衍之，聽謝衍之年紀輕輕就是將軍，以為是個不起眼的小將，笑著打哈哈。「這是我們孫家的家務，還請這位小將軍莫要多管閒事。」

謝衍之厲聲喝斥。「混帳，本將軍是皇上親封的輔國將軍，妳一個奴才，也配與本將軍說話？」

京兆府尹知謝衍之不容易打發，又派人去請。不久後，孫夫人就到了。

這還不算，謝衍之看戲不覺熱鬧，派人將孫大人請來，讓他看看自己娶的是什麼人。

以前孫大人很喜歡孫贇，他是家族驕傲，更是父親手把手教出來的。出了毒害鄭勉的事後，孫大人對孫贇失望至極，不願再管孫贇。孫贇去邊關的事，都是孫老爺子找人打點。

得知孫贇狀告他的繼室，孫大人的第一個反應不是覺得孫贇冤枉，而是覺得丟人。這分明是家事，非要鬧到衙門來，這不是讓京城人看孫家的笑話嗎？

孫大人進來，黑著一張臉，走到孫贇跟前，劈頭蓋臉一頓訓斥。孫夫人見狀，又煽風點火，順便再委屈哭上兩聲，孫大人更是怒火中燒，揚起手要打孫贇。

謝衍之抓住孫大人的手。「孫大人好糊塗，你就是這樣做官的？京兆府尹還沒判案呢，你怎知是你長子錯了，而不是你的繼室故意陷害？」

孫大人本就面上難看，見謝衍之攔著他，更覺臉上火辣辣的，雙目赤紅盯著孫贊，恨不得吃了他。

「打小我夫人就疼寵他，就算他下毒害人，我夫人依然為他考慮，走時替他準備不少東西。可他怎麼回報我夫人的，回來便倒打一耙，讓孫家顏面掃地。」

「哦？」謝衍之看向一旁哭得梨花帶雨的孫夫人。「夫人這麼賢慧？」

沈玉蓉卻覺得孫夫人做作，每次她開口，孫大人就厭惡孫贊，妥妥的黑心蓮，得掐了。

「這裡是府衙，不是孫家。京兆府尹還要審案子，要說家常話可以回家說。」沈玉蓉出聲提醒。

方才孫夫人便暗自打量沈玉蓉，猜測沈玉蓉的身分。如今聽見沈玉蓉幫孫贊說話，假裝疑惑地問：「大公子向來乖巧，怎麼忽然要告我，原來是被狐媚子挑撥的。」

她話落，臉上結結實實挨了一巴掌，打人的正是謝衍之。

「放肆，她是我的妻子，也是妳可以誣衊的？污言穢語，當真是黑了心腸。來人，給我掌嘴！」

瘦猴、牛耳、墨三跟林贇早看不慣孫夫人了，當即拉著她，左右開弓打了幾個耳光，又問謝衍之。「將軍，這樣的毒婦就該割了舌頭，扔下油鍋。」

孫大人沒想到，一言不合，謝衍之就打人，他定要參謝衍之一本。他夫人怎麼說也是官眷，謝衍之說動手就動手，太目中無人。

京兆府尹見謝衍之動真格的，不敢偏幫孫家，全程按律法辦事。

有謝衍之的墨家鐵騎幫忙，人證物證很快被找出來。

原來跟在孫贊身邊的小廝掉進井裡淹死了，這事就玄了，謝衍之指責孫夫人殺人滅口。

孫夫人死不承認，謝衍之派人請來小廝的家人，他的家人把一包東西交給京兆府尹。

小廝死前留下證據，還給孫贊留了封懺悔信，金銀首飾若干，都是孫夫人賞下來的。

如今人證物證俱在，孫夫人謀害狀元公在前，又害死小廝在後，被判斬立決。

孫大人喜愛繼室，卻無法救下她，狠狠地看著孫贊，恨不得將他吃了。

孫贊沈冤昭雪，不在乎孫大人的態度，越過孫大人朝外走去。他要把妹妹接出來，再回老家一趟，把這件事告訴祖父，讓他老人家安心。

謝衍之和沈玉蓉跟在後面，沈玉蓉望著孫贊的背影感慨。「連親爹都不喜歡，怪不得繼母敢害他。」

「如今真相大白，他還可以再科考。經過一番磨練，身上的傲氣沒了，變得沈穩許多，對他來說也是好事。」謝衍之想起那個清高的少年，勾唇笑了。

大家都變了，變得更成熟了。

孫大人輸了官司，夫人被處斬，越想越生氣，回家去書房寫摺子，要參謝衍之一本。

第一百二十三章

謝衍之對此事一無所知，回到謝家莊子後，被謝夫人叫了去。

墨家的案子已經平反，謝夫人想讓謝衍之認祖歸宗。

「娘做主便好。」謝衍之不反對，又說了去平定叛匪的事。沈玉蓉不能生育，整日在謝夫人跟前晃悠，等於時刻提醒謝夫人，不如分開的好。

謝夫人擔憂。「你剛回來又要走，不能多在京城留些日子嗎？」

「曦兒的江山不穩，身為他的表哥，我自然要為他分憂。」謝衍之說得正義凜然，其實就是冠冕堂皇的藉口。

他的本意不是如此，是想帶沈玉蓉離開，過兩人的瀟灑日子。

謝夫人不知道，以為他一心為國，想了想也不攔著，讓他注意安全。「墨家的宅子已打掃乾淨，你選個日子搬進去吧。祭祖的事，會有族裡人操辦。」

當年墨氏一族榮寵一時，墨連城死後，王家用了些手段，把墨家族人全趕出京城。如今墨家平反，墨氏族人陸陸續續回來了。

次日，謝衍之和沈玉蓉收拾東西，離開謝家。他們不放心謝夫人跟弟妹們，勸謝夫人搬回侯府。

王家倒了，二房蹦達不起來。謝衍之是輔國將軍，建寧帝是謝夫人的親外甥，登基後賞賜謝家不少東西，感念謝夫人的愛護之心。

因此，二房不敢造次，巴結還來不及呢，連謝老夫人也不敢說什麼。

謝夫人也想到了這一點，便答應了，也命人收拾東西，帶著兒女，跟謝衍之回京城。

二房得知謝夫人回來，偷偷說了些酸話，但當著謝夫人的面，卻是又討好、又巴結。

謝夫人冷冷淡淡，不想理會。二房見狀，灰溜溜地走了。

謝衍之則搬進墨家老宅，改了戶籍，擇日祭祖。

謝衍之用兵如神，威震四海。習慣使然，即便認祖歸宗，大家仍喚他謝衍之，直至多年後才改過來。

剛收拾妥當，宮裡來人，說建寧帝召見他。

謝衍之不知何事，與沈玉蓉說一聲，換上官服，騎馬去了宮中。

這些日子，謝衍之不上早朝，休沐在家，是以不知孫大人參他的事。

散朝後，建寧帝命人喚謝衍之來問話。得知事情經過，氣得把奏摺扔在地上。「好一個孫家，竟然惡人先告狀。」

當即命小三子去孫家宣旨，孫大人教妻不嚴，縱容繼室陷害嫡子，事後不知悔改，還辱罵嫡子，誣陷朝廷命官，難堪大任，貶為庶人，回老家種田去吧。又讓孫贊頂替他的位置。孫大人偷雞不成蝕把米，悔得腸子都青了。

至此，京城其他官員看明白了，建寧帝寵信謝衍之，他們應避其鋒芒。

謝衍之不知其他人的心思，祭祖後，帶著沈玉蓉去了附近的州府平定亂匪。

這日，建寧帝親自來送，沈玉蓉沒有多想，只當他與謝衍之關係好，這才來送。

謝衍之知道內情，笑了笑，勸慰道：「你年紀不小了，該選秀了。」

建寧帝扶額。

「表哥，他們催，你就不要催了。我才不要選秀，看著那些妃子們鬥來鬥去，多沒意思。該成婚時，我自會選一個合心意的立為皇后，妃子什麼的就算了。」

在宮裡多年，他看夠了那些骯髒事，不願自己的妻兒沈浸在那些爭鬥中。

謝衍之明白他的心意，拍了拍他的肩膀，囑咐兩聲，跨馬離開。

沈玉蓉坐在馬車裡，掀開簾子，對建寧帝道：「皇上多珍重。」

建寧帝揮揮手。「表嫂保重，若在外面待得不舒服，就回來。」

沈家人站在不遠處，看著沈玉蓉和建寧帝說話，不敢上前打擾，目送他們離去。

等他們走遠了，齊鴻曜緩緩過來，對建寧帝行了一禮。「臣也是來向皇上告辭的。」

建寧帝心裡一沈，見他身後揹著包袱，沈聲問：「你要去哪裡？」

齊鴻曜看著遠方。「不知，走到哪裡是哪裡吧。」

「德妃娘娘知道嗎？」建寧帝問。

德妃對建寧帝不錯，是以建寧帝登基後，封她為太妃，允她出宮跟兒子一起住。

齊鴻曜點頭。德妃也知留不住他，才答應的。

建寧帝聽了，不好再多說，叮嚀幾句，目送他離去。

人都走了，建寧帝有些孤單，自言自語道：「只剩下朕了。」

小三子站出來。「皇上，您還有奴才呢，奴才永遠陪著您。再說，輔國大將軍和夫人很快就會回來了。」

「很快嗎？」建寧帝不確定。

他知道謝衍之的意思，沒個三五年，怕是不會回來。或者說，在沈玉蓉沒有身孕前，不會回京。

真讓他猜對了，謝衍之出京後，打著新帝的旗號一路平匪，沈玉蓉也將農業知識傳授給當地百姓，深受百姓愛戴。

五年後，大齊國泰民安，百姓富足安康。遼國年年歲貢，其他國家也紛紛與之交好。

沈玉蓉傳來喜訊，經過五年的不斷努力，她終於懷孕了。

謝夫人收到消息，喜極而泣，感念上蒼，不忍墨家斷後。

數月後，謝衍之回京路上，沈玉蓉生下一子。

他們回到墨家時，正好趕上謝夫人為孩子辦的滿月宴。

謝夫人看著人來人往的賓客，囑咐謝衍之好好招待，轉身去沈玉蓉的院子，見沈玉蓉起來了，連忙讓沈玉蓉躺下。

「妳剛生產完，儘量躺著，有什麼事吩咐下人去做。」

沈玉蓉看看身旁的兒子。「孩子還沒取名，您替他取吧。」

這個孩子，謝夫人盼了多年，張氏也幫腔道：「合該由夫人取名。」

謝夫人樂呵呵地看著孩子，拒絕了。「妳是孩子的母親，幫孩子取名便是。再不濟，讓他爹取。」

「娘給他取個乳名。」沈玉蓉堅持。

聽是乳名，謝夫人也不推辭，思忖半晌道：「單名元字，阿元如何？亦有團圓之意。」

沈玉蓉點頭，捏捏兒子的臉。「好，就叫阿元。咱們小阿元可喜歡祖母取的名字？」

「肯定喜歡。」張氏逗著孩子，滿臉笑容。

如今沈父是宰相，她是宰相夫人，前年沈謙高中狀元，娶了郡主。小兒子也中了舉人，雖然成績不顯，父兄讓他晚幾年再考，將來考個進士，在朝中謀個一官半職。

沈玉芷嫁給中山侯嫡次子，育有一子一女。雖然婆婆有些不慈，時常讓她立規矩，可夫妻倆感情不錯，沒有通房和妾室。誰家媳婦不是多年才熬成婆，夫妻和睦才是最重要的。

如今的張氏，覺得什麼都滿意。

不說張氏滿意，連謝夫人也滿意。

謝瀾之成了親，繼承侯府爵位。小兒子也訂親了，是世家貴女。

謝淺之兒女雙全，夫妻恩愛，婆婆把她當親閨女疼著，沒有後宅的煩心事。

謝沁之嫁給了孫贇，如今育有一子。上頭沒有婆婆壓著，日子也算美滿。

謝敏之與林贇訂了親，及笄後就要嫁過去。她是庶女，謝夫人不敢讓她高嫁，怕她吃虧。想來想去後，又和謝衍之商議一番，選了林贇，如今林贇也是從三品的歸德大將軍了。

「娘，弟弟醒了嗎？」謝歡跟著沈玉蓉走南闖北，見多識廣，性子也活潑，最喜歡新出生的弟弟，跑來見阿元還在睡，立刻皺眉，抱怨道：「弟弟怎麼還在睡？吃了睡，睡了吃，什麼時候才能跟我玩？」

謝夫人把她攬入懷裡。「妳小時候也是吃了睡，睡了吃，這樣小孩子才能長得快。」

「真的嗎？」謝歡問。

謝夫人耐心解釋。「自然是真的，每個小孩子都這樣。」

莊如悔進來，依然是一身男裝。張氏不知莊如悔的身分，微微皺眉，見謝夫人和沈玉蓉沒說話，也端坐著，不言不語。

謝夫人知道莊如悔與沈玉蓉有話說，拉著張氏去吃席。

張氏不為所動，看著莊如悔和沈玉蓉。「這不合規矩。」

謝夫人湊到她耳旁，嘀咕一句。張氏驚得瞠目結舌，結結巴巴道：「這這這……」世子爺竟是女子，那侯府的孩子是誰的？

想起莊如悔在邊關待了大半年，也就想通了，與謝夫人說說笑笑出去。

莊如悔坐到沈玉蓉身邊，摸了摸孩子。「你們終於有自己的孩子了，謝夫人不會再逼謝衍之那廝納妾了吧？」

「自然不會。」沈玉蓉側身躺著。「妳怎麼沒把孩子帶來，多年不見，我想乾兒子呢！」

「跟他爹去山裡打獵了，說要看看山裡的老虎，阿炎便帶他去。」莊如悔道。

說到阿炎，沈玉蓉想起一件事。「妳兒子喊妳爹，還是喊妳娘？」

這可把莊如悔問倒了，摸了摸鼻子，不好意思道：「自然是爹。」

「那他喚阿炎什麼？」沈玉蓉很好奇。

「師父。」莊如悔正色道。難道要喊娘嗎？她當時想到了，可阿炎不答應，更不願意穿女裝，只能喊師父了。

沈玉蓉扶額。「真是一對坑娃的爹娘。」

莊如悔笑了笑，別有深意看著沈玉蓉。「妳可知五皇子去了哪裡？」

齊鴻曜？五年來，她沒打探過他的消息，狐疑地看著莊如悔，示意她繼續說。

「他出家了。」莊如悔道。那人也是癡情，娶不到所愛之人，便當了和尚。

「是嗎？」沈玉蓉沒有太多感慨。

這時，謝衍之進來，要抱阿元出去見客，見莊如悔也在，微微皺眉。「妳怎麼來了？」

莊如悔挑眉。「行了，不打擾你們夫妻談情說愛。」便走出去。

等莊如悔走遠，謝衍之抱起孩子。

「她來做什麼？」依然記得莊如悔霸占沈玉蓉的事。

沈玉蓉笑笑。「無事，就是說五皇子出家了。」她不想瞞著，夫妻之間應該坦誠些。

謝衍之哦了聲，並未多言。

沈玉蓉看著他。「你好像一點也不驚訝？」

「我早就知道了。」謝衍之摸摸兒子的臉。「娘幫孩子取名了嗎，叫什麼名字？」

「阿元，有團圓之意。」沈玉蓉說。

「不錯，是個好名字。」

他話落，屋外傳來建寧帝的聲音。「表哥，你把孩子抱出來給我看看。」

謝衍之坐著沒動，對著外面道：「想看孩子，自己生去，看別人的有意思嗎？」

五年了，大臣多次上諫，請齊鴻曦選妃，齊鴻曦都不為所動，說是沒有合心意的，也不知他想找什麼樣的女子。

「你抱出來，說不定我看你兒子可愛，就想娶媳婦了。你若不讓我看，我更不願意娶妻，文武百官知道了，也會怪罪你。」齊鴻曦在外面喊。要不是沈玉蓉身子未恢復，得臥床靜養，他早不顧男女大防衝進去了。

謝衍之放下孩子走出去，雙手環胸。

「這麼說，你不找媳婦還是我的錯了？」

齊鴻曦見他沒抱孩子，有些失望，從懷裡掏出一塊玉珮，有嬰兒拳頭大小，被雕刻成觀音的模樣，栩栩如生，一看就知價值不菲。

「這是我給孩子的見面禮。」齊鴻曦將玉珮扔過去。「本想親自幫孩子戴上，誰知你不讓我見孩子，你還是我表哥嗎？」

謝衍之抬手接住玉珮，仔細看了下。「這是你的，還是齊鴻曜給的？」他派人盯著齊鴻曜，自然知道他親手雕刻了玉珮。

齊鴻曦啞然。「你知道了？這是他的一片心意。五哥知錯了，從前種種，表哥和表嫂就忘記吧，只當從未遇見這個人。」說完轉身走了。

謝衍之進屋，把玉珮交給沈玉蓉。「由娘子處置吧。」

「寓意很好，且收起來。」沈玉蓉看著玉珮。等孩子大了再給他，也是那人的心意。但她不想看到這玉珮，每每看到這玉珮，就會想起那個人。

謝衍之笑了。「都聽娘子的。」夫妻恩愛，兒女雙全，他該知足了。

兩年後，沈玉蓉又誕下一子。

謝衍之帶著妻子兒女去了山海關，從此以後在邊關鎮守，很少回京。

——全書完

2021年8月出版

小女官大主意

文創風 982～984

她得先讓她爹弄清楚，他只有一個女兒，
她若出事，他肯定也沒得好過！

情真摯，意純真，字裡行間通透達理／林漠

渴望有兒子繼承家業的父親，後院中是百花齊放，千嬌百媚，
而於宋甜這個失去生母的獨生女來說，父親養在後院的那些花有毒。
大家閨秀，當從父母之命、媒妁之言，在家從父，既嫁從夫。
她依此準則而活，卻一生受到擺弄，如臨深淵，
只有那與她僅數面之緣的年少親王——豫王趙臻，給了她幾絲光芒。
將鋒利的匕首送入心臟的那一刻，他姍姍來遲的呼喚縈繞耳邊，
接著就如一場幻夢，她的一縷幽魂隨著他，見證了他短暫的一生。
同樣年少失怙，同樣不得父緣，同樣悲涼而亡……
有幸重生，她不再同上輩子般寡言無聞，任人宰割。
她報考豫王府女官，為自己獲得家中話語權，
也為報答前世趙臻為她收殮屍身、香花供養之恩情。
「我可以保證，一生一世忠誠於王爺，不再嫁人，不生外心。」
面選時她吐露肺腑之言，她知道，王府的考官會一字不漏傳達給他！

2021年8月出版

繼室逆轉勝

文創風 980～981

他長得斯文俊美，一身書卷氣，實在不像她以為的武將，
幸好他平時冷漠寡言、對外人也沒個笑臉，才沒招惹太多蜂蝶，
雖說救他一命就挾恩要他以身相許、娶她當繼室是無賴了點，
但她這會兒也是被逼得走投無路，只得委屈委屈他了，
她保證，婚後定會待他加倍好的，所以……他就點頭應了她吧？

重生為人，何其幸運／茶三山

身為罪臣之女，在父親死後，衡姜與母親前去投奔大伯家，
不料母親死後，大伯一家子竟露出貪婪猙獰的真面目！
他們不僅私吞了母親留給她的嫁妝，把病重的她趕到破敗的家廟囚禁，
甚至還把她送給一個獄卒當妾，關在暗無天日的地窖中，受盡毒打與折磨，
前世她是懷著滿腔怨恨與不甘撒手的，重活一世，她不會再傻等他們算計。
她撐起病弱的身子逃出家廟，路上卻好死不死地撞見一樁刺殺事件，
並且，她還鬼使神差地替那個被圍攻的華服男子擋下了一箭，
傷後醒來才知，男子竟是王爺，還是戰功彪炳的燕王，是皇帝的弟弟啊！
其實她心裡明白，以他的身手，當初根本不用她搭救也沒事，
但明白歸明白，她確確實實救了他，還受了傷呢，這事他可不能賴帳！
俗話說得好，救命之恩無以為報，必須要做牛做馬才能償還，
這會兒她被大伯母逼著嫁人，真是沒法可想了，只能大著膽子向他討恩，
她不要金銀、不要榮華，只求他娶自己當繼室，護她一生，
結果他不單娶她為妃，還說從前燕王府裡沒有側妃，日後也不會有，
有夫如此疼她、護她，此生她定能扭轉前世的悲慘命運，邁向勝利之路啊！

2021年8月出版

吃貨馴夫指南

文創風 977～979

從美食網紅變成草包千金小姐，還被皇后指婚給救了她的平北王，
不料一入洞房，夫君立刻丟出和離書，「吩咐」一年後分道揚鑣，
這麼乾脆！那她就安心當個一年王妃再出去闖天下吧～～

妙手廚娘小王妃，收服胃口也收服心／七寶珠

前一刻虞晚晚還在遊艇上參加活動，怎麼下一秒就變成落水的侯府小姐？
而且還是在皇家的中秋宴上掉進湖裡，只為了博得心上人的關注?!
天啊，她穿越成一個花痴草包美女也就罷了，卻因此被皇后賜婚給救她的恩人，
問題是未婚夫可是當朝最凶狠無情的平北王爺，端著張面癱臉不說，
成親時家中長輩、手足也未到，就這麼糊裡糊塗地拜了天地；
一入洞房，這位王爺立刻甩來一張和離書要她簽字！
原來他同意娶她只是看在她外祖的面子，一年後和離才是必要之舉……

馭夫有術，福運齊家／灩灩清泉

2021年7月出版

旺夫續弦妻

「喵～～一頓能吃十顆雞蛋？我對妳嫁進馬家充滿了期待哪！」

開玩笑，她穿越後要是連隻貓都養不活，那也輸得太淒慘了吧……

文創風 973 1

意外穿越又被下凡修行的精靈驚著，還在宴會上撲倒賓客當眾失儀?!
這種出場嚇死謝嫻兒了，身邊雖因此多了隻被精靈附身的貓咪太極，
卻為保全侯府顏面被迫嫁人，塞給育有一子的二爺馬嘉輝當續弦。
反正她這庶女也不受寵，嫁出去自謀生路或許還好點呢！孰料——
這親事只是暫時的，待一年後風平浪靜，便要把她丟進家廟當尼姑去。
天啊她不要！她得設法和太極留在馬家，後宅求生可是難不倒她的～～

文創風 974 2

利用高超廚藝與討人喜歡的太極，謝嫻兒逐漸收服繼子和馬家人的心，
還做起鐵器生意，又以地利之便設計遊樂園，陪家人邊玩邊賺銀子。
但出門巡鋪時，竟有不長眼的拐子想騙走繼子，氣得她捲起衣袖開打，
孰料挨揍成豬頭的拐子是來探望兒子的丈夫，她被當成潑婦該怎麼辦？
幸好他對兵器情有獨鍾，還對煉鐵術大感興趣，就用這些培養感情吧，
依她看，懂兵器的他絕非傳聞中的呆漢，加以調教定成人中龍鳳啊！

文創風 975 3

丈夫馬嘉輝分明是兵器天才，卻因笨嘴拙舌和傲嬌脾氣被譏為呆漢，
她心疼了，既然他將妻兒牢牢放在心上，定要陪他把日子過起來！
鄉間的事業順利進軍京城不說，連玩遍莊子的太極也領客人來了——
竟是愛美不下於她的母熊熊大姊，爾後因狼群咬傷，被她和丈夫救走。
為報答救命之恩，熊大姊不僅在家裡住下，還帶丈夫找到石炭礦源，
驚喜歸驚喜，但她沒想過養熊當寵物啊，家有兩隻靈獸，可有得忙了！

文創風 976 4 完

她上山為老國公摘藥引子，卻被射下懸崖，還遭誣說她和順王長子有染，
幸虧老國公夫妻與丈夫合力為她雪冤，且肚裡有了與丈夫期待的寶貝，
加上可愛繼子和毛孩陪著，終彌補前世因丈夫外遇而家庭破碎的遺憾。
孰料薄待她的娘家竟因眼饞她幸福，想逼她替其他堂妹說門好親事，
三番兩次廝纏不說，又當眾譏諷她的庶出身分，臉皮簡直堪比城牆。
往昔她受盡冷落無人聞問，這會兒想來沾光？她定不會讓他們如願的！

二嫁的燦爛人生 3 完

國家圖書館出版品預行編目資料

二嫁的燦爛人生 / 李橙橙著. --
初版. -- 臺北市 : 狗屋出版社有限公司, 2021.09
冊 ; 公分. --（文創風 ; 993-995）
ISBN 978-986-509-252-8（第3冊 : 平裝）. --

857.7　　　　110013132

著作者	李橙橙
編輯	安愉
校對	吳帛奕
發行所	狗屋出版社有限公司
地址	台北市104中山區龍江路71巷15號1樓
電話	02-2776-5889～0
發行字號	局版台業字845號
法律顧問	蕭雄淋律師
總經銷	知遠文化事業有限公司
電話	02-2664-8800
初版	2021年9月
國際書碼	ISBN-13　978-986-509-252-8

本著作物由北京晉江原創網絡科技有限公司授權出版

定價260元
狗屋劃撥帳號：19001626
網址：love.doghouse.com.tw　E-mail：love@doghouse.com.tw